巡山

艾克拜尔·米吉提生态文学作品集

艾克拜尔·米吉提 著

中国环境出版集团·北京

图书在版编目（CIP）数据

巡山：艾克拜尔·米吉提生态文学作品集 / 艾克拜
尔·米吉提著. -- 北京：中国环境出版集团，2024.1
ISBN 978-7-5111-5786-7

Ⅰ. ①巡… Ⅱ. ①艾… Ⅲ. ①中国文学—当代文学—
作品综合集 Ⅳ. ①I217.2

中国国家版本馆 CIP 数据核字(2023)第 253518 号

出 版 人	武德凯	
策划编辑	季苏园	
责任编辑	王　荣	
封面设计	岳　帅	

出版发行	中国环境出版集团
	（100062　北京市东城区广渠门内大街 16 号）
	网　　址：http://www.cesp.com.cn
	电子邮箱：bjgl@cesp.com.cn
	联系电话：010-67112765（编辑管理部）
	发行热线：010-67125803，010-67113405（传真）
印　　刷	北京盛通印刷股份有限公司
经　　销	各地新华书店
版　　次	2024 年 1 月第 1 版
印　　次	2024 年 1 月第 1 次印刷
开　　本	880×1230　1/32
印　　张	10.5
字　　数	200 千字
定　　价	88.00 元

中国环境出版集团郑重承诺：
中国环境出版集团合作的印刷单位、材料单位均具有中国环境标志产品认证。

目
录

小说卷

散文卷

小说卷

天鹅

蓝天，雪山，草原，湖水……

然而，唯独不见天鹅。是的，要是有几只天鹅突然从雪山那边出现，带着"叮叮"的振翅声飞来，那该有多好啊！不，哪怕是一只也好哟……

六岁的哈丽曼茜手搭凉篷站在晾架①下出神地望着洁净的蓝天。可是，蓝幽幽的天空没有一丝浮云，更不用说洁白的天鹅奇迹般映进她的眼帘了。哈丽曼茜凝视了许久——那高深莫测的天空，活像个让人无法猜透的谜。庄严肃穆的雪山，则像自顾沉思的老爷爷，默默注视着什么，并不想告诉她蓝天的谜底。那坦坦荡荡的草原，好似一位十分爱美的大姐姐，只顾用五光十色的野花装扮着自己婀娜多姿的绿色躯体，没有心思来宽慰哈丽曼茜。而那蓝湛湛的，和蓝天一样深远的赛里木湖水，此刻却像一个顽皮的男孩，在那里一刻也不肯停息地跳跃着，似乎无暇搭理我们的哈丽曼茜……

---

① 哈萨克牧民支在帐篷前用来晾晒乳品的架子。

哈丽曼茜的眼睛不免有点发涩。她揉了揉眼，深深地叹了口气。

"咳，小孩子家有什么叹气的心事？"正在晾架下捻线的奶奶停下手中的活计端详着她。哈丽曼茜似乎想起了什么，一下扑过去搂住了奶奶的脖子。

"奶奶、奶奶，昨晚讲故事时，您不是告诉我现在到了天鹅飞来的季节吗？"

"哦！"奶奶放下手中的捻坠，抚摸着哈丽曼茜柔软的黑发，"是啊，是节令啦。"

"那怎么我望着天空等了老半天，总也见不着天鹅飞来呢？"哈丽曼茜干脆躺在了奶奶怀里，颇为沮丧地说着。

"好孩子，快玩去吧，啊，让奶奶再捻点毛线。"奶奶俯下来吻了吻哈丽曼茜的额头，"晚上我再给你讲天鹅的故事。"

哈丽曼茜乐了。她站起身来，可觉得并没有什么好做的事情，便靠在晾架柱上，只是静静地望着在奶奶手中陀螺般转动着的捻坠。她无意中把手揣进坎肩小兜里，忽然触摸到什么。对了，她记起来了，这是几颗非常漂亮的白色石子，一颗颗简直就像白玉般晶莹透亮。这还是她晌午跟着小叔叔到赛里木湖边饮羊时精心捡来的呢。哈丽曼茜掏出一颗石子，搁在手心欣赏了一会儿，便对着石子窃窃说起话来："飞呀，你快飞呀……你就给我飞一下看看好吗？唔……飞起来喽，飞起来喽……"

于是，哈丽曼茜用食指和拇指捏起石子，平伸开那只没有捏着石子的手臂，模仿着鸟儿飞翔时的振翅动作，悠悠扇动起小手，在晾架下绕着奶奶轻轻地盘旋起来……

忽然，哈丽曼茜停住了，她仿佛听到了一阵琴音般轻柔悦耳的声音。她倾心静静听着这一微妙的旋律，然而，她并没发现什么，不免有些怅然。她仰起头来望着深邃的苍穹。就在这一刹那，一幅奇异的图景映现在她眼前——在蓝幽幽的天幕上，有小小的两朵白云越过她头顶，飞向赛里木湖上空。不，那不是白云，分明是两只比白云还要洁白的天鹅！啊，天鹅哟天鹅，你果然就像奶奶的故事里所讲的那般洁白。对了，刚才那一阵美妙的旋律一定是从你翅膀底下发出的吧？奶奶讲过，天鹅唱起歌来与众不同——百灵和云雀用婉转的歌喉歌唱，而天鹅却要用它那洁白的双翅在碧空轻轻拨出迷人的旋律……嗯，天鹅就像仙女一样美丽呢。这也是奶奶说的。要是能够亲眼见见天鹅落在地上时的美姿该有多好啊……

哈丽曼茜恋恋不舍地望着渐渐变小的那两只天鹅，刚刚还像咽下一口蜜那般甜滋滋的心绪不免有些怅惘。

两只天鹅悠闲自得地拍着洁白的翅膀，向那蔚蓝色的赛里木湖湖面上飞去，渐渐地在湖面上低回盘旋，最后终于落在了水面上。不，一定是落在了岸边。这一点，哈丽曼茜看得千真万确。她为自己的这一点发现激动起来，顿时双脚不由自主地迈开了步子……

是的，哈丽曼茜每天偏晌都要跟着饮水的羊群到湖边去玩的。她知道那个水波连天的地方离她家的帐幕并不远。她甚至熟悉天鹅落下的那段湖岸——那里有俏皮的浪花，更有许许多多令她眼花缭乱的彩石，喏!此刻衣兜里的彩石不就是晌午从那里带回来的么?她确信自己要不了多久就能走到湖边，亲眼看到仙女般美丽的天鹅。奶奶正在凝神转动着捻坠，却没有注意到我们的哈丽曼茜已兴奋地奔向湖边。

太阳明显地向西移去。远远望去，赛里木湖上已经涌起层层浪涛。在靠近岸边的水面上，波浪划出一道道清晰的白色线条。可是现在还听不到一丝涛声。湖心深处的色彩是多么富于变幻啊!瞧吧，忽而变作蔚蓝，忽而变作墨绿……然而，哈丽曼茜对这一切视而不见，在她心目中只有亭亭玉立在湖边的天鹅。她禁不住小跑起来，小坎肩胸前那一排排美丽的装饰品一路撒下明快的叮咚声。

嗬!小狗黑嘴居然撒着欢儿蹦跑到哈丽曼茜前面去了呢。哈丽曼茜乐开了嘴，露出两排珍珠般洁白的牙齿。要知道哈丽曼茜方才并没有唤它来的呀，可是这个机灵鬼似乎明白了小主人要干什么去。于是，在这辽阔的草原上出现了这

样一幅缩影——忽而哈丽曼茜跑在了黑嘴前面,忽而黑嘴又超过了它的小主人……哈丽曼茜忽然停住了脚步,对黑嘴下起命令来了:

"回去!黑嘴。"

黑嘴双耳一贴,摇头摆尾地来到她面前,忽而闻闻她的小脚,忽而舔舔她的小手。显然,它是在向她央求,不要把它赶回家去,它是可以做一个很好的伙伴的,就像每天跟着她和小叔叔到湖边给羊群饮水一样。可是,哈丽曼茜还是那副坚决的口吻:"回去!黑嘴。"

黑嘴用一种十分委屈的眼神看了看她,很不情愿地往回走去,时不时还要扭过头来用哀求的目光看看小主人。哈丽曼茜望着黑嘴这般模样,禁不住又安慰了几句:"你去了会把天鹅惊飞的,明白吗?好了,回去吧,明天晌午我一定带你到湖边来。"

黑嘴终于懒懒地跑远了。哈丽曼茜这才注意到自己已经走出很远了——自家的白帐幕变得像一只天鹅那般大小,仿佛正在召唤着她回去。哈丽曼茜知道那可是一只不会飞离的天鹅。待她看完那两只真正的天鹅,当然要回到那儿去的。于是,她向自家的白帐幕招了招手,继续向湖边奔去。

哈丽曼茜已经跑上了公路。这是一条像黑色的腰带一样拦腰切过草原的公路，奔驰着蓝色、绿色、红色的大小汽车。它们就像搬家的蚂蚁一样，匆匆忙忙地奔来奔去。也不知它们从哪里来，又要奔向何方。不过她听奶奶说过，在那架大山那边有个叫伊宁的城市，所有的汽车到那里去，也是从那里开来的。她早就暗暗打定主意要到那个吸引着这些汽车的城市去看看的，但眼下哈丽曼茜并没有这份闲心，在她心目中只有那两只洁白的天鹅。可不是嘛，就连刚才开过来的那辆小甲虫一样好玩的小汽车，她都没顾上好好看它一眼。要在往常，她非要把它目送到地平线上不可呢。

　　哈丽曼茜跑过了那条黑色腰带般的公路。现在，蔚蓝色的赛里木湖展现在她的面前。湖水已经涨潮了，色彩斑斓的滩头被潮水淹没，层层细浪用它那洁净的手不住拍打着岸边的草滩。然而，在哈丽曼茜看到的地方，并没有天鹅的影子，却有几只乌鸦在觅食。她疑惑地向湖心望去，除了一堆堆隆起又平复的雪白浪头，别无他影。于是，她沿着湖岸走了下去。那几只乌鸦从她面前匆忙飞起，在蓝色的天空与蓝色的湖面之间，划过一道斜斜的弧线，落在了前方不远的岸边。

　　湖岸是富于变幻的。一会儿绿色的陡岸直挺挺地伸进了湖面，湖水在陡岸下不住叹息；一会儿平展展的草滩远远退缩回来，浪花手挽着手欢快地跳跃着涌上草滩。在强烈的阳光照射下，近处泛着浅蓝色的反光，再往远处就变得深蓝。

在那碧波连天的地方，湖水泛着十分神秘的色彩。哈丽曼茜一直沿着湖岸走了下去。刚刚落在那里的乌鸦，迈着从容不迫的步子走来走去，似乎正在等待着哈丽曼茜走近。而她却在充满希望地竭力寻觅着天鹅的美丽身姿。

湖畔的草原坦坦荡荡，一直延伸到那苍松覆盖的雪山脚下。草原上，这里一片金灿灿的，那里一片紫莹莹的，偶或还有点点火焰般的殷红闪现。在那绿茫茫的草原深处，坐落着点点雪白的帐幕，撒满了群群牛羊。然而，却不见天鹅的影子……

留在身后的山峰被隆起的陡岸遮着，变得低矮了。前面那座巍峨的雪山显得更高更高。那几只乌鸦依然在她不远的前方迈着它们的方步。哈丽曼茜终于停了下来。她断定天鹅一定是飞过赛里木湖，落在了神秘莫测的彼岸。要是哈丽曼茜有一双天鹅的翅膀该有多好啊，她立刻就能飞过这浩淼的湖面，去寻找那两只美丽的天鹅。然而，哈丽曼茜心里明白这是不可能实现的。那么骑着马儿在什么时候才能绕到遥远的彼岸呢？哈丽曼茜静静地伫立在那里，不免犯起愁来。涛声正在窃窃催促着她，似乎在说，如果你不尽快赶到彼岸，天鹅很快就会从那里飞走……

哈丽曼茜忽然发现远处山脚展现的公路尽头，有一辆她最喜欢的像小甲虫一样漂亮的小汽车正在驰来。她心中升起一线希望——她要挡住那辆小汽车，告诉开车的叔叔，她要马上赶到赛里木湖的彼岸去看天鹅。她确信那个好心的叔叔一定会满足她的要求……

哈丽曼茜情不自禁地招着小手向公路奔去……

1981 年 6 月

金色的秋叶

一

秋天悄然无声地降临了。瞧，满山遍野的桦树不知不觉已经换上了迷人的金色秋装。那桦树林下的一片片混生的山杨、花椒、雪柳、山楂、野果、醋栗，也都纷纷仿着桦树的模样，努力改变着被夏日的烈阳涂染过的浓绿盛装的色泽。就连丛生在那条永不疲倦的小溪边上密密匝匝的水柳、杜仲，也披上了婀娜的秋装。整个山野在秋色中变得更加端庄、典雅、娴静。唯有那雪线下的雪杉、冷杉、云杉、桧树依然故我，仿佛竭力要用自己顽强的生命来为这秋天的世界保住一片绿色。然而，倘使您稍加留意，会发现那绿色已不再像夏日那般鲜亮，分明带着秋时的墨色痕迹。雪山却像一位慈父，正在默默注视着自己脚下这一片沉醉在秋色中的世界……

总而言之，这里的秋色并不像人们常说的那样一派萧索残败。坐落在那个山坳口上，依山傍水的那一座座木屋组成的小小村落——林场——更是为这里平添了一分勃勃生机。

从那里升起的袅袅炊烟，飘出的阵阵歌声，那傍晚时分归圈牛羊的咩哞声，以及深夜里的犬吠声，都会使人更加迷恋这一片秋色中的山林世界。可是，让山里人颇为不平，或者确切地说——更为恼火的是，所有的夏日里蜂拥而至的山外来客，此刻一个个都像逃避瘟疫似的，早已躲回了他们在山外城里的舒适宅邸。那些人从来都是属候鸟的——一旦夏日的明媚阳光普照大地，便会争先恐后地挤进山中，一夜之间沿着那条清澈的小溪支起他们雪白的帐房，宛如雨后纭生的蘑菇，银晃晃的。于是，山野再也不会得到片刻的宁静。直到秋寒渐渐迫近，他们又在一夜间留下一片狼藉的营盘，拆走他们雪白的帐房。那些人不懂，也许永远也不会懂，大自然赋予山野的景色，四季都是迷人的。他们满足的，仅仅是充满绿色的夏日的一瞥而已……

　　当然，在所有山里人中，最为感慨的，莫过于我们的阿尔曼小兄弟了。他两年前从县里的中学毕业回来，一个人掌管林场那个有六间木屋的招待所。因此，他的体验可以说更为准确，也更为深刻。比如在夏日里，他起早摸黑，为了款待那些来宾，整日疲于奔命。可是一到秋天，他的小招待所便会忽然冷清下来。于是，只有他自己，孤零零地陪伴着曾经喧闹一时的六间木屋，一直度过那难挨的、寂寞的、漫长的秋、冬、春。他和这些木屋已经度过了两个这样寂寥的年头了。他很难记起在除了夏日以外的漫长时光里，到底有谁光顾过他的木屋。有时候，为了不让那些空荡荡的木屋感到冷落、凄苦，他会挨个儿一间间地住过来的。即使是冬天，他也会一间间地挨个儿生火住宿，与那四壁倾谈心中的酸楚，从而排遣时光。自打今年入秋以来，他索性连那些门前晚生的杂草、飘零的枯叶也不清除了。要不是那条由他每天踏入木屋的小径还留有一丝人迹，乍一看去，此时此刻，外人决然不肯相信这就是堂堂的林场招待所。然而，谁又能料想到，恰恰就是在这无人问津的时刻，居然会有一位城里来的稀客光临这一块随着秋天的降临而开始被淡忘的世界呢。而且，这位稀客还是个女的。

二

一层淡蓝色的薄纱轻轻地罩住了小小的村落——那是从林场家家户户的烟囱里浮升的炊烟，在静静地飘散开来，向四野里弥漫着。太阳还没有升上天空，不过，它已经从庄严的雪山背后把万道金光射向了晶蓝的天穹，雪山披着一件耀眼的光衣，正在向谷底的人们无言地宣告，新的一天已经诞生——至于太阳，要不了多久，它会被无形的巨掌托出地平线，然后慢慢地悬挂到中天去的。眼下，对于幽深的谷底世界来说，能够见到黎明的曙色就已经足够了……

阿尔曼揉了揉惺忪的睡眼，走出门来，舒服地伸了个懒腰。早晨的空气格外清新、湿润，还夹杂着一丝满山遍野的落叶散发出的特殊芬芳。他深深地吸了一口略带几分寒意的空气，顿时觉着一股馨香浸入了自己的每一片肺叶。那甜丝丝的滋味儿，一直向他每一根神经末梢袭去，使他那颗扑扑跳动的心儿都紧缩了，浑身一阵阵颤栗起来。他贪婪地呼吸着，久久仰望着那座迎门而立的、镶嵌着耀眼光圈的巍峨圣洁的雪山……

　　他顺着那条由他一人踩出的小径朝家走去。他的家就在被淡蓝色炊烟缭绕的村落一角。自打入秋以来，每天清晨，他一醒来，就要回家去吃早餐的。甚至脸也是回家才洗的。然后，整整一天，他都要耗在林场那个小卖部前。直到吃了晚饭，很晚很晚，他才会晃晃悠悠地回到被他冷落了一天的招待所来。其实，白天到小卖部里来的人，无非是些他所熟识的、每天都要打几次照面的邻里。不过，他觉得这里气氛热闹。那些邻里熟人到小卖部前谈论的话题和在别处显然不同——永远诙谐、新鲜、有趣（其实，过后再一琢磨，那些话简直平淡到了无聊），那一张张脸上绽现出来的笑容，也是那样的可爱、动人。尤其当有谁已经喝得醉意微醺，开始冲着你憨笑的时候，你会觉得快活，犹如自己也陶然入醉一般。当然，有时候阿尔曼也会在小卖部前待腻的。于是，他会来到场部阅览室，在那里漫不经心地翻阅那些迟到的报纸和过期的刊物。但这些报刊他都不喜欢。他最喜欢看的是画报。然而这里的画报又常常残缺不全——新画报刚刚送到，三传两传，不到几天，你就会发现其中某一幅彩色插页已被什么人悄悄剪去了。不久，你便会在某一家木屋的正堂上看到那幅插页。只是谁也不去过问罢了。阿尔曼顶讨厌那些好

剪彩色插页的人,害得他不能好端端地欣赏一本完整无缺的
画报。然而,有一次,阿尔曼竟也悄悄地剪下了一幅彩色封
底(那是一份被人裁剪过的旧画报,他是从弃在角落里的那
堆废旧报刊堆里无意中翻出来的)。这是一个秘密,他至今
对谁也没透露,别人也没有发现是他剪去了……

　　阿尔曼一路低头沉思着这新的一天该如何打发是好(这
是他最为烦心的事儿了),不知不觉已经走进那一层淡蓝色
的薄纱——就要到家门口了。邻居家那条花狗正冲他摇头摆
尾地走来。阿尔曼猛然记起了什么——对了,招待所里还摆
着从城里来的女客人呢!他立时抽身向招待所奔来。唉唉,
真晦气,怎么就将此事儿给忘了。昨天傍晚,阿尔曼正要锁
门回家吃饭的当儿,场部的秘书领着一位女人把他堵在了门
口。"我说阿尔曼,这位是城里来的画家同志,要在咱们这
里住一段时间,要……嗯……对了,写生,是写生。你给她
安排一下住处。往后她有什么事,你负责照顾,解决不了的
找我去。至于吃饭问题嘛,我们想让这位同志在你们家搭个
伙算了,一个人不便专门开伙。回去告诉你母亲,缺什么可
以到保管员那里去领。好了,就这么着吧。"秘书说罢就把
女客人留给他走了。阿尔曼为这突然光临的客人感到一阵由
衷的欢欣。的确,在这宁静的秋天,他和招待所的木屋再不
会寂寞了。他为女客人打开了当中那一间最好的屋子——其
实,每一间都是质地相同的木屋,可他认为当中那一间最
好——并且拿来了干净被褥为她铺好。然后,领她回家吃晚

饭。整整一夜，阿尔曼的心情一直都很快活——六间木屋不再由他一人空守了。他躺在床上，一想起隔壁那间木屋住着的那位女客人，便禁不住想象着她究竟会把他们林场、山川风貌画成个什么模样。那一片片秀美的桦树林，她会不会欣赏呢？阿尔曼可是太喜欢了……阿尔曼就是在这种愉快的心境中睡过去的。谁知早晨一觉醒来，他竟忘了还有客人这桩事，糊里糊涂走回家来。

　　眼下，招待所里分外清静。当中那间木屋的窗扇不知什么时候已经打开（这一点阿尔曼方才离去时并没有留心）。阿尔曼本想冲着窗口喊一声"该吃饭了"，但他觉得这样不妥，对待女客人还是应当礼貌些好。于是，他径直走进了过道，欲到门口请她。谁知房门也大敞着，只剩一间空荡荡的屋子，不见人影。也许，她一大早就散步去了？不过，这里的山间小道可不比城里的马路那么平坦呀。他茫然了，索性走到院里等着。即使女客人走到哪里散步，待会儿总该要回来的吧。

　　雪山终于把耀眼的阳光托到肩头，又举向了头顶。烟霭织成的淡蓝色薄纱早已从村子上空悄然无声地飘逝。各家各户的奶牛刚刚挤过奶，正在慢慢吞吞地朝村外牧场走去。可是，依然不见女客人回来。阿尔曼不免有点懊丧。那种为这位女客人的光临感到欢欣的心境，不知隐遁到哪里去了。他甚至开始隐隐意识到，这位女客人的到来对于自己来说并非是件好事。按照眼下这么个等法，也许，往后自己整个白天的时间都会耗在招待所里的——说不准什么时候女客人会需要他做点什么。他不由得朝场部小卖部那边望去——那长满杂草的屋顶，从这里可以看得清清楚楚。再过一会儿，那里就会聚拢一大帮人……阿尔曼叹了口气。他现在才真正感到，秘书把一切都推给他，原来是想图个一身清闲呀！真是的，要来个什么头头脑脑的人物，他才不会这般慷慨地让你陪伴，倒要自己有事没事成天跟着那些人的屁股打转呢！阿尔曼厌恶地皱了皱眉头，一种烦躁不安的情绪开始悄悄地爬上了他的心头，他再也不想等下去了，索性到附近找一找看。

三

阿尔曼转过招待所的木屋，茫然望着四周。在他目光所及之处，压根儿瞧不见女客人的影子。他不知道应当到哪里去找她才好。这么早她是不会进山坳那边莽莽苍苍的原始森林的。况且她新来乍到，还不知道那边的路该怎么个走法。小溪对面的草坡上，有几头奶牛正在吃草，此外没有一丝人迹。也许，她会在溪边？阿尔曼拿不准，只是漫无目的地朝溪边走去。他觉得晦气极了。这样的客人着实难以侍候。当他经过一片牧人和消夏者留下的营盘时，将一只被谁遗忘在营盘里的破雨靴，一脚踢进秋黄的荨麻丛中去了。

阿尔曼走进了溪边的密林。从这里，还看不到那条清粼粼的小溪。然而，那流水哗哗的欢唱声，就是在招待所的木屋里也能听见的。阿尔曼顺着一条由畜群踩出的小径走到了溪边。不过在这里也看不到女客人的影子。他走出小径，沿着小溪胡乱摸去。他时而拨开纵横交错的灌木枝条，时而又跃过倒伏的朽木，不时还要抹去粘附在脸上的蜘蛛网。就是他的鞋和裤脚，也已经被草瓣上的晨露打得精湿。可是，依然不见女客人的影子。阿尔曼彻底发恼了，他决定再找一段试试，如果还不见她的人影，就不管了——反正她感觉到饿了自己会回去的。不过，到时候见了面，无论如何不能客气，得要好好数落她几句，让他真真找得好苦。

　　正当阿尔曼怒气冲冲地穿行在一片白桦林中时，他猛然发现了他的女客人就在白桦林那边的小溪对面！阿尔曼站住了。他直想隔着小溪大喝一声。可是，他想不起女客人的名字来了。记得昨晚她告诉过自己的名字，是叫玛丽娃呢，还是叫玛尔胡娃？抑或是别的什么？他的确想不起来了。可眼下又不能那般粗鲁地吆喝："喂——！"阿尔曼束手无策了。女客人并没有觉察他的到来。只见她把画夹摆在一块卧牛石上，自己半跪在草地上，不时地抬起头来凝神远眺，然后又匆匆埋下头去涂抹着什么。那神态显得那样地全神贯注，似乎全然忘记了世上的一切。阿尔曼的心头不由得活动了一下，萌生出一丝好奇的念头来——不要惊动了她，悄悄涉过小溪，看看她究竟在涂抹些什么……

　　"您画得真美。"

　　当阿尔曼站在女客人身后，禁不住轻声赞叹起来时，女客人猛然回过头来，这才发现身后站着一个人。然而阿尔曼看得清清楚楚，在她的眼神里，除了流露出些微的诧异，没有一丝的惊慌。

"是吗？阿尔曼小兄弟，你是什么时候来到的呢，我怎么一点也没有发觉？"

"我？……我在您身后站了好一会儿了。"阿尔曼忽然腼腆地说。

"噢，我的小兄弟，您怎么也不说一声'大姐，我来了'？"

女客人的眼睛宁静地望着他，只是脸上显出几分笑容。许是清晨白桦林中幽静的气氛使阿尔曼产生了一种幻觉——在他听来，不知怎的，女客人的说话声竟像一股叮叮咚咚的山泉，那样悠远、悦耳。他觉得自己就像一只焦渴难耐的小鹿，在一片茫茫无际的林莽中四处奔突，忽然遇见这股清泉——方才那股郁积在心头的怒火，不知不觉释然了……

"我在看您作画……"阿尔曼拘谨地笑了笑，"您画得真美。"

"不，阿尔曼小兄弟，你说错了。是你家乡的山水太美了，真是鬼斧神工——大自然的神奇造化。你瞧，阿尔曼①不就蕴含在这里么，我都临摹不过来呢！"

阿尔曼有点陶醉了。他从来还没有听到有谁对他的家乡山水作出这样美好的评价（可不，还把自己的名字与家乡的山川联结在一起了呢）。他甚至为自己刚才无端地怨恨这位女客人而感到懊悔了。他望了望女客人，想说什么来着？他

---

① 哈萨克语，意为理想、希望。

想告诉女客人，是该吃早饭的时候了，可他还是不知怎样开口称呼她好。女客人却一声声亲昵地唤着自己的名字。这使阿尔曼越发拘谨了。他甚至清晰地意识到自己的双颊正隐隐发烧。阿尔曼横了横心，索性就喊她一声"大姐"吧，但他从来不曾唤过什么人一声姐姐——他没有姐姐——所以，这个词在他口中竟是那般生疏。阿尔曼几欲呼出，可最终还是艰难而又干巴地说了一声：

"我想，您……是不是……可以吃罢早餐……再来画？"

"噢，对了，对了，我说怎么心里有点发慌，原来还没吃早饭呢。走吧，小兄弟，要不是你找到这里来，这顿早餐我差点儿忘了呢!"

女客人爽朗地笑着收起了画夹。一路上，她向阿尔曼不停地问这问那——问他的年龄，问他上过几年学，有什么业余爱好等等。阿尔曼也很想向她问点什么，可他什么也想不起来，脑子里始终是一片空白。阿尔曼陪着女客人进村朝家走去时，小卖部前已经聚集了一群人。有几个伐木工人正在用异样的眼神朝这边张望，阿尔曼说不出含在他们嘴角的微笑意味着什么。然而，就在这时，阿尔曼的脑海忽然划过一道闪电——他想起了女客人的名字——玛格萨蒂!没错，是这个名字。

四

早餐过后，女客人说她要继续到溪边写生，背着画夹走了。不过，临走，她极客气地询问阿尔曼，明天是否有空可以陪她到山坳那边的原始森林中写生。阿尔曼欣然应诺了。

女客人走后，阿尔曼给家里劈了些木柴，这才走出门来。

雪山已经把太阳悬挂到半空中去了。村里所有的男子汉似乎都已经忙完早晨该忙的活计，一个个聚拢到小卖部前来了。唯有几个从山上下来的伐木工人，看来是被临时抓差，正在村头给几辆拉木头的卡车装原木。除此，秋天的深山牧场好像也没有多少可干的营生了。

阿尔曼习惯地向小卖部前走去。还没待他走近，早上那几个伐木工人便远远地招呼起来。

"过来阿尔曼，到我们这儿来!"

阿尔曼不解地瞅了瞅他们。其实，不用他们招呼，他也是要到小卖部前去的，否则，还有什么好去的地方?

阿尔曼刚刚走近小卖部前，那几个伐木工人便带着一股浓烈的酒气围了上来。

"喂，我说好邻居，早上你领着的那个姑娘是哪儿来的呀?"那条大汉——小花狗的主人——朝他挤了挤眼，以颇为神秘的口吻抢先问道。

"是个画家，从城里来的。"阿尔曼平静地说。但他觉得那问话的口气着实太刺耳了。

"唔。这么说，她是到咱们这儿来画画儿的啰?"

大汉脸上流露出一股让人难以捉摸的微笑来。

阿尔曼点了点头。

"对了，她叫什么名字来着？"大汉又问。

"玛格萨蒂。"

"玛格萨蒂？嗯。不错，不错……玛格萨蒂……"小花狗的主人仿佛在反复咀嚼品味着这个芳名。

"哦嗬，玛格萨蒂？多好听。我那觅死觅活、至今还不曾寻见的玛格萨蒂①不就是她么!"这时，另一个汉子也打一旁插了进来（他的舌头已经不那么灵便了），"瞧，她可真迷人啊!"

阿尔曼突然憋红了脸。他仿佛觉着是自己受到这几个醉汉戏弄、侮辱。他真想用顶顶刻薄的言辞回敬几句，然而他的嘴角只是微微抽动了几下，一句话也说不出来。

"你呀，库玛尔别克②，也真够可以的了——也不瞧瞧我们阿尔曼小兄弟的脸色。"

"这个该死的秘书，有这等美差，怎么也不想着给咱兄弟们摊上一份儿。"

"好吧，祝你走运，阿尔曼小兄弟!"

"哈哈哈……"

"哈哈哈……"

那几个醉汉甩下阿尔曼，浪笑着摇摇晃晃地走进小卖部。看样子，他们是要继续泡在酒缸里了。阿尔曼浑身的热血往脑门上涌，他忽然讨厌起这个去处来了。他狠狠地啐了

---

①哈萨克语，意为心愿、目的。
②哈萨克语，意为嗜好、瘾、着迷。

一口，愤愤地离开了小卖部……

五

阿尔曼直到坐在那排熟悉的木屋前时，方才意识到自己原来已经回到招待所来了。他不知道自己在这里坐了多久。他的确被刚才那几个人气昏了。现在，他已经冷静下来，漫无目的地默默环视着招待所前的场院。

秋日的阳光暖融融地倾泻下来，显得那样的柔和亲昵。村里人家的三五只牛犊正卧在那边的窗前，懒洋洋地晒着太阳。似乎这里早就成了它们无可争议的领地（那满院的一坨坨的小牛粪盘，证实它们在此自由自在地享乐已久），根本不把阿尔曼放在眼里。那晚秋的杂草也长得真快，当中那屋窗台下的几株蒿草，都快够着窗沿了。而那纷纷飘落的枯叶，早已将满院的场地覆盖。一阵细软的旋风过处，遍地乱红飞舞起来……莫非这就是由自己掌管的那个招待所？记得有一回场部秘书说自己太懒，连招待所门前的场院也不晓得打扫一下，自己还不大服气呢。可是你瞧，那满院的杂草、枯叶，好像总有多少年没有人来过这里，真丢人。不过，自打入秋以来，阿尔曼没有一个白天在这里正经待过。可是，这也叫招待所么？简直与牧人和消夏者留下的营盘没什么两样！或许，被自己早上一脚踢开的那只破雨靴，此刻就在女客人窗下的杂草丛里安睡呢……女客人？对了，女客人！哦哦……阿尔曼忽然想起他的女客人——玛格萨蒂——是否留心过这一切，更不知道她会作何感想。他只感到脸上火辣辣地发烧，他不由得摸了摸脸颊，生怕被什么人瞅见似的匆忙起身，先驱走了那几头无法无天的牛犊，再踅身进屋取出工具清扫起来。

　　当他把场院里的杂草败叶清扫一净，坐在屋里翻出他曾经剪下来的那张画报封底，独自欣赏的时候，女客人方才写生归来。

　　"噢，我的阿尔曼小兄弟，你可真不简单，这招待所的院子一个上午就被你收拾得面目一新了呢!"

　　女客人还没进门就嚷了起来。阿尔曼闻声匆忙把那张封底塞进了抽屉。不知怎的，他突然感到十分尴尬——女客人果然注意到院子里的变化，说明她对昨天的邋遢样子印象不浅呐。他对自己过去的敷衍劲儿深深地后悔了。

　　女客人已经走进屋来。她手里捧着一束晚秋的鲜花，那都是一些蓝紫色的不知名的山花。他急忙起身相迎。

　　"嗬，阿尔曼小兄弟，瞧你的脸红得像枚草莓似的，是不是说你好就害羞了？"女客人说着在他脸上亲昵地抚了一下，"走吧小兄弟，给我开开门。对了，得需要找个空瓶把花儿安顿一下，然后我们就该吃午饭了是吗？瞧，午餐我可没让你到处去找。"

　　阿尔曼找来了一只落满了灰尘的空酒瓶。女客人十分利落地将酒瓶里里外外涮洗一净，使那只可怜的瓶子恢复了深绿的本色，再灌了水，将那束鲜花小心翼翼地插入瓶口，心满意足地摆在窗台上了。屋内顿时洋溢着馥郁的馨香。阿尔曼惊奇地发现，这几朵山花在他们山里人来说是不屑一顾的，可是经他的女客人摘回一束往屋里这么一摆，居然也能增添几分生机呢！要是这位女客人能在春天里来，那该多好，可以让她尽兴地瞧一瞧那满山遍野的各色山花。更重要的是，他也可以为女客人每天摘来一捧最艳最美的鲜花……

当阿尔曼陪着女客人走出招待所，再次从小卖部前经过时，那几个醉汉依旧在那里转悠。几双灼人的目光一起朝他们这边投来了。

"啧啧，瞧她那披肩的长发，简直就像黑色的瀑布……"

有谁在喃喃低语。他听出来了，正是邻居那条大汉——小花狗的主人在痴痴地说。阿尔曼周身的血液开始往脑门上涌，他不住地搔着脖颈，仿佛极力要把那舔舐着后颈的火舌般的视线拂去。他不由得烦躁起来，几欲转过身去，把这几个百无聊赖的醉汉臭骂一通。然而，当他忽然意识到他的女客人旁若无人似的昂然走过这里，便从她那凛然不可侵犯的神态中受到了某种智慧的启迪，霎时安静下来，静静地陪着女客人朝家走去……

六

屋外的世界一片迷蒙。哪是雨丝哪是雾，让人无法分清，就连场部的轮廓也在飘逸的雨雾中时隐时现。唯有秋黄的大地在雨脚下轻声嘟囔着。哦，连绵的秋雨开始了。没有闪电，没有雷鸣，淅淅沥沥，时紧时缓，不知何日才终，何时才了。
说不定这场秋雨的尾声将以初雪告终……

阿尔曼一拉开窗帘，便怔怔地定在窗前了。他万万没有
料到今天会变天的。昨天他就应诺过女客人，今天要带她到
森林里写生，可是瞧这倒霉的鬼天气，已经没法出门了。怪
不得山外的人一入秋便不肯在山里停留了。

"阿尔曼小兄弟，你起来了？"

女客人的面孔在窗前一闪，还没等阿尔曼反应过来，人
已经进了屋门。

"我已经去过溪边了，小溪发水了。真的，那水真大，
还连根冲下几棵树呢。"

女客人兴奋地说着，只见她披着一件浅蓝色塑料雨衣，
水珠不断地从雨衣下摆坠落在地板上，旋即又纷纷摔碎了。
那双鞋早被雨水浸湿了。即便这样，她也没忘了摘一束晚秋
的鲜花回来。

"外边冷么？"

女客人随身带进的寒气直扑阿尔曼的脸颊。看来，她是
有充分准备的——阿尔曼望着她那件浅蓝色雨衣暗想。

"冷。"许是由于兴奋，女客人双颊闪着红扑扑的光泽。
她把雨帽往后一撩，抹了把脸上的水珠，快活地说："怎么
着，阿尔曼小兄弟，咱们吃过饭就可以进森林了吧？"

"这种鬼天气您也要出去写生？"

"怎么，你不信？"

"我是说，这种鬼天气除了羊倌，再不会有谁出屋的。"

"小兄弟，你怕冷还是怕淋？怕冷了我还有一件毛衣给你穿上，怕淋了这件雨衣就归你！"

"这些我都不怕。"阿尔曼讷讷地说，"怕只怕满天的雨雾，上了山您也看不清什么——写生不就是要画眼见的风景么？"

"这你就放心，阿尔曼小兄弟，我就是想在雨中写生。刚才我从溪边过来，山谷那边的雾已经飘散，露出森林的一角，那景色真是棒极了!怎么样，陪我去么？"

"好的。"阿尔曼终于点了点头。

"那咱们就一言为定。"

"一言为定。"

······

森林永远是一片神话般的世界。雨后的森林更透着一种迷人的神韵。阿尔曼和他的女客人刚刚登上山坡的时候，雨住了，雾也散了。然而，满天的云层依旧低垂着，隐住了雪山的轮廓。在那遥远的山谷尽头，在铅色的云层底下，滞留着一团乳色的雾幛。空气湿漉漉的，似乎随手一抓便能捏出一把水来，吸在肺叶里也是那般的潮湿、甜润。满山遍野的森林的世界，一夜间已被雨水洗涤一新。那桦树、山杨、雪柳的叶片，已被秋风吹得金黄。然而，桦树那秀丽硕大的叶片，却又在金黄中透着几分橘红，有如在山野间燃起的一团团火焰。雪柳的狭长的叶片，倒沁着几许橘黄的色彩，掩映着柔嫩青绿的身姿，挤在一起，宛如一群身披金纱的含羞少女，亭亭玉立，显得分外窈窕、娴静。而那高大挺拔的山杨，时时抖落着几片由于吸足了水汽而变得沉重起来的枯叶，伸出光秃的枝梢，簇拥着那些混生于其间的云杉和桧树。当然，云杉和桧树依旧是青春常驻，那一身墨绿的针叶犹如铠甲，被秋雨湿润得更加鲜亮，一棵棵拔地而起，正在嘲讽地望着那遥远的山谷尽头——从凝重的云雾边缘透着寒光的雪线……

　　女客人望着这一片舒心悦目的森林世界，情不自禁地爽笑起来。她甚至还哼起了一支轻快的歌。在阿尔曼听来，那歌声和笑声恍若一只只快乐的小鸟，那小鸟忽而腾空穿云破雾，忽而又在那一片片金色的秋叶间绕来绕去，给这沉浸在雨后寂静中的森林世界，带来了无限的生机。

　　女客人选择了一处林中突兀的高地，俯瞰着对面的山坡，开始蘸笔作画了。阿尔曼立在女客人侧旁，时而顺着她的视线，眺望远山近林；时而又收回视线，注视着那张色彩不断丰富起来的画布。渐渐地，画面的轮廓开始清晰起来，那云缠雾绕的群山，那密密丛丛的云杉、桧树，那一团团如丹似火的秋叶，还有那白桦树秀丽的白色躯干……哦哦，阿尔曼简直惊呆了。他今天才从玛格萨蒂的彩笔下真正发现，家乡的山水原来如此的恢宏博大，如此的富丽多娇。就连雨天中的景色，也竟这般的迷人……

　　细密的雨丝又飘落下来。阿尔曼脱下自己的雨衣，为女客人和她的画夹遮了个小小的雨棚。女客人不安地抬起头来，阿尔曼用微笑的目光回答她。女客人会意地点了点头，便又低下头去安心作画了……

雨丝渐渐地变成了雨线，在阿尔曼的双颊和脖颈上不断地拖出一条条蚯蚓似的水迹。阿尔曼纹丝不动，任凭冰冷的雨水在自己的双颊流淌……

许久，女客人终于如释重负地吐了口气。

"画好了，阿尔曼小兄弟。"女客人惬意地抬起头来，那双闪闪发亮的秀眸，忽然惊奇地盯住了阿尔曼的脸庞。"太棒了，阿尔曼小兄弟，从这个角度上仰视，你脸部的轮廓简直太动人了。我怎么就没有早点发现呢。今天回去我一定要从这个侧面给你画幅肖像！"

阿尔曼不由得窘住了。他从来没有想过自己也能上画，一时竟然不知如何是好了。不过，当他看到女客人苍白的嘴唇时，马上意识到身为山林的主人，自己应当做些什么。

"您冻坏了，快到那边的云杉底下避避雨吧，我这就去给您生火去。"

于是，不一会儿，阿尔曼便在一棵擎天而立的老云杉下生起了一小堆篝火。老云杉的庞大树冠宛如一把撑开的巨伞，遮住了雨帘，滴水不漏。他和女客人默默地围坐在篝火旁边，静静地倾听着松枝哗哗剥剥的燃烧声，和那簌簌的雨声。有一只啄木鸟——不知在附近的什么地方，正细心敲打着一段树干。那啄木鸟笃笃的敲打声，在林间引起一阵阵回响……

"对了，阿尔曼小兄弟，"还是女客人首先打破了这种沉寂的气氛，"我一直忘了问问，你是否有姐姐呢？"

"没有。"阿尔曼用困惑的目光望着这位女客人。

"那可正好，你就唤我姐姐好了。"

阿尔曼不由得埋下头去，不知怎的，忽然把脸飞红了。

"瞧你，还害羞呢，叫我姐姐还有什么好害羞的，往后就这么叫我。"

阿尔曼却使劲地摇着头。

……

七

两天以后，雨终于停了。

云飘雾散之后，人们发现雪线已经悄无声息地迫近谷底。此刻，放眼望去，在那白茫茫的雪线上边，依然燃烧着一团团的火焰——那是满山遍野的阔叶林还没有来得及在大雪之前抖尽它们金色的秋叶。所有的候鸟都离去了。仅有几只花喜鹊，在一片片如丹似火的阔叶林上空喳喳欢叫着，飞来飞去……

女客人准备要走了。正好有一辆卡车今天要下山去。倘使不乘这辆卡车下山，往后就会大雪封山，直到来年五月上旬，才会有第一位勇敢的司机开车进山的。阿尔曼已经对司机说好把他的女客人带下山去。司机让他们在小卖部前等候——这是他必经之地，一俟他装上木头，就要马不停蹄地赶下山去。

小卖部前依旧挤满了人。阿尔曼的邻居——那几条汉子，也挤在人群里。他们几次想和阿尔曼打招呼，可是阿尔曼并不想理会他们。不过他已经发现那几个人正朝这边频频张望，没准那几个又在往他的女客人身上乱睃瞄呢。这些个醉汉！他不由得厌恶地皱了皱眉头，索性背对着他们站住了。

"你瞧，阿尔曼小兄弟，这里雪后的景色更美了，我真的有点舍不得离去……"

女客人不无感慨地说着，掏出速写本在匆匆地勾勒什么。

然而，卡车开过来了。

这个讨厌的司机，简直一分一秒也不肯停留，还没有容得阿尔曼和他的女客人说几句告别的话，车便起动了。"再见！亲爱的小兄弟……"女客人刚来得及从车窗探出头来抛下一句，卡车就载着她已经消失在山嘴那边了。阿尔曼黯然神伤地久久凝望着车尾最后隐去的地方……

"客人送走了？"

忽然，有人拍了拍他的肩头。阿尔曼回头一看，竟是邻居那条大汉——小花狗的主人。阿尔曼厌烦地转过脸去，举步欲走，却被大汉唤住了。

"别这样，阿尔曼小兄弟。我知道的，这几天来你不肯理我，是生我的气了。"

"你们那天……"阿尔曼怔了怔，愤愤地说。

"那天我们喝多了，"大汉打断了阿尔曼的话，"那天我们是喝多了，也不知道尽说了些什么，你全当作没有听见好了，怎么样，咱们可以和解了吧？"

大汉说着伸出手来期待着他，阿尔曼迟疑了一下，还是伸出手来握了握大汉那只大手。刚握完手，他就转身急匆匆地走了——他突然想起了一件事——那张画报的彩色封底。他回到宿舍就取出它，端端正正地贴在了床头，端详了一会儿，这才心满意足地打扫卫生去了。

傍晚，场部秘书来到招待所，他本想对阿尔曼近来的工作挑挑刺儿，没想到招待所里一切都井然有序，他不禁暗自吃了一惊，一时间闹不清其中的奥妙何在。不过，他还是准备先表扬一下这个小伙子，好给他鼓鼓劲儿。当他走进阿尔曼的那间屋子，刚刚坐稳，目光便落在了阿尔曼床头的那幅彩色封底上了（瞧他选贴的角度多好——秘书不免暗自寻思）。

"那是谁呢？"秘书觉得画像上的人好面熟，但又一时记不起究竟在哪儿见过，终于禁不住向阿尔曼问道。

"是我姐姐。"阿尔曼不无骄傲地说。

"姐姐？"秘书瞪大了眼睛，用询问的目光望着阿尔曼，"我怎么不知道你家还有这么一个姐姐？"

"怎么，您不认识我姐姐了？"

"你姐姐……"

"告诉您吧，我姐姐是个画家!"

阿尔曼说罢，把脸转向窗外去。

　　"噢……"秘书似乎忽然领悟了什么，重新打量起那幅画像来。他发现，从阿尔曼那双凝视着窗外雪景的眸子里，流露出一丝隐隐的愁绪……

　　　　　　　　　　　　　　　　　　1984 年 5 月

雪崩

门再也无法开大了。

"雪停了么？"妻子打身后问。

"嗯！"

养蜂人吐拉帕依没好气地从喉咙里咕噜了一声，他像一头双眼发红的公牛，呼呼喘着粗气，正把自己骆驼般庞大的身躯从那一道刚刚推开的、好不容易能够钻进一只小猫的门缝里硬往外挤。和往常一样，昨晚他就为防着这一手，照例把木锨搁在屋里的。然而眼下木锨压根派不上用场——他的一只胳膊在门外，一只胳膊在屋里，门框和门板恰恰把他的胸口顶住了。

"嘻嘻……"

"你乐什么！"

他在门缝里恼怒地扭过脸来，瞪了一眼正在给孩子喂奶的妻子。

"骆驼也有为难的时候呀！"

妻子正在乐不可支地望着他。

"我是怕用力太狠，会把门板弄坏。"

他也禁不住笑了起来。

"我说，咱们都这样，不知下面配种站那老两口日子是怎么过的。"妻子的一双眸子里忽然掠过一丝忧郁的浮云。

"谁能料到这倒霉的雪一下就会没完没了。如果在山外也是这么个下法，真不知给冬牧场上的畜群带来多大的灾难……"吐拉帕依答非所问地喃喃着。

妻子沉默。

吐拉帕依已经稍稍喘了口气，他扭过脸去，重新运足了浑身的力气，又一次小心翼翼地向门外挤去。门板和门后的积雪在他的力量压迫下，轻轻地、然而充满幽怨地嘟囔着。他终于挤出门去，站在了没膝深的雪窝中。妻子匆匆奔到门口给他递了木锨。孩子突然断了奶水，在摇床上呱呱啼哭起来，妻子又慌忙趔回身，继续给孩子喂奶去了。

雪的确是停了，此刻，整个山峦林莽都被厚厚的积雪覆盖着。除了悬挂在两山之间冬日特有的、透着寒气的巴掌大的蓝色天空，世界浑然变成了一片圣洁的白色。

吐拉帕依从来没有见过这样的大雪，纷纷扬扬的雪片宛如无数只小鸟，从那灰蒙蒙的云层中倾巢而下，整整飞舞了七天七夜。他的养蜂场的栅栏，已经完全被积雪吞没，就连那些摇曳在蜂场周围的丛生的灌木林，也没了踪影。倒是溪边那一片片野果、山楂和混生的水柳、山杨，努力从厚厚的雪被底下探出光秃秃的枝梢来，仿佛证实着自己的存在……

　　吐拉帕依自家的木屋，也深深地埋在了积雪下面。他从这场大雪始飘的第一天起，每天都要几次清扫门前的积雪，从而维持住门前一块小小的空场地和通往柴堆、畜圈、溪边，以及搁置过冬的蜂箱的蜂房的通道。现在，小小的空场地那边堆积起来的雪墙，已经远远高出了他家木屋顶上的烟囱。可是昨晚一夜间，上苍仿佛作了最后的发泄似的，在他昨天黄昏才清扫过的空场地上，一口气又下了一场没膝深的大雪。要是再把这些积雪铲到雪堆上去，我的天，那雪堆怕是要变成一座小山了！吐拉帕依感到不可思议，也许，这就是老人们常说的"下了齐鞍深的大雪"？他毫不怀疑，眼下即使是平地上的积雪，也能陷没自己的坐骑。真不知下边配种站那两个老人的日子是怎么过的——在这条被冰封雪盖的偏僻山谷里，他只有这么一家邻居呀。无论如何应该去看看他们，别让大雪把两个老人封死在屋里了……

　　吐拉帕依开始挥舞起木锨来了，他已经拿定主意——赶紧先把门前的空场地开大一点，把那些通道上的雪清除干净，再把屋顶上的积雪推去。做完这些，中午以前，一定得去配种站看看那两位老人。

　　按说雪后初霁，天气应当寒冷难耐。然而，今天天气有点反常。瞧，这会儿，太阳笑眯眯地望着一片玉色世界，早已把清晨的寒气驱尽。满山遍野的雪花，在温暖的阳光照射下，闪耀着五颜六色的反光。吐拉帕依明显地感觉到热了，他顺手脱去了外套，只穿着一件羊皮坎肩在那里干……

吐拉帕依刚刚打通通往柴堆和畜圈的两条小径，身后突然传来妻子的一声惊叫。他从那峡谷似的雪墙中急急奔回门前的空场地，只见妻子已经从屋里蹿了出来，怀里还搂着裸露着一只小腿的孩子。显然，她刚刚来得及从摇床上解下孩子，便扑出门来的。

"怎么，天塌了还是咋的？"

他莫名地望着惊惶失措的妻子。

"还出什么洋相，你的房顶要塌了！"

妻子本能地搂紧了怀中的孩子，愤愤地说。

他丢下手中的木锨抢进屋里——靠门的那根檩子的确现着一道白色的裂痕，他早就发现那根檩子比其他两根是弱一些，可谁能想到居然经受不住一场大雪。这下可好，整个木屋像一个病魔缠身的老人，每一个关节都在吱嘎作响，似乎时刻都有坍塌散架的危险。

吐拉帕依走过去，驱走了那只在黑羊皮大衣里酣睡的灰猫，从床上抱出大衣蹿身出屋，一把丢给了妻子，让他把孩子裹好。随后，他疯狂地刨起柴堆上的积雪——在那里，压着几根权且充当顶梁柱的杉木……

冬日的太阳的确很懒——喜欢晚出早归。然而，一旦它露出头来，脚步又是那样的匆忙，总想草草走完一天的旅程。也许，这又是它惰性十足的另一种表现？这不，当吐拉帕依支好了柱子——顶住断梁，又将屋顶的积雪推去时，不觉已是正午。吐拉帕依从屋顶上下来，妻子早就烧好了午茶在等待他，他已经精疲力尽。然而，他从清晨到现在，还没顾上去下面的配种站看看那两位老人。他不免为此着实地有些内疚。

"瞧这雪，把咱们都折腾得够呛，真不知那两个老人怎么样了。"

妻子一边在给他倒茶，一边说。

"是啊，我这就去看他们。"

吐拉帕依搪塞着，草草吃了一点，习惯地吻了吻在摇床上重新熟睡的孩子，便蹬上滑雪板出发了——坐骑可是无法破开这么深的积雪。

吐拉帕依滑过了隐匿在厚厚的冰雪之下的小溪，向配种站方向滑去。配种站坐落在两山之间一片弓形缓坡那边的一个小洼地里，从这里是无法望见的。不过，只要登上缓坡的弓顶，从那里既能看到配种站，也能望见他自己的养蜂场。

太阳暖融融地照着大地，偶尔，从上边很远的峡谷里传来轰轰的雪崩声。吐拉帕依并不为此感到惊诧——每场大雪以后总是这样，从那峡谷里时时都会传来雪崩声。这场大雪是罕见的，自然少不了要多听几次雪崩声了。他想，不过这一带倒是一向平静，还从来不曾发生过雪崩，也用不着担心什么。

虽说这弓形缓坡坡度不大，但在眼下，吐拉帕依滑起来还是顶吃力的。当然，只要他滑上缓坡的弓顶，往那边他就会像一只鹰似的飞将下去。

离缓坡弓顶越来越近了。

　　当吐拉帕依又一次举目望去时，他突然看到了奇迹——一股蓝色的炊烟，的的确确是一股蓝色的炊烟——正在从缓坡那边的配种站方向袅袅升起。吐拉帕依周身的热血忽然奔涌起来。啊！不管怎么说，老两口还算活着，我的邻居还活着，而且，一定是活得很不错的。不知妻这会儿是否也看到了那股蓝色的炊烟……

　　吐拉帕依不觉停住了。他回首望去，视野里除了一片雪原，再也看不见什么了。唯有一股淡蓝色的烟雾，从那遥远的雪原一角冉冉飘升。他凭本能断定，那就是他的家。他的妻，他的孩子，就在那里……

　　吐拉帕依重新向缓坡弓顶滑去。当他终于登上缓坡弓顶的时候，在他眼前展现的，依旧是一片茫茫的雪原，并没有他所熟悉的配种站的轮廓。吐拉帕依不免有些怅然，你呀，雪，可真他妈的有魔力……他在心里窃窃地骂了一句，便像一只扑向猎物的鹰，冲着升起蓝色炊烟的洼地飞去……

　　突然，大地仿佛痉挛似的颤抖了一下，一声巨响平地而起。刹那间，整个山谷——不，不，整个世界便被如烟似雾的雪尘弥漫。那被雪尘卷起的隆隆的轰鸣声，在两山之间久久地、久久地回荡……

　　太阳开始西斜的时候，一架直升机出现在山谷上空，那是救灾指挥部派出的巡逻机。

机上的人立刻发现在这条山谷里已经发生雪崩，同时，他们又发现，在这笼罩着死一般寂静的冰冷世界里，绽露着一块惹眼的红色。按照地图上的标记，这里曾经是有人家的——他们决定下去看个究竟。

当直升机快要接近地面的时候，机上的人辨清了那是一只盖着红被的摇床。

他们放下舷梯，送下两个人来。

当那两个人揭开被头，摇床里熟睡着一个婴儿，一只灰猫依偎着婴儿红扑扑的脸颊取暖。见到生人，那猫瑟缩着身子，怯怯地喵了一声。婴儿还在熟睡，他那小小的鼻翼随着均匀的呼吸，正在轻轻地翕动着。

"瞧，他可能哭过，哭累了，就睡着了。"

一个人轻轻地说。

另一个人点点头。他环视四周——除了被雪崩连根拔起的树木和堆积如山的污雪，这里没有留下一丝其他的痕迹。不知这个婴儿的家址和父母又在哪里……

他们相互对视了一下，意味深长地摇了摇头，重新将被头盖好。一个人抱起了那只灰猫，另一个背起了婴儿的摇床，一步步向舷梯走去……

1984 年 8 月

红牛犊

　　"那红牛犊都两岁口了，来年就该给咱生犊产奶了，你们爷儿俩哪怕就是奔到天边也得把它给我找回来呀，我还一直指望它会成为一头乳汁丰盛的好乳牛呢……"

　　祖母再三叮嘱我和叔叔。她的确太爱那只红牛犊了。我也喜欢那只红牛犊，还在它整天只会在门口的草滩上撒欢的当儿，我就已经驯服了它，骑在背上它一点也不胡闹。后来，红牛犊长成了一只真正的大牛犊，就是说，它已经彻底断奶了。祖母便让我和祖父把红牛犊牵去，合到即将迁往夏牧场去的姑姑家的牛群里。我们家（我指的是祖父家）是去不了夏牧场的。祖父要在这里守着冬草场，叔叔是牧场粮仓保管，我呢，因为城里学校"停课闹革命"，才到祖父家来帮助干活儿的。那红牛犊可以在夏牧场上逍遥自在地过上一夏，长长骨架，来年就可以发情产奶了。可是，就在牧人们刚刚从夏牧场转场回来，姑姑家托人捎来了话，说那只红牛犊突然走失，虽多方寻找尚无下落，希望我们也能沿山脚地带协同找找。

　　祖母自从听到这个消息，便开始成日里絮絮叨叨。她说那是一只多好的红牛犊呀，她一辈子见过的牛犊多了，可就没见过几只像这红牛犊的。有时说到火头上，她甚至埋怨她的女婿（姑夫）没有真心看好。不然，牛群里的牛一只不缺，怎么独独走失了我家这只红牛犊。祖父发话了。"那牲畜是长着四条腿的生灵，"他说，"它才不管你是不是真心看护，它的头偏向哪边，它的蹄子就会迈向哪边，能不走失么？何况草原上走失一两头牲口是常有的事。还是多方找找吧，不要为了一头牲畜在亲戚间生隙。"

祖母沉默了。

于是，我们决定沿着山脚地带寻找那只红牛犊的下落。不过，祖父是无法出门的。眼下已经入秋，所有的畜群都转到秋牧场上来了。有些地段秋牧场干脆和他看护的冬草场连在一起，只要稍不经心，那畜群便会闯进来的。尤其那些白天无人看管的大畜，更是成天给他滋事。他是无论如何也脱不开身的。祖母嘛，一则年事已高，行动不便；再则灶头上的事离不得她，她一出门，我们几个就别想吃饭。为此祖母每每想起来就要把叔叔数叨一通："看你，还不快些给我娶个媳妇过门，我都已经是半截身子入土的人了，还围着锅台团团转，你什么时候能让我省了这份心，享几天晚福呢？"每当这时，叔叔便会慢悠悠地端起茶碗，咝儿地喝一口奶茶，诡谲地一笑，说："我明天就给您接个天仙过来，那时只怕您又成天担心她不是被烟呛着了，就是被火燎着了，还要自己跑出跑进呢。"于是，祖母便会仰头哈哈大笑。有几次甚至把眼泪都笑了出来。不过，有一回叔叔突然把手中的茶碗一撂，很不耐烦地说："您怎么总是唠叨这件事儿，您还有完没完，外边的事儿就够烦人的了，回家我想清静一会儿呢。"那是个中午，没想到祖母顿时勃然大怒："怎么，心烦啦？不痛快啦？好像是我让你去'造反'的，嗯？是我让你去'破四旧'，往别人头上倒扣一桶热糨糊坐上高帽的？嗯？！我是把你当作男儿生到这个世界上的，如果你还有点血性，就别把在外边自寻的烦恼拿到家里来撒。当初你不听你父亲和我的忠告，既然你有本事做得出来，那你就自个儿担当得起吧。"祖父从一旁插了进来："罢罢，过去的事儿都过去了，娘儿俩还吵个什么？"他说着，叔叔却霍地起身，拿起马鞭跨出门去，翻身上马落下一鞭，一溜烟尘消失在远方。祖母也不听祖父的劝慰，坐在她心爱的黄铜茶炊旁（这还是她年轻时一同过门的嫁妆），一边给自己倒着热腾腾的奶茶，一边还在冲着门外骂个不停。然而，到了晚上，当叔叔在门前勒住坐骑时，她竟迎上去爱抚地吻着他的前额。

　　至于我，虽然我自以为已经是个十三岁的大男子汉了，可是看得出我在祖父祖母的眼里不过还是个毛孩子。再说这些年来我又一直在城里读书，他们更是不肯相信我一人出去能寻出个什么结果来。"你还小，孩子，眼下这世道又这样乱，你一个人出去别说找回红牛犊，只怕把你自己也走失了。"祖母就是这么说的。我当然不服。可她说："这又不是你走惯了的乌拉斯台山谷，既然要找牛犊，就要到你还不曾去过的陌生地方，所以，最好还是等你叔叔有空，你们爷儿俩一起去找。"

叔叔却总也没有时间。

他说他很忙。祖父和祖母一向是护着他的，说当干部的就是忙。我也不知他一天到晚在忙些什么。在我看来，他只会骑着那匹霜额马到处兜风，向所有草原上的人炫耀他那匹快马而已。这不，直到今天，他才总算有了时间。

九月的草原看得出日渐憔悴、枯黄，仿佛已经听到一天天迫近的连绵的秋雨声和寒冷的冬天的步伐而感到焦灼不安。在清晨的阳光还没有来得及落下的那些沟沟坎坎的背阴坡里，依然凝聚着点点白霜。那是大地对昨夜的记忆。只有那莫名其妙地嵌进草原深处的一片片冬麦地，泛着与这秋天的容颜并不协调的绿色。

天空蓝得奇特，蓝得耀眼。在蓝色的天际深处，隐隐地透着一股寒气。

一大群惊鸟含混地鸣叫着飞来，黑压压一片落在了路旁的羊群里。大概这是它们在即将飞往南方的前夕，最后一次光临羊群，为它们拣拣软蜱以尽天职。那羊群似乎也早已心领神会，纷纷停住了吃草，昂起头来，让这些伶俐的鸟儿啄去附于额际的烦恼——软蜱。在羊群的那边，便是散散漫漫铺满草原的牛群和马群了。那牛群里有无数的红牛犊，可就是看不见自己家的那一只。

叔叔自从早上出门以来心绪一直很好。他不断哼着一支快乐的小调儿。这是一支既古老而又永远清新的小调儿。然而今天在叔叔唱来，全然失去了原有的快乐色彩，充满了一种热切而又哀怨的情调。犹如一只落队的孤雁，在无际的长空嘎嘎悲鸣，茫然无措地向天边飞去。让人听着，忍不住心头涌起层层热浪，鼻根却是阵阵发酸。这便是被哈萨克人唱了千年百年的那支古歌《从喀喇套山转来的迁徙队伍》。他已经好些时候不曾有过这样的心绪了。确切地说，自从牧场"三结合革命领导小组"成立以来便是如此。这个班子是在一个多月前成立的。那位曾被他高呼着"打倒"，给头上倒扣了一桶热糨糊坐上高帽的原场党支部书记卡布丁，担任了革命领导小组组长。叔叔原来是牧场基建队的技术员，现在让他担任了粮仓保管。可他一直郁郁不乐，我也不知什么原因。

其实，叔叔原是个生性快乐的人。在我记忆中，他成天总是乐呵呵的。牧场里男女老少无人不喜欢他的这种天性。那会儿，他还在牧场基建队，我每次暑假回来，总能在正墙上看到一份新添的奖状。那上面用汉文毛笔字工工整整地写着——托列甘同志，因在××年三大革命运动中工作成绩突出，特授此状，以资鼓励。我是很喜欢叔叔的，并且一直在为他暗自感到骄傲。

后来，狂风暴雨席卷而来。一个从城里来的学生在这里播下了革命火种。叔叔第一个喝了他从金水桥下带来的水。一夜之间，组织起一个颇有声势的造反队来，揪出了牧场党支部书记——一个道地的贫苦牧民的后代，孤儿卡布丁。他们给他糊上了高帽，挂上了黑牌。那黑牌上赫然写着——走资本主义道路的当权派卡布丁。在卡布丁这几个字母^①上还打了红叉叉。那些天真是忙煞了叔叔。他带头大破"四旧"，将他那把冬布拉几下折断了丢进燃烧的篝火里，又操起剪刀把自己心爱的马裤和鸭舌帽当场剪成一条条的碎布片，换上了一身神气活现的黄军装（眼下他正好穿在身上）。然后，兵分几路，向几条牧人们聚居的山谷扑去。他们那次的行动，据说搞得非常干净、彻底——他们宣布，草原上过去固有的一切，都属"四旧"，应当完全予以破除，"破"字当头，立在其中，现在要用一种崭新的方式来生活……

　　叔叔卷了一支莫合烟，歪坐在马背上，漫无目的地凝视着远方。他已经不再唱歌了。霜额马一丝不苟地迈着它那狼一般轻捷的步子。叔叔吐了口烟，忽然收回视线望着我说："你懂得什么叫寂寞么？"

　　我说："我一个人放羊的时候，常常感到心里憋闷得慌，极想见到一个人——随便什么人都行，只要能和他说上几句话就可以了。也许，这就是你所说的那个寂寞？"

　　他笑笑，摇摇头。

---

① 此处系用哈萨克文书写。

我茫然了。不知道自己说对了没有，更不明白他怎么会对我突然提出这个问题。小路已经送我们登上了一座低矮的山梁。我说："叔，我们今天一直要走到哪儿？"

他说："红牛犊在哪儿，就走到哪里。"

"如果红牛犊跑到天边去了呢？"我故意说。

"那我们就一直走到天边。"他说。

一只云雀突然从路边的芨芨草丛里腾空飞起，舒展着双翅鸣唱开来。也不知在这秋天里，它怎么还没有离去。

没有看到红牛犊。

当我们登上又一道山梁时，发现前边的山坳里有三个汉子并辔而行。"快，"叔叔说，"赶上他们，问问有没有看到我们的红牛犊。这些人说不定会知道点消息。"

于是，我们俩同时落下一鞭，两匹马扬起一路烟尘驰下山坳。那三骑也登上了前边的另一道山梁。还未及我们撵上山梁，那三骑已经消失在山梁那边了。

山梁下，竟是一条涓涓细流。沿着细流两边的草滩，坐落着五六顶灰色的帐幕。那帐幕旁少说也有三两百匹坐骑拴在那里。刚才那三骑看来也是投那里去了。帐幕前，只见穿红着绿的大姑娘小媳妇们进进出出。

我们在山梁上勒住坐骑，稍稍停了一下。"啊哈，喀喇布拉克原来今天有喜宴呀，"叔叔的眼睛一亮，说，"走，咱们也下去吃喜去。"

"咱们又不认识他们，何况也没受请。"我讷讷地说。

"嗨，哈萨克只认得喜宴，哪家有喜只管在他帐前下马就是了，还管他邀请没邀请。"叔叔说着，已经策马朝那个阿吾勒①走去。

"那红牛犊呢？"我拨转马头跟上来说。

"吃罢喜宴就去找。"叔叔说。两个汉子迎上来把我们扶下坐骑。缰绳也被他们接了过去。我们被毕恭毕敬地引进了居中的一座帐幕。当然，还在帐前就洗过了手——一位年轻后生手持水壶毛巾恭候在那里，他的职责就是让每一位来宾先净了手再入席。看得出一切都是按照老规矩办的，就像吹过哈萨克草原的风儿一样显得自然。

叔叔被让到了上席。我自然坐在了靠近门边的那个永远属于小辈人的位置。不过，落座前，我跟在叔叔后边，向在座的每一位长者都握手道安。是祖父教我这样做的。他说："你已经是个男子汉了，一个男子汉，首先应当学会的是敬重长者，向长者道安。无论你走到哪里，无论你是否相识，只要遇见长者，就应当首先伸出你的右手，真诚地向他道安。一个不会向长者道安的人是永远算不得哈萨克的男子汉的。"这些人好像和叔叔都很熟悉，只是我看来让他们感到有些陌生。当我和他们一一握过手，刚刚回到方才的位置上

---

① 哈萨克人的村落。

坐定时，一个同样坐在上席的麻脸汉子忽然冲我问道："我说，这位小伙子从哪儿来呀？"

"从乌拉斯台来。"我说。

"唔，那说说你是谁家的孩子。"麻脸汉子审视着我。

"是我爷爷的孩子①。"我说。

"你爷爷叫什么名字？"

"聂斯甫哈孜。"

"噢，看来你可是个大好人家的孩子，怪不得生得这么机伶呢。那么，你能说得出你是哪个部落的么？"

"我是贾拉伊尔部落的。"

"是哪一支呢？"

"图尔勒拜支。"

"不错，不错，好人家的孩子就是这样懂得规矩。小伙子，你已经算得上是个哈萨克的男子汉了。不过，有一点我还不太清楚，就是在城里戴眼镜的那个医生——那位米吉提先生，又和你有点什么关系呢？"

"是我兄长②。"我立即回答。甚至不无惶恐。

"哈哈哈……不错，不错，你的兄长也是个有口皆碑的大好人啊！"

麻脸汉子这么一说，满屋子人哄堂大笑起来，就连叔叔也笑了。我感到我的双颊在火辣辣地发烧。我是被捉弄了。

_____

①② 哈萨克习俗长孙都要寄养在祖父家中，长孙懂事后，便自称是爷爷的孩子。长子讳称自己的生父为父亲，改而雅称为兄长。

我真想发作一通。其实这些人完全了解我的底细，可我还以为他们对我很陌生呢。好在这时正好茶毕，送上肉来，在座的人注意力都转到盘中的肉上去了，从而给我解了围，使我摆脱了尴尬的境地。不然，我真说不准我自己会闹出什么事儿来。

然而，那位蓄着一蓬花白胡须，一直在一旁含笑不语的长者，刚刚捧起羊头，便割下一只羊耳递给了坐在他近旁的一位晚辈："喏，把这只羊耳传给那个他爷爷的好孩子。"说着，还冲我挤眼笑笑。我只好接过了那只羊耳。于是，一块块的羊肉、羊骨全朝我递来。看来他们都喜欢我，可我已经有点应接不暇了。

后来，他们就喝起酒来。我讨厌酒气，悄悄溜出帐来。帐外尽是那些奔忙不迭的主妇们和那些叽叽喳喳、拥来拥去的姑娘们。没有能和我相耍的男孩儿——所有的男人都还在帐内吃酒呢。

几只狗十分亲热地朝我迎来。看来是我手中那根还没有啃完的骨头招引了它们。我索性不再啃了，把那根骨头在它们眼前晃来晃去，一直把这几只狗逗引到柴堆那边，突然将那骨头远远地抛出去，几只狗一起扑向那根骨头的落点，随即撕成一团。我很得意，就近坐在柴堆上，欣赏着自己导演的这出游戏。当然，在这附近是见不到我们的红牛犊的。

　　当日头开始倾斜的时候，叔叔终于摇摇晃晃地从那座帐幕里走了出来。他满脸通红，拖着他那根镶着明晃晃铜饰的马鞭朝这边走来，在他身后跟出几条醉醺醺的大汉。看来他们是把后来又送进去的那几瓶酒也干了个底朝天才出来的。婚礼的游戏差不多都已经结束了，什么姑娘追啦，摔跤、角力啦，飞马拾银元啦，统统过去了。只是因为地形关系没有赛马。叔叔什么也没看上，什么也没参加。听说还有刁羊。那些汉子们一个个早已上了马背，只等婚礼的主人抛出羊来。草滩上就剩下一只虎纹色犍牛和几匹马——自然是我和叔叔还有这几位醉汉的坐骑了。霜额马发现叔叔出来，从草滩上咴咴地朝着这边嘶鸣。叔叔朝草滩挥挥手，迈着十分滑稽的步子走近我身旁，一股浓烈的酒气顿时扑鼻而来。他亲昵地拍了拍我的脑袋，嘴里却含混不清地说着："我说艾柯达依①，你觉得怎么样啊？没有寂寞吧？"那个麻脸汉子跟在他身后，这会儿也冲我挤眼。

　　我笑笑。"叔，红牛犊呢？"我说。

　　"红牛犊？对对，还有咱们的红牛犊。今天的婚礼搞得不错，库肯②家酒肉备得很足，唔唔……"叔叔一边夸赞着，一边打着酒嗝，脚下站也站不稳。"红牛犊，红牛犊，要找咱们的红牛犊，去牵马吧艾柯达依，咱们是该上马了。"叔叔说着，站在那里撒起尿来。正在那边帐前忙碌的几个小媳

---

① 此处系昵称。
② 此处系对婚礼主人的昵称。

妇，突然尖叫着窜进帐幕里去了。

　　四周全是涌动的马队。每一座低矮的山梁上都出现了一群群的骑手，呈散兵线形黑压压地朝这草滩的阿吾勒卷来。而在婚礼主人的帐前，早就挤满了上百个骑手，他们纷纷高呼着"阿门，阿门"，催促主人抛出羊来。主人家还在昨天晚上就把一只白山羊宰了，浸在那条喇布拉克细流的水湾里（经过一夜的浸泡，那山羊皮就会变得像皮条一样耐扯）。忽然，那挤在主人帐前的骑手们一阵骚动，险些把那帐幕踏翻。转眼，一条汉子拖着那只白山羊冲出人阵，宛若一支离弦的箭，沿着草滩向下驰去。于是，所有的骑手狂呼着，纷纷拨转马头，尾随着那一骑紧紧追去。霎时间，整个阿吾勒上空弥漫着从马蹄下扬起的滚滚烟尘，与那骑手们一阵高过一阵的疯狂的呐喊声交织在一起，构成了一幅密不透风的灰网，把这方才还沉醉在婚礼酒宴里的喀喇布拉克草滩罩在里边，让人禁不住浑身热血沸腾，刹那间就想冲出这张灰网去。

　　"啧啧，好样的，好样的。好久没刁羊了，我的两胯都有点发痒，我说上马吧麻子，咱们今儿个玩个痛快！"叔叔目送着那位携羊卷进尘烟里去的骑手，哑巴着嘴兴奋地说着。

　　"可我是骑牛来的，托柯①。"那麻脸汉子说。

---

① 对托列甘——叔叔的敬称。

"骑牛？你的马呢？"

"谁知道这年月里还会有刁羊这等好戏，我是从羊群边上赶来的，甚至连鞍子都没有备。"

"是啊，是啊，有牛也不错，快上牛吧，我可怜的麻脸老兄。"叔叔快活地说。

"叔，那红牛犊呢。"我说。

"待我把那羊夺过来就去找。"叔叔说。

叔叔摇摇晃晃地接过了缰绳，可是，一扶上马背，还没来得及在鞍上坐稳，便落下一鞭飞驰而去。我立刻策马衔尾追去。那麻脸汉子骑着他的虎纹色犍牛早落在了身后，前面什么也看不清，只有遮天蔽日的烟尘在涌动、翻滚……

当我们追出喀喇布拉克沟口的时候，那刁羊的马队早已驰向遥远的果子沟口。这里只剩下一些懒得追赶的骑手，他们拥在一处辟有墓地的高坡上，欣赏着刁羊的骑手们的角逐。叔叔好像已经彻底酒醒，他也在高地上勒住坐骑，望着那越去越远的刁羊的骑手们，颇为懊丧地摇着头。

太阳匆匆地朝着极力跃出这层层的褐色山梁，露着一片洁白峰巅的喀喇嘎依特山背后滑去。从果子沟口吹来的晚风已经呼啦啦地刮过这里。那满山遍野的秋草禁不住一阵阵瑟瑟地发抖。那从高坡底下一直伸向遥远的公路边缘的冬麦地里，也漾起了一层层绿色的细浪。晚风在我的坐骑鬃尾间滑来滑去，忽而把它长长的秀鬃吹得零乱，忽而又给它理顺。这牲灵极不耐烦地剪动着双耳。然而高坡上的人依旧不肯离去。

"完了，这下那羊肯定是被果子沟的汉子们刁去了。"不知有谁说了一声。

"你以为咱们牧场的人就没有一点能耐么？！"叔叔显出莫名的激动，几乎已经嚷了起来，令我在一旁也感到奇怪。

"你又不能插翅追上去呀，我的托柯。"那人笑道。

"哼，我就不信，不然我早就寻找我的红牛犊去了。"叔叔还是不服。

"嗨，这就对啦托柯，还是趁早找你的红牛犊去吧，我想那一定是个极漂亮的红牛犊①。不过，我倒是挺想知道她事到如今究竟躲在哪一顶鲜为人知的帐幕里迟迟不肯露脸呀！"

"你侮辱人。"只听叔叔咬牙切齿地说了一句，一刺马肚，手起鞭落，打在了那条汉子的脊梁上。那汉子险些落马，歪了下身子复又坐正，挥舞着马鞭反扑过来。当下里马嘶人吼，鞭声呼啸，两条汉子在马背上扭在一起。高坡上顿时乱作一团。我在一旁束手无策，不知如何是好。忽然，我发现了一个奇迹，一个真正的奇迹——一个骑手，鞍前横驮着那只白

---

① 哈萨克语原话此处应为"库那金"，一般暗指少女。

山羊，从果子沟口的方向飞驰而来，看看就要到高坡底下了。在他身后，逶迤涌动着无尽的马队，宛若一条黑色的巨龙滚滚而来。

"那羊被夺回来啦!"我发现自己异样地大呼了一声。

高坡上顿时静了下来。有那么一会儿，他们一个个愣怔在那里，不知究竟发生了什么。刹那间，是叔叔第一个驰向了坡底。那些骑手好像这才醒悟过来，纷纷策马跟下坡去。那骑手身后已经有几骑撵了上来，一位骑手甚至俯身够着了从他胯下露出的羊腿。骑手们全然顾不得缰绳了，听任坐骑载着他们歪出路面，拐进麦田里去了。

高坡上的骑手们跟着抢进了麦田。

那从后面追来的骑手们陆续赶到。于是，一场真正的争夺在冬麦地里展开。已经没有人记得这里是冬麦地了，只见那圈子越围越大，越收越紧，谁也别想从中突围出来。就在这时，那个麻脸汉子骑着他的虎纹色犍牛赶到了。"闪开!闪开!"他得意地大声呼唤着，朝那个圈子里挤去。没有人理会他的喊叫声。然而，正是那头满嘴吐着白沫的虎纹色犍牛，硬给他开了一条通往圈心的通道，转眼又从圈子里冲了出来。我从来没有见过犍牛也会有这等雄威——只见那只白山羊明晃晃地横在麻脸汉子前面，任凭骑手们左右平击，那犍牛虎虎地晃晃它巨大的犄角，不让任何一位骑手轻易靠近。

他们俩配合得多么默契呀，我简直惊呆了——那麻脸汉子才刚刚靠近冬麦地边，叔叔忽然从一旁闪了出来，接过那只白山羊，便一溜烟尘消失在切过墓地的弯道那边了。我这才目睹了霜额马奔驰的奇姿，它简直像一条黑绒铺展开来，又像一阵劲风卷过山岗。

所有的骑手潮水般朝着那条切过墓地的弯道压了过去。

我也被这汹涌的潮流卷走了。

……

在一个山洼那边，我和几个牧场的骑手追上了叔叔。他正信马由缰缓缓行走，显得十分自在，只是不见了白山羊。

"叔叔，羊呢？"我急不可耐地问道。

"我说艾柯达依，咱们的红牛犊今天算是找着了。"叔叔望着我笑道。

"喂，好汉，羊呢？"这时，从后边又跟上来几个牧场的骑手。

"给了卡布丁书记了。"叔叔说。

"卡布丁书记？"骑手们不觉一愣。

"正是卡布丁书记。"叔叔说，"我刚才从喀喇布拉克源头翻过山梁时撵上他的，他说到公社开会来着，我就不由分说把羊塞给了他。他的马快，不然他们会追上我的。"叔叔说罢，自顾吹着一支轻快的小调走在前面，对谁也不作答。一大群牧场的骑手簇拥在后，与落日的余晖一同翻向了乌拉斯台山谷。

　　在一片苍茫的暮色中，我们终于回到了自家的拴马桩前。

　　祖母正在那边给花母牛挤奶。

　　"孩子们，找着红牛犊了么？"她急切地问。

　　"我们找遍天下也没见您的红牛犊的踪影。"叔叔一边给霜额马松着肚带，一边说。

　　"说说你们都走了哪些地方吧。"祖父从羊圈那边走过来说。

　　"爹，我没说么，我们差不多走遍了天下。"叔叔在给他的霜额马梳理着鬃尾。

　　"真主啊，怎么偏偏走失了我这一头红牛犊呢，哎!"祖母拍了一掌花母牛，大概它是走动了一下。

　　祖父默默地走到门口靠在墙根蹲了下来。祖母还在絮絮叨叨，我却在一旁含笑不语。

　　掌灯时分，家犬一阵紧吠，接着从马背上传来一个汉子的声音："托柯，喂，托柯，快走吧，那白山羊卡布丁书记丢在麻子家帐前了，他们已经把肉下了锅，让我叫你吃份子去①。"

　　祖父和祖母闻声不由得先是面面相觑，而后会心地笑了起

————————————
① 哈萨克风俗，刁羊回来，由那几个出力的骑手分拿。

来。"看来你们爷儿俩真是为了给我找红牛犊跑遍了天下，快去吧，别少了你们的份子。"祖母搁下手中的茶碗，冲着叔叔笑道。

我忍俊不禁，跑出屋来，马背上竟是那个在高坡上与叔叔要以马鞭见个高低的汉子。

1986 年 7 月

鹿迹

　　不知怎的，阿桑老人无意中扫了一眼斜挂在帐幕栅格上的那支老枪。这也许是一个启示，老人忽然感到无端地心慌。多少年了，阿桑老人只要一经搬到新址，刚刚来得及支起帐幕，便要将这支枪托早已发暗的老枪匆匆斜挂在栅格上，再也不会去看它一眼，仿佛它已经全然不存在了。可是你瞧，就在儿子出门的当儿，他却无意中扫了那枪一眼。

　　阿桑老人的额头开始沁出一层细密的汗珠。他真想对儿子说一声："算了，孩子，算了，那小牛丢了也就丢了，不要再去找它了。"然而他却难以启齿——倒不是因为他家缺了这头小牛便要落到一贫如洗的地步，而是生怕使自己视若生命的儿子眼见着扫兴。要知道在这世上儿子便是阿桑老人的一切（现在，老人就剩下这唯一的儿子了）。这不，尽管眼下他觉得自己已经有了某种预感，依旧没有多说什么。

　　"孩子，别在林子里走得太深，一时半时寻不见踪影也就算了，趁亮返回。"

　　"知道了，爸爸。"

　　"小心遇着偷猎者，那些家伙心黑着呢。"

"真主保佑，爸爸。"

儿子颀长的身姿折出帐门，径直来到拴马桩前，解下缰绳，轻捷地跃上坐骑，转眼消失在明晃晃的太阳底下。

阿桑老人一直目送着儿子的背影，儿子却是始终没有回过头来。这不免使老人略感怅然。现在，充塞老人视线的，便是那顺着绵延起伏的山峦，海海漫漫铺展开去的郁郁葱葱的森林。阿桑老人十分懊悔，他不知道自己方才为什么鬼使神差非要瞧那老枪一眼。自从那个如刻如镂的痛苦黄昏，他再也不肯正眼瞧它。是的，起初，是想把它砸个粉碎来着，连一粒铁屑也不愿看见。然而这支老枪最终还是神奇地保存了下来，并且永远斜挂在帐幕右首的那个栅格上。不过，那枪真正的分量，则始终沉甸甸地压在了他的心上。

那天黄昏，一只狍子惊惊慌慌地钻出一片野果林，魂飞魄散地从帐前驰过。他原本正在劈柴，一见狍子便丢下斧子奔进帐内取出枪来，还不容他举枪瞄准，那只火焰般迷人的狍子倏忽隐进了小溪那边的水柳丛里。水柳丛连接着茫茫的灌木林。他悻悻然把枪丢进帐内。这是他打猎多年不曾经历的耻辱——他手握上膛的枪，那狍子居然还从他枪口下安然逃离。他只好重新举起斧子。然而，还没待他斧子落下，帐内便沉闷地响了一枪。他这才反应过来——枪没有退膛。他疯狂地抢进帐里，孪生儿子之一已经无声无息地躺在那里，双眼都还没有来得及合上。另一个蜷缩在帐幕的一角，惊恐地瞪圆了眼睛，只是喃喃地重复着："枪……枪……"世界出

现了片刻空白，一切都已经静止了。忽然间，一股悲哀的狂
涛汹涌卷来，彻底淹没了他——那悲痛欲裂的号啕从他胸腔
迸发出来，笼罩了帐幕，笼罩了那个黄昏……自那以后，他
再没有正眼瞧过这枪一眼，可是你瞧，今天他却无意中扫了
一眼，他真不知道这是祥兆还是凶兆，但他似乎已经获得了
某种预感。阿桑老人不由得陷入了一汪无底的心的旋涡……

　　起初，阿桑老人一定是以为自己听到了一阵遥远而又沉
闷的雷声。然而那雷声竟是那么的短促，那么的微弱，稍不
经心便会倏忽滑过。

　　阿桑老人疑惑地举目望去，天际蓝湛湛的一片晴朗，明
晃晃的太阳当空照耀，世界竟是那样的透明，以至没有一丝
障眼的浮云。哦哦，你这晴朗而又明媚的世界啊……不过，
这沉闷的雷声又打哪里响起？老人不免感到迷惘。

　　一道闪电刹那间那样清晰地划亮了他的双眸，他的心即
刻便被闪电击中——阿桑老人一下瘫坐在那里。"狗崽子，
这一枪还打得真准。"老人禁不住喃喃低语。太阳好像恒定
在那里。阿桑老人跳起身来奔进帐里，强烈的阳光从天窗上
投射进来，洒得遍地金光。透过阳光，那支老枪依旧斜挂在
右首暗处的栅格上。他站在阳光里，开始仔细审视这支老枪。
它却保持着固有的缄默，甚至显得有几分冰冷。老人扑了过
去，将老枪紧紧地攥在手心里，重新回到了从天窗投进的那

一缕阳光底下，混浊的老泪满面纵横。

　　老人愤怒地拨开防锈枪塞，抽出通条不住地捅着枪膛。当他退出枪栓把枪举向天窗时，那明晃晃的阳光在枪管里刺得他眼睛生疼——一道阳光的斜线，不断划着弧圈，从枪口那里连接着渺小的太阳。老人从他的皮囊里抖落出子弹和弹带，将那些子弹底火一一检查过了，整整齐齐地别进弹带。老人不免有些暗暗吃惊，多少年了，儿子都已经出落成一条大汉，他满以为自己早就将这一切忘却，可是你瞧，这双手却依旧是那样的熟练，竟然眨眼工夫便已经收拾停当。老人开始对自己略略满意。可是那被闪电击中的心仍在熊熊地燃烧，灼人的烈焰几近堵住了他的咽喉。老人以手捂胸，在那里用力地揉了揉，这才透过一口气来，于是，挎上弹带，背起老枪，顾不上去草坡上抓来坐骑，便奔出门去……

　　不错，就是这片松林。阿桑老人绝不怀疑自己的听觉记忆。尽管那声枪响是那么低沉，那么遥远，以至于显得过于微弱，甚至给他带来过片刻的困惑，然而他还是牢牢记住了枪声传来的准确方位。

　　现在，他已经走近了这片松林。松林里寂静无声，没有纹丝风动。老人凭借自己公鹿般敏感的嗅觉，闻到了一缕淡淡的混合腥味。确切地说，血腥、铁臭和一丝尚没有散尽的火药味，与那日久未洗的汗衫的汗臊味混杂在一起，却又游离于松香的馥郁，在这林间低回。老人禁不住感动起来，你呀你，松林，只有你才能如此忠实地给我保存着这缕气息。老人真想拥抱林中的每一棵松树，吻遍它们那粗糙的躯干。一切再也明了不过了，全然和他那颗心在他无意中扫了老枪一眼的那一刻起所预感的一样。然而，他还是要亲眼看个明细，看一看那伙人究竟隐向何方。

那可恶的混合气息越来越浓。阿桑老人开始感到阵阵恶心，但他强忍着在喉头附近涌动的一股浊潮，一步步向松林纵深走去。

看见了，终于看见了，一头硕大的死鹿躺在一块林间空地，可怜的公鹿已经身首异处。看来那伙人原本想剥了皮，再割些鹿肉来着，然而他们仅仅来得及将鹿茸砍去。这不，被刚刚剥开的半扇鹿皮松松垮垮地垂挂在鹿背上，遗弃在一旁的那只鹿头，悲哀地瞪着双眼，似乎为自己再也望不透这片浓密的松林而感到绝望。鹿头则浸在一汪黑色的血渍中。显然，他们砍下鹿茸的时候，显得有些手忙脚乱——连茸血都来不及封住，淌了一地。老人恨恨地啐了一口，含混地骂了一句。然而他的双目依旧在执意地搜寻什么，突然，他在那边一棵巨大的云杉树下，发现了一个蓝色的暗影。

老人一步步朝那个蓝色的暗影逼近。那棵云杉却像个千古智者，默默地恪守着在它巨冠下发生的秘密。不过，蓝色的暗影已经轮廓分明。当老人第一眼辨明是儿子颀长的身躯横亘在那里的刹那，一种莫测的力量轰然击透了他，其来势是那样的迅疾，那样的不可抵御——他那颗被闪电击中的心复又猝然死去。现在，老人变得出奇的平静。儿子那般依恋地拥抱着黑色的大地，他的头十分自然地侧向一方，将那半边脸庞热切地贴在散发着阵阵温馨的泥土里，只是嘴角尚挂着一丝最后的遗憾，仿佛他不明白，为什么仅仅因为自己误入这块林中空地，便要永远地躺在这里。这老人已经一目了然。儿子一定是莽莽撞撞闯进了这片空地才发现那伙人。当然，这一点同样出乎对方的意料。出现过短暂的对峙。儿子首先反应过来自己的处境意味着什么，正欲拨马夺路闪回时，一颗罪恶的子弹从背后撵上了他。儿子应声落马，那坐骑惊奔而去……正是这一声枪响，似一阵遥远的雷声曾经隐约传到老人的耳边。

一丛绿草哀伤地亲吻着儿子的额头。老人跪了下来，轻轻地抚摸着这丛绿草和儿子冰凉的额际。他无论如何不肯相信，方才还亲昵地呼唤着他"爸爸，爸爸"的儿子，将要长眠于此了。然而事实就是如此。老人动手给儿子翻了个身，将儿子四肢展平，掏出手帕扎上了儿子的下颚，这才展开双手念诵了一段《古兰经》，愿他儿子年轻的灵魂升向天国。现在，老人有一种紧迫感，他知道那伙人走不了多远，他再也清楚不过自己该干什么了。

老人在左近里拔了些草来，覆在儿子身上，他生怕在自己离去的当儿，儿子会遭虫鸟啄食。待这一切做罢，他又取出两颗子弹，拔去弹头，将火药沿着儿子的尸体撒了一圈，弹头、弹壳便置放在四周，又将一颗铮亮的子弹放在了儿子身上。现在他可以放心离去了，即使野兽来了，有此弹药味在，也不敢贸然近前。老人复又取出一颗子弹放在了那只死鹿身上，这足以使食腐者望而却步。老人还在死鹿身旁立了根树杈，将自己那顶雪白的毡帽挂了上去——哪怕鹰鹫来了，也不敢落下。老人这才觉得万无一失，便背起老枪，悄然隐进了布满鹿迹的茫茫林海。

　　一条小径细若游丝，从眼前这片松林顶端伸延出来，一直通向山脊，打那布满侧柏、柴胡的雪线边缘忽又折了个弯，在一道有如驼颈般弯曲的山梁那里翻了过去。山梁那边，便是另一个县境了。

　　阿桑老人在小径转向处择定了一丛茂密的侧柏潜伏下来，小径上没有新的足迹。就是说，那伙人还没有来得及逃进另一个县境里去。老人终于舒了口气，感谢真主，总算抢在了他们前面。这里离那片隐匿着无数秘密的松林，与那驼颈般弯曲的山梁，也还当真有一段距离。在这两个地段之间，便是一片陡峭的开阔地。谁要是在这里被截，别说是人，就连岩羊也休想轻易逃脱。老人开始静静地守候。

　　太阳依旧是明晃晃的。雪线地带永不疲倦的山风一阵紧似一阵，呜呜地穿过侧柏的每一根枝叶，复又奔向铺满砾石的陡坡，在那里戏弄着低矮的铺地肤，和那一株株婀娜多姿的黄郁金香。老人不觉缩了缩脖子。这风还真有点冷呐。就在这时，松林边上出现了第一个蠕动的黑影……

"你还真行，老鬼！"老人不觉为自己的判断准确感动起来。瞧，他们果然隐匿在那片林子里，只是出了林子才抄上这条小径——他们也知道唯有这条小径方能把他们送往平安之域。老人现在看得一清二楚，一共三人，儿子的坐骑也被他们牵着，三支半自动步枪正好驮在坐骑背上——在这雪线地带，多一份负担就少一口气，更何况这些生来与雪线无缘的人，只要透着气儿翻过山去就算他们能耐。不过，他们还挺走运，总算抓住了儿子的坐骑，不然可就更狼狈了。倒是走在最前面的那个人，肩上搭着一副鲜茸缓缓移动。看来他是怕驮在马背上把鲜茸颠损。这些个嗜财如命的人！自不消说，这副鲜茸便是那只死鹿的峨冠了。老人咬了咬牙，等待着最佳时机的来临。

小径晃晃悠悠地无限向后伸延起来，似乎那伙人永远也走不到近前了。老人禁不住暗自冷笑，他满以为自己经历了如此漫长而又充满艰辛与残酷的人生旅程，再也不会为什么事心急如焚——何况就在片刻前，他的心已经又死去过一回了，哪承想眼下居然还会有看看便要按捺不住的骚动在心头萌生。老人摇了摇头，看来在这个世界上，最难解开的还是人自身这个谜团，除此，再也没有让人更难理解的事了。老人偭匐在那里，阳光在准星上不住地跳动。老人忽然打了个寒战。

抵近了，终于抵近了。儿子的坐骑肯定觉察到什么，开始不住地剪动着苇叶般美丽的双耳打着响鼻。哦，毕竟是长着秀鬃的精灵，只有你才会这般的机敏。遗憾的是，那几个蠢货居然对此毫无反应。有那么一会儿，老人险些陷进哈萨克人通常对于马所特有的爱溺中而将正事忘却。是那坐骑的一声响鼻惊醒了他。不不，不能再等了，要在这里拦住他们，要在这里拦住他们……

"站住！"

老人从侧柏丛里跃起身来，枪口对准了那三个人。

他们被刹那间出现的老人镇住了。先是怔怔地站在那里不知所措，突然，有两个人同时扑向了驮在坐骑背上的枪。两声枪响划破雪线的宁静。那两个人甚至没来得及哼上一声就倒在小径上了。坐骑驮着枪支闪向一旁，却被那个肩扛鲜茸的人攥住缰绳，没能逃脱。

"不许动，看见了么，你敢捣蛋我这枪口可不饶人！"

老人冲那个立在原地的人喊着便走出侧柏丛来。那人看来是吓蒙了，待得老人从他手中抽出马缰，他都一动也不敢动。老人翻身上马，将那三支枪压在胯下，枪口一挥：

"你给我老老实实地下山去，不然一枪崩了你。"

于是，老人押着一个肩扛鲜茸的人，从雪线上往下走去。

　　林区派出所的人送来了一面奖状和一台手提式收录机。这是林业局为表彰老人自觉保护国家资源，将偷猎者擒拿归案的英勇行为特地颁发给他的。由于老人没有出席护林积极分子大会（老人执意不肯前往），会议组织者只好将奖状、奖品一并托人捎来。

　　阿桑老人用麻木的目光看了看那位笑容满面的林区派出所所长，接过他手中的奖状嚓嚓撕碎了，一把丢进炉膛，看也不看搁在帐角的那台收录机，依旧是木木地坐在那里。他只看到派出所所长的那两片嘴唇在不住地飞动，老人有些不耐烦了，扭过头去，无意中，他的视线落在了斜挂的帐幕栅上的那支老枪上。他的心不由得咯噔一动，他不知道这又将预示着什么。

1988 年 10 月

群山与莽原

　　那地方名字很怪，叫宕昌。当地人把宕字念成 tàn，变成 tàn（炭）昌。你要试图更正他们的读音，一种疑惑的视线会朝你投来，不用言语，你可以读出其中的含义：你这个人怎么就与众不同呢……

　　这里地处陇南，深藏于千山万壑之间。河东岸是秦岭山系余脉，河的西岸与青藏高原连成一体。他的家就在群山褶皱中大河坝乡的一个小山村。晴天时，可以从沟口看见对面官鹅沟顶端巍峨雪山的倩影。

　　他家住在半山腰上，村子周围种满了花椒树和樱桃树。花椒树刚刚结出碎小的花椒骨朵儿，一丛丛一串串的，意味着一个丰收年份。不知到了秋天，那花椒会在哪家的锅灶间融进缕缕菜香。樱桃还要几天就可以采摘了。此刻，鲜红、紫红的果实结满了枝头，一颗颗一片片的，煞是惹眼。

　　他生在长在深山里，却有一种奇怪的感觉，常常为自己视线受阻感到迷惘。在晴日里，向头顶的苍穹望去，视线似乎能够洞穿蓝天。除此，往四遭眺望，满目层层叠叠的大山，视线随处都遭阻断，令他心头憋闷。

　　他常常站在山坡上一边干着手头的农活儿，一边会陷入遐思——何时可以走出大山？有时他会这样轻轻地问自己。

　　有一次，他到山下坐落于谷底的镇子上时，听到几个外出打工回来的后生们谈论他们所见过的世界。他们说，有那样一种地方，四周没有一座山梁，到处是一片平展展的土地，在那里落满了城镇，城镇与城镇之间长满了庄稼。不过，当你的视线碰不到山的时候，你会感觉很累。

　　他实在想象不出他们累的感觉。

　　那是一个什么样的地方？会是什么样的平展法？这个信息给了他一种新的遐思与困惑。他暂时忘却了视线被群山阻断的苦恼。

　　那天下午，他照例站在半山腰上自家地里做着农活。天气还算晴朗。不过官鹅沟顶端的雪山已被云锁雾罩，浑然化作一个巨大的云堆，根本看不见它洁白的胴体。望着那个巨大的云堆，萦绕他心头的憋闷和新添的遐思与困惑搅在了一起，有点让他透不过气来。

　　他擦了把额头的汗，试图蹲下去歇会儿。并不确切，他似乎觉得地动了一下。他有些狐疑地挺直了身子。他觉得这会不会是自己的一个错觉，亟须验证一下。他的目光正在急速搜寻某个固定物，试图以此择定坐标。

　　恰在此时，大地的跳动从他足底传到了膝盖，又由膝盖直奔脊柱，最终袭向了脑颅。是的是的，他发现自己身体真真实实不由自主，浑身依照大地的律动在抖动着。霎时恐惧牢牢攫住了他的心。四周忽然间腾起股股粗壮的尘柱，好像大地在粗鲁地呼气，那污浊的气流直冲云霄。刹那间，对面的山便被尘烟覆盖。他自己也被尘烟裹住。浓烈的尘土味儿呛得他鼻孔发干，喉咙发堵。他剧烈地咳嗽起来。他的心头更加憋闷了。就在这一瞬间，他已经开始厌恶起这山来。要是能离开这鬼山就好了！他在恐惧与憋闷的绝境中暗忖。

　　他没有表，不知过了多长时间，山的跳动似乎停止了。尘烟就像雨天的雾霭一样，牢牢锁住了大山。他的视线真正受阻，他只能看见身旁的花椒树和樱桃树。它们的枝叶和果实上落满了尘土，一株株一棵棵似乎已经被刚才大地的抖动摇昏，可怜兮兮的，正在迷茫地呆望着他。

　　对了！家！家怎样了！一个清醒的意识骤然升起，令他头皮发麻！他开始穿云破雾般撕开尘烟，在密密匝匝的尘柱间狂奔。

　　没有风，似乎连风都被大地的震动吓昏了，躲在哪个山洞里不敢出来。于是，四周尘烟弥漫，他强烈感到呼吸困难。这是一片土山，土层很厚，所以没有滚石，但是尘烟很冲，从平日里看不见的无数的地缝中钻出来，直往上冒，让他喘不过气来……

　　当多日以后，镇上的干部再次来到时，他的记忆中依旧只有一点，就是地震那天漫天遍野呛人的尘烟和粗壮的尘柱。他很幸运，地震发生时，他的妻子正好在院子里做活，他的房屋倒塌了，成为一片废墟，但是妻子却毫发无损。他的孩子在学校也奇迹般地平安逃出了教室，没有受伤。他们住在政府下发的那顶蓝色的"民政救灾"帐篷里，眼下还不知道该如何重新起屋造房。大山还会时不时地抖动一下，他们说那是余震。但已经没有尘烟冒出，似乎大地的怒气已经释放殆尽。山风似乎也苏醒了，时不时地会造访他家的蓝色帐篷，寻找缝隙从那里钻进钻出，向他炫耀着自身的活力。太阳依旧每天朝起夕落，日子好像该怎么过还得怎么过。

　　镇上的干部说，这个村不能就地重建了，这半山腰的，上不着天下不着地，条件恶劣。要整体搬迁下去，政府正在规划。到时候会重新在河滩辟出每家每户的宅基地。政府会帮助他们重建家园。几个村的人都会住到一起去的。

　　似乎是在无意间，镇上的干部问了一句："政府正在组织一批灾民向新疆移民，你去不去？在那边，住房是现成的，还可以多分给一些地。"这一点完全出乎他的意料。他先是一怔，张开了嘴，不知道该如何回答。忽然间，一种从未体验过的喜悦自心底油然升起。他觉得这是自己冥冥中所祈望的——终于有机会走出这大山了！一瞬间，一种释然让他感到浑身的轻松自在。

他毅然决然地点了点头，说："去。我们去。"

他甚至都没有与妻子商量。

其实，他的陌生感是自打离开哈达铺，走出县界翻上麻子川后就开始了。

他并不知道这里就是黄河、长江水系的分水岭，只觉得才走了小半天工夫，这里的山与自己家乡熟悉的山已然不同。这里山势辽远开阔，那一片片望不到尽头的青稞地，与自己打睁眼看到的紧凑局促的山坡地不同。他忽然开始有一种失落感，但不知道自己为什么失落。

在岷县，当他看到洮河不可思议地折返向北流去时，他甚而有点承受不了。他从没有想到过河水也会流向北方。在他们镇旁，那条河是一路向南奔腾而去的，在两河口那里汇入白龙江，复又一路朝东倾泻而下。如果他不走，他的新家应该就安在那河旁的某处滩地上了。不过在谷底，自己的视线或许会更加受阻吧，他想。

于是，他与曾经被他厌恶的、常常阻断他视线的、被崇山峻岭深锁的家乡渐行渐远。

在殪虎桥，汽车西向折进深山，最终从一座雪山腰际间攀援翻越。晴空丽日下，高山草原上羊群和牦牛群闲散开来，还有几匹马也在那里享用着青草。他第一次被这样的景象吸引，心底漾起一种喜悦与自得的暖流。当一片片红桦林与云杉林并肩交错出现在左手背阴山坡上时，他甚至有那么一会儿被这猝不及防出现的美景惊呆了。他不由自主地把后脑勺上的头发倒抹了一下，那一蓬乱发就像显示雄性的公鸡羽翎一样，十分威武地扎煞着……

　　汽车很快驶出了雪山林场沟口的罗家磨。

　　现在，展现在眼前的是另一种景致。一种深邃、辽远、空阔的景致迎面扑入他的眼帘。他不知道自己的视线原来会如此无限延伸。他有一种激动、一种感慨、一种解脱、一种眩晕的感觉。或许这就是那些镇上的后生们所说的累？他不敢肯定。在目力所及的远方，隐隐约约还有一些山脉横亘。

　　当汽车穿过渭源会川镇时，不知怎么，他被镇子西边那一道柔和舒缓的绿色山梁感动了。但是，当他回首望见那道远逝的雪山，心底略感怅然。他的家乡——那个阻断过他视线，曾令他生厌的群山包裹着的家乡，那个霎时间升腾起股股粗壮的尘柱，被尘烟笼罩的半山腰上的昔日家园，已然留在了雪山那一边。

　　他品不出此刻自己心底的滋味到底是甜是酸……

当他发现再度与洮河相会时，已经是在临洮境内了。这条不知何时离他而去的河流，现在又被他撵上了。

这里河谷开阔，两边的山峦低矮，他的视线时时可以越过那些山峦远眺。他忽然觉得，视线无遮无拦随意游走，并不让他感到惬意，心底反倒变得空落落的。

他这才发现，自己原来已经习惯于那种一眼望去，满目青山的世界。虽然他曾抱怨视线受阻，但现在看来或许那才是他真正的生活意义所在。

越往前走这些山体越不成样，开始变得裸露无遗。那赤裸裸的褐石和光刺刺的白土让他发憷。天哪！在这样的地方人居然也能生存！他第一次为生存感到恐惧。

他带着这种恐惧与疑虑驶入兰州，在灯火辉煌中复又登上火车，在夜幕笼罩下越过黄河。他甚至没有意识到列车会过黄河，更没有看到从车窗一闪而过、在铁桥下深沉流淌的黄河……

现在，一切已经不能复返。火车轮轨有节奏的哐当声，替代了汽车喇叭尖锐的鸣叫声。他一觉醒来，火车早已穿山越洞，翻过乌鞘岭行走在河西走廊。

在左侧，是逶迤而去的祁连山脉。那些银冠似的雪峰随着山势忽近忽远。在他看来，不如官鹅沟的雪山亲切。但不管怎么说，在他的视野里还有山的胴体存在。这一点令他略感慰藉。

但是，他不能适应一侧有山，一侧空阔的空间。

他从没有在这样的天地间生活过。

在他的意识中，似乎天下都应该是被群山包围着的河谷，河水一路向东流去。然而，此刻透过车窗右手望去，却是一望无际的莽原。

他发现有时他的视线可以伸及天地交接处。这一点令他不可思议，又有一点隐隐的后怕。人怎么可以一眼望见天地接壤处呢？他真的不能适应这样的一望无际。

他感到了累。

平原的视觉疲劳就像倦意一样，挥之不去，一直紧紧伴随着他。

当火车毅然决然挥别祁连山脉，穿越铁色戈壁，快乐地鸣响笛声接近另一座山脉——天山南麓时，他有一种几近绝望的感觉。那遥遥无期的路途令他生畏，就连太阳都被这一望无际的莽原牵累，光色变得有些黯淡。此时已经接近黄昏，除了明净的蓝天，那浩瀚戈壁上蒙着一层灰蒙蒙的薄纱。他似乎看到在靠近铁路的荒原上，有两只红褐色的野物回首向列车张望。它们只是从车窗前一闪而逝。是黄羊还是什么，他不敢确定。

他忽然怀念起那个举目就可以将视线碰撞回来的家乡

的山川了。他现在才觉得，自己投出去的视线被满目青山撞回，似乎全然可以用手心随心所欲地揽住它、抚摸它。他不觉望了望自己的手心。是的，那一天，当大山剧烈跳荡时，他像一只山兔，在粗壮的尘柱间一跃一跃地穿行跑回了家。自家最后一堵残墙恰在他跑进篱墙院时轰然倒塌。他看不见妻子，只觉得她被埋在了废墟下面。他拼命地用这双手刨起了废墟。他在狂呼着妻子的名字，他的喉咙灌进了很多土。他的胸腔在被尘土淤塞，有一种火辣辣的燃烧感觉。

妻子是从他身后浓重的尘幕中出现的。妻子哭喊着向他扑来抱住他后背时，他着实吓了一跳。大山又一次猛烈地跳荡开来，他俩双双跌倒在地，滚了一身的土，本来就浮尘遮脸，他们看不清对方的表情，但是一双眼睛是亮的。只要人活着就好，他们会意地相视一下，不约而同地蹦了起来，一起跑向山下的学校，他们要去救他们的孩子……

又一个夜幕眼看就要降临。

凭感觉，这里的夜幕降临也要比层峦叠嶂的家乡晚许多。也许，是没有大山可以让太阳早点沉落的缘故？他感到新奇和困惑。

一种焦躁不经意间向他心头袭来。

当又一次换乘火车后,他离开了乌鲁木齐这座陌生的城市,继续西行。车站站台上弥漫着被炭火燎过的孜然香味嵌进他的记忆。

他又一次想起了在河西走廊的感觉。此刻,同样左边是天山山脉一路向西逶迤而去,右边则是一望无际的准噶尔原野。他现在开始怀疑起自己来,究竟是留恋让他视线受阻、心头发闷的重重叠叠的家乡的深山大壑,还是渴望走出山的屏障,让视线和心灵自由驰骋飞翔?

他不知道。

在奎屯由火车换乘汽车时,他看了看沉默的天山雪峰,叹了一声。"还算有山。"他喃喃道。他嗅到风从远处送来一种淡淡的幽香,但他不知道那就是荒漠草原艾草的芬芳,可这也解不去他心头的焦躁和不安。

一路上白天里他都不会睡觉,不知怎的,在离开奎屯后,在折向北方准噶尔腹地的公路上,随着汽车车身微摇,他在焦躁不安中意外地沉沉睡去了。

也就在此时,天山巨大胴体和它的雪峰,悄然远匿于淡紫色天际堆积的云朵中了。

当他一觉醒来时,车已到了车排子。一下车,望着夕阳下平展展伸延开去、无边无际的准噶尔原野,他忽然失神了。倘使在清晨,在明媚的阳光下,尚没有被浓云覆盖的天山雪峰，会灿然俯瞰准格尔原野，他的视线也一定会撞上天山雪峰洁白的胴体。但在此刻却不能，雪峰被天际与积云隐匿。

　　他禁不住又呼又喊起来："山呢？山呢？我家的山在哪里？"妻子和孩子有点异样地望着忽然变得陌生起来的他。但他对他们的存在全然视而不见。在他的视野里，除了家乡群山飘忽的影子，便是一片空白。他的视线漫漶地投向四周，复又无力地收回。他就地手舞足蹈起来，口中念念有词："山呢？山呢？我家的山去哪里了？"

　　人们开始有点不知所措。带队干部找来随队医生。医生望了望他迷离的眼神，和那近乎于反向的肢体动作，十分镇静地说了一声：

　　"他疯了。"

　　接着，又补了一句：

　　"快送医院。"

2009 年 10 月

风化石带

冬天即将来临。

哈萨克人开始为即将到来的冬季忙碌着。爷爷奶奶开始有点着急，他们说："冬天已经拖着寒剑走来，你们爷儿俩得进山弄点做过冬木柴的原木去了。"奶奶说得就更直了："红牛犊①没找到也罢，但冬天总要过的，没有木柴怎么过冬？！"自从那次我和叔叔去找红牛犊无果而归，叔叔又忙活了几天，还接连逢上了两场秋雨，没法上山砍伐。所以，爷爷奶奶真有些着急了。

那天，早茶过后，叔叔对我说："走吧，艾柯达依，咱们得弄些原木去了。"说着，他骑上了自己那匹心爱的霜额马，让我骑上了一头棕色犍牛，带足了驮运原木的鬃索。我们从阿拉尔——河汊洲岛出发，向乌拉斯台山谷里的耶柯阿夏——双岔沟右首的玉塔斯方向走去。

临出门时，奶奶说："你们爷儿俩这可是去进山砍柴，可别又忘了正事，半路上变成赴喜筵玩刁羊去了。"

---

① 在笔者另一篇小说《红牛犊》中描述过关于寻找红牛犊而衍生的故事。

　　叔叔笑道："怎么会呢！"

　　爷爷嘱咐一句："别为了图省事砍来青树，一定要砍来枯树。"

　　乌拉斯台是坐落在天山山脉北支——伊陵塔尔奇山腹地自北向南走向的一条山谷。山谷里流淌着清澈的乌拉斯台河。河两岸是茂密的野生苹果树、杏树、山楂树、忍冬、醋栗、枸子树、毛蕊枸杞、黑果小檗、稠李、野蔷薇，还有雪柳、山杨。再往远处，从深山峰脊上探出墨色的云杉林梢梢，像一列列身披斗篷的武士，那阵势煞是好看。叔叔今天的心情很好，他开始侧身歪坐在马背上——准确地说，是坐在鹰头鞍那用黑条绒布包了面子的鞍褥上，十分惬意地唱起了塔塔尔小调来：

　　　　天鹅飞翔靠的是翅膀呵
　　　　男人的翅膀是骏马
　　　　在异地他乡飘泊得久了
　　　　连心上的人儿都会忘
　　　　……

　　此时已是深秋，铁线莲花蕊已谢，换上了白绒绒的羽蓬，它的藤蔓缠绕在野蔷薇和那些低矮的灌木丛上，就像顽皮的牧童反穿了皮袄，毛茸茸的令人怦然心动。

山口地带坐落着三座水磨。人们到现在还用原先的磨主名来称呼它们。第一家也是最下首一家，磨主名叫毛乌特，是个哈萨克人。再往上走，第二家也是一位名叫萨罕阿吉———一位曾到麦加圣地朝觐过的哈萨克人开的磨坊。他家的磨坊曾让一位名叫索德尔的俄罗斯人掌管。

第三家，也是最上首一家，是一位叫欧赛列的俄罗斯人开的磨坊。记得小时候，我和爷爷到这个俄罗斯人的磨坊磨过面。那是一个长髯飘胸的俄罗斯老人，他的发须已经灰白，但走起路来步履敏捷。他的家就在磨坊边的河汊上，茂密的野蔷薇、醋栗、枸子树、毛蕊枸杞环抱着他家用云杉木垛码起的木屋。在他家后园，架着十几只蜂箱，便是他的养蜂场了。成群的伊犁黑蜂在那里嘤嘤嗡嗡地飞进飞出。

不过，此时毛乌特家的水磨已经荒废。听大人们说，毛乌特被定为恶霸地主，早就被枪毙了，水磨也早已荒废。奶奶有一次悄悄告诉我，那个毛乌特是我们家的亲家，我的二姑妈曾嫁给毛乌特的儿子。毛乌特被枪毙后，他的儿子被定为"四类分子"，一直被他们达尔基牧场管治着，他们的夏牧场与我们隔着几座大山、几条河谷，冬牧场也在遥远的伊犁河岸，她也多年没见到我二姑妈了。末了，她叹了口气，"这可怜的孩子，"她说，"你瞧生她养她的我们是贫农，而我女儿却成了'四类分子'，真是命啊。"奶奶好像用裙裾抹了把眼角，又叮咛我一句，"好孩子，这话可不敢在外说出去。"

我认真地点了点头。自此，这事成了我和奶奶之间的秘密。

萨罕阿吉家的水磨也已年久失修，无人照料。只有这个俄罗斯人欧赛列的水磨磨盘还在转动，只是早已易主，现在是乌拉斯台牧场三生产队的磨坊。那个俄罗斯人早已移居苏联，也有人说去了澳大利亚。大人们都这样说，莫衷一是，我就更是搞不清楚了。眼下，除了水磨巨大的花岗岩磨盘转动时发出的嗡嗡响声，还有从水槽倾泻而下的水流，撞击在磨盘木轮桨片上的水花粉碎声，除此，四下里寂静无声。阔叶乔木只剩下伸向秋空的光秃秃的枝梢。木屋早已人去屋空，木屋后园的蜂箱也不见了踪影。

我们走过磨坊，便进入了乌拉斯台河谷。左侧第一条岔口进去，是一条叫碧海霞塞的山沟。叔叔说，这条沟之所以以女人的名字命名，是因为曾经有一个名叫碧海霞的寡妇十分富有，她家成群的牛羊和马群就在这条沟里牧放，因此得名。而这位碧海霞寡妇从不穿裙裾，像男人一样，永远着一条皮裤。人们称这样的女人为叶尔柯克乔拉（Erkek qora）——类男人。

再往前走，在河的右岸，有一块湿地。人们叫它萨罕阿吉草地，就是以那个第二家水磨坊昔日的主人命名的。湿地边上，后来牧场修起了一座药浴池。每年春天，剪过春毛的羊群，都要在这里药浴，以防绵羊患皮癣，影响羊毛产量。那时节，这里就会充满克了林（煤粉皂溶液）刺鼻的气味。说是药浴池，其实是一个水泥修筑的狭长地槽，我去仔细看过，地槽两端高中间低凹，当灌满溶解了克了林的溪水后，便将羊群从地槽的这一头赶向另一头。于是，一只只绵羊被迫蹚过充满药水的地槽，浑身变得湿淋淋的。羊只便在草地上抖着身子，试图竭力甩干浸入羊毛根须的药水。最终，药浴池里的药水便要排进清澈的乌拉斯台河里去……

　　我总觉得那药浴不是一件爽快事，一闻到那克了林古怪的气味我就要反胃，就连羊群也要遭受折磨，更不要说那洁净的河水会有多难受。我曾问过那位掌管药浴的畜牧师，我说："这样把药浴池里的药水排进河里，水不会脏么？下游的人畜还怎么饮水？"那畜牧师用不屑的眼尾余光乜斜着扫了我一眼，俯视着我说："傻小子，你不知道河水是活的，穆斯林称流淌的河水滚了七遭便会自洁么？去，快骑你的牛犊子到河边玩去，别在这里给我添乱。对了，你可千万别憋急了朝河水撒尿，那才是造孽呢。"末了，他还没忘记揶揄一句。朝河水撒尿，在哈萨克人看来是最大的罪过。要说谁家的孩子无法无天，不用说别的，只说一句"嗨，那小子敢往河水撒尿"，一切就都明了了，不用再说什么。

　　在人们看来，畜牧师一年四季也就这么几天，给绵羊药浴时似乎是绝对权威，平日里还不如兽医风光呢。我也当即调侃他："阿嘎（大哥），要说往河水撒尿，还得向您学着点儿呢。"畜牧师愠怒地向我扬起马鞭，我立即哈哈笑着跑向了草滩……

　　这不，在湿地的上方，有一处浅滩，便是徒涉口。我们骑着驭畜从这里涉水过河，来到东岸。于是，茂密的野果林，尤其野杏林铺天盖地而来。春日里野果尤其野杏花开，会连成一片花海。夏日里人们都要上来摘杏。秋日里也要捡了野果去晒果干。而现在树叶已经落尽，偶或这里那里的，在枝头上还挂着些干瘪的果实，连喜鹊都不愿去啄食，它们只好追忆着逝去的夏日时光。

　　从徒涉口过来，哈萨克人叫铁列克赛。翻译过来就是杨树沟了。

　　那是一条很深的山谷，长满茂密的山杨林。从这条沟上到山顶，那里是一望无际的高山草原，十分舒惬。我们家族的人每年都在那里度夏。记得有一次我和一位牧人下山，就走的是这条山沟。我是为在山下打草的爷爷送些马奶和酸奶去。我的马鞍后面两边系着两个皮囊，一个盛了马奶，另一个盛了酸奶。那天，牧人赶了一头乳牛，那牛犊稍大了些，在路上乱跑，牧人嫌烦，便逮住牛犊，将项圈绳拴在了乳牛尾巴上。这样果然奏效，牛犊只好乖乖跟着乳牛走。但是，意想不到的事情还是发生了。当我们进入铁列克赛时，沟底林木密布，牧道窄小。牧人只顾在前面牵着乳牛引路，我在后面跟进。为了赶路，牧人鞭催着坐骑速步下山，那阵势也是风风火火的。突然，一棵桦树兀立于牧道中间，牧人牵着乳牛从一侧闪过。就在这时，那头该挨刀的牛犊突然从树的另一侧闯过，只听咔嚓一声，母牛的尾巴尖落在了地上——

被牛犊隔着桦树干拽断了。母牛只是"哞"了一声，由不得它被牧人牵着飞速向山下奔去。那赤裸的牛尾尖上，血在一滴一滴地洒在牧道上。失去了牵力的牛犊拖着项圈绳一路小跑着跟在乳牛后面，拴在项圈绳末端的乳牛的断尾像一把小笤帚在路面不住地跳荡，扬起一缕细尘。我想策马赶上去，但沟里丛林密布，我的马鞍后边那两个皮囊滚来滚去，无法穿行，万一扎破了它就更糟了。我在后面索性喊了起来："牛尾巴断了！牛尾巴断了！"那牧人压根没有听到抑或没有理会我这小孩子家的叫唤声，一路奔去。直到谷底，他才发现牛尾巴断了。他摇了摇头，冲我无奈地笑笑，便在乌拉斯台河岸土崖上抓了一把被阳光暴晒得发白的黄土，涂在了牛尾巴上，那血果然止住了。从此，这条沟在我心里便更名为牛犊沟。

当然，这只是我一个人的秘密。

我说："叔叔，咱就在这条沟里砍原木吧。"

他还在兴致勃勃地唱着天下的小调，他只是十分俏皮地摇摇头，以示回答，紧接着又转换了另一首哈萨克人的小调，唱得更加投入了：

> 迁徙的队伍走过哈剌套山
> 有一只随行的驼羔在撒欢
> 你的阿吾勒远去了呀我的心肝
> 黑色的双眼已是泪水涟涟

……

　　再往前就是翁格尔塞，意思就是山洞沟。沟口上有一面巨大的峭壁，峭壁上有一线排开的三个山洞。奇怪的是，三个山洞都呈有规则的长方形，其中有一个，洞口下方有明显的塌陷。这面峭壁加上这三个山洞，很像一个三只眼的怪物守候在那里。我每次经过这里，都要致以注目礼，总想看清那洞里究竟隐藏着什么。不过，这条山沟中树木不多，没有我们可以伐取的原木，倒是灌木丛密布。

　　穿过一片密不透风的野果林，很快就要到耶柯阿夏——双岔沟了。我忽然在一棵果树干上看到一个硕大的结子——哈萨克人把它称为乌鲁柯（Wurukh）——"果种"，那是天然的颜料，用它来染制皮袄皮裤，最好不过了，一件件的皮袄皮裤会被染成古铜色，十分爽眼且永不褪色。谁家巧妇要是得了这"果种"，肯定会大显身手，赶制几件皮袄皮裤的。我把我的发现告诉叔叔，问他要不要先把那枚"果种"摘下来。叔叔说："那会费时的，我们先伐木去，回来的路上再取这'果种'。"我说："等我们回来它还会在么？"叔叔说："它都在这里候着我们这么久了，不会被别人看到的。归我们的，终归是我们的，走吧艾柯达依，咱们还得赶路呢。"

　　从耶柯阿夏——双岔沟，乌拉斯台河谷就要分为东西两条大沟。向东的是玉塔斯沟，在沟的源头，那石山的轮廓就像一幢幢房屋，由此得名。往西去叫阿克塔斯——白石沟。那条沟里，石峰峭壁拔地而起，那一扇扇的洁白石壁巍峨险峻，直逼苍穹。我后来走过许许多多名山大川，但始终再没有见到如此雄伟、洁净的石壁。阿克塔斯沟的尽头是一片优美的草原，当你走出石壁紧锁的沟底时，眼前豁然开朗起来，恍若走进一片神话世界，令人惊诧不已。

　　在耶柯阿夏——双岔沟，有县食品公司牧场的定牧点，我的一个姑姑家就在这里守定牧点。他们还种植了一大片的苜蓿，为的是冬日里饲养他们的乘骑。现在，苜蓿地只剩下被艾镰齐刷刷打过的枯黄草根。而在他家马厩上，高高地码着干青色的苜蓿垛子，向世人无声地宣示着这家主人的勤劳与远识——他们过冬的储备早已齐备停当。

　　叔叔只是跟姑姑家打了个招呼，并没有下马的意思。他说："不在你们家逗留了，还要往前赶路，到养蜂场大姐家喝午茶，然后就进山砍柴去。"

　　姑姑立在门口，很有些紧张地说："妈妈是不是还在生我们的气？也真是，牛群里偏偏怎么就走丢了她老人家的红牛犊，都怪这老鬼没有看好！"她责怪起姑父来。气氛出现了瞬间的尴尬，时光似乎凝固了那么一会儿。

　　叔叔却说了一句："嗨，那是长了四条腿的牲灵，看是看不住的。"他歪骑在马背上顺便问了一句姑父："你老人家最近进山看你下的铁夹子时,有没有留神在哪片林子里有枯树？还是只顾了自己的猎物，忘了睃一眼那些林子？"

姑父捋了捋山羊胡须，有些矜持地笑了。他说:"都这会儿了，晚了，还指望谁会在深秋里给你留下一棵枯树不成？你瞧瞧我们这些勤快人，过冬的木柴已经码了好几垛了。"他对他这个小舅子不无揶揄道:"去吧，天黑前你要是能找到一棵枯树，晚饭就在我这里了。"

叔叔卷了支莫合烟点燃。姑父是不吸烟的，从兜里掏出鼻烟壶，享用着用杜仲树皮灰和烟叶自制的鼻烟——纳斯拜。似乎男人之间的交流，有时就这样简单，一支烟或一撮鼻烟，就齐了。

天下事也都这样简单该多好。

大姑姑家的养蜂场分在两处。每当夏天，草原上鲜花盛开时，他们就要搬到卡拉噶依勒塞——松树沟上方的一条小湾那里，在那里有他们家盖好的木垛蜂房。

夏日里他们将蜂箱一一搬出来，安置在密林间的小篱笆栅墙内，以防贪蜜的熊夜里来袭扰。入冬前，他们在蜂箱里撒满白砂糖，就收进木垛房里。自己则要搬到下面背靠阳坡的住房来，度过漫漫长冬。当年，在"大跃进"中，当所有的人去伊犁河北岸的界梁子煤矿那边大炼钢铁时，他们在这里还操持过一个小型奶粉厂，成为一方亮点。在我的模糊记忆中，似乎很多领导都来这个作坊式的奶粉厂参观考察过。那时候，小汽车是开不进乌拉斯台河谷里来的，何况县级领导还没有配备小汽车，都是骑着优雅的各色花走马驰进乌拉斯台河谷的。当然，还会有坐着六根棍马车进来的，那已经是相当奢侈的了。不过，在哈萨克牧人眼里，只要是男人，就应该保持武士的风格，应当骑着快马进山。乘着马车进来，有一点臀下沾不了马背的娇嫩感觉，抑或是游走商人？说实在的，他们不会从心灵深处接纳。或者说，让你客客气气地进来，又把你客客气气地送走。换一句话说，你可以趾高气扬地进来，还可以趾高气扬地出去。但是，你和这块谷地的缘分，犹如一场过雨，从天上下来，从地上流走。当然，云来了雨将下来，水走了石头尚在……

　　后来，因为奶源不足——确切地说，鲜奶按时收不上来，这座小奶粉厂被废弃了。也有人说，当时上面有人发话了，说大炼钢铁搞什么奶粉，所以就停了。我迄今记得，跟随消灭疟疾治疗队，我跟在父亲后面颠颠地来到这个小奶粉厂，初次看到乳汁变成干粉——奶粉的感觉。我记得我这位大姑姑在我的额头深情地亲了一下，用一只小瓷碗盛了满满一碗奶粉给我吃。确切地说，我有一点羞怯——当着那么多人面，我捧着碗吃这个新鲜玩意儿，多不好意思。我忽然觉得就像我家的那条小狗阿克托什（白胸脯），在一些客人到来时，给它往食盆里倒进一些奶渣，它却很是忸怩地舔食的情景。

但是，我依然觉得不可思议，那洁白美丽的乳汁，是怎样变成这毫无活力的干粉——奶粉的呢？我还是小心翼翼地舔了舔那碗奶粉，似乎我不这么做，就觉得对不住我这大姑姑——她在含笑看着我呢。那眼神里有一种满足、有一种鼓励、有一种期待、有一种信任——那是一种源自血脉的信任。这可是她亲手制作的奶粉，我对她充满崇敬。我的舌尖只那么一触，便感觉到了一种异样的香甜。是的，那是牛奶的味道，但又分明不是。那是一种不同于牛奶的甘甜，有点干燥，有点陌生，有点溶化的感觉。就在那一瞬间，这种奇特的味觉记忆铭刻在我心底，迄今不能释怀。

现在，这个早已关闭的小奶粉厂就成了大姑姑家的冬驻地。

正是盛夏时节，我来到大姑姑家，赶上他们在割蜜。新割的蜜就像一碗新沏的红茶，清纯透明，芬芳四溢。大姑姑给我接了小半碗新蜜，说："喝吧，艾柯达侬。"那蜂蜜散发着百花的奇香，很是诱人。我喝了一口，甘甜无比。蜜汁从嗓子眼里润润地滑下，不像茶水那样顺溜，却依照它自己的特质柔柔地滑向胃里。有点腻，却又令人惬意。我把小半碗新蜜喝完了。那种回味却在我舌蕾间奔驰、弥散，一种快乐和满足迅即在我周身流溢。我仰头望了望天，阳光是那样灿烂，碧空如洗，而在我的耳畔，山风轻拂，带来蜂群轻轻的振翅声。一切都那样甜蜜。不一会儿，我开始感到口渴，胸中似有一团火在燃烧。我知道，那是刚刚喝下的新蜜的作用。

大人们都在忙活着割蜜，还没有到午茶时间。我便溜到小溪边，匍匐在那里美美地喝了一顿清冽的溪水。胸中的那团火似被压了下去。

　　我和叔叔在大姑姑家喝足了午茶，开始向森林进发。遥遥望去，满眼的林子却没有一棵枯树的影子。大姑父也是个好猎手，他说前些日子走过阳坡一条山沟，在沟顶峭壁边缘见到过几棵枯死的松树，只是那边山道不太好走。要去就早点出发，也好早去早回。

　　这条沟叔叔说他也从未进过，更不要说我了。当我们从沟口进去时，沟的走向让我感到新鲜。明明是向北进的沟口，却忽然深深地折向正西，似乎要和阿克塔斯沟遥遥相连。沟口都是些山杨林，此时树叶落尽，唯有树梢上依稀挂着几片黄叶，随着山风瑟瑟抖动。

　　叔叔的兴致没有上午那么高了。他现在没再吟唱小调，只是偶或吹起口哨，一脸的严肃，目光始终在山峦上的森林杪梢扫来扫去。我知道他是在寻找枯木。是的，哈萨克人忌讳砍伐青树作柴薪，那是罪孽，所以早上爷爷还在特意叮嘱。由于我骑着犍牛，走不快，叔叔骑着马也快不了，我们只好按照犍牛的步伐前行。没想到这条沟里边还要分岔。我们将一条岔沟走到头时，也没有见到大姑父所说的峭壁，更没有枯死的松树。叔叔说："看来我们走岔了，回返吧，可能是在另一条岔沟里。”

太阳已经明显西斜。棕色犍牛不紧不慢地将我们悠到了岔口。再从这里往里走去，渐渐看到一些嶙峋怪石。从地面望上看，像是大姑父所说的去处。当我们走到沟的顶头时，确实看到并排有几棵枯死的松树——哈萨克人把这种枯死而没有倒伏的松树称作阿柯松科（Ahsungke），只能用来做柴火烧，火势很旺。远远望去，只见它们耸立在峭壁下方的风化石带，通往那里连一条牧道都没有。我和叔叔只好挥缰让驮畜走着“之”字形，向那里攀去。

当我们终于攀到枯树下时，太阳已经衔着西边的山岭了。棕色犍牛满嘴冒着白沫喘着粗气，叔叔的霜额马也是汗涔涔的。我们把犍牛和马拴在一旁，叔叔开始挥斧伐木。斧刃笃笃地砍在树干上的声音在峭壁下回响，复又荡向远山。白色的木屑飞溅，斜线散了开来，落在风化石带，没入那些碎石中去。

从这里望去，那山坡真陡。不知刚才棕色犍牛和霜额马是怎样驮负着我们攀上来的。现在看下去都有点虚玄。不一会儿，叔叔就把一棵枯松放倒了。他干得很漂亮，让松树向高处倒下，这样待会儿驮运时顺手，要向下坡倒去那就惨了，非得把它顺到沟底才行。但现在天色已晚，根本来不及顺到沟底。

叔叔卷了一支莫合烟，他说歇口气还得砍一棵。跑了一天才找到这几棵阿柯松科枯树，他有点舍不得。我开始砍掉它的枝杈，不然一会儿会到处卡住，没法运走。

又一棵枯松被放倒了。当我们砍净松枝收拾停当时，暮色已经徐徐降临。

叔叔说："我们没法下到沟底了。"

他望了望东边的山脊，说："我们从山脊上下去。"

我看了看，那山脊似刀刃。

叔叔似乎看出了我的心思，说："只能如此了，艾柯达依。"

我默默点了点头，把棕色犍牛牵来。

在这风化石带的陡坡上，人畜走动都很困难，脚下的碎石随时在哗哗地流动着。何况还要载出两棵原木来。尽管枯松少了水分会轻一些，但毕竟是松树，木质沉，而且每棵都有七八米长——尽管为了驮运方便，我们把树梢截去不少。眼下只能一棵一棵地先转运到山脊上，再从那里拉下山去。

棕色犍牛已经缓过劲来，嘴上白沫已净，呼吸也很平静。现在全凭它了。我们将松木的粗头架在犍牛背上，用鬃索扣紧，我牵着它向东边的山脊移去。

当我们把两棵原木都转到山脊上时，天色已经完全黑了下来。夜空中满天星斗低垂，似乎触手可及。山风阵阵袭来，已经有了寒意。我们将两棵枯松一头架在牛背上，一头着地，开始向山下摸去。

　　还好，山脊上有一条时断时续的牧道。棕色犍牛沉稳地迈着牛步。枯松着地的那一头，不时地碰到山石，发出清脆的响声，从这山脊上蔓延开去。有时，那声音会有一种金属的质感。叔叔骑着霜额马在前边引路，我骑着棕色犍牛紧随其后。

　　直到此时，我才感觉到饿了。中午的茶早已不知去向，尽管我美美地享用过大姑姑家的蜂蜜和酥油，但是现在已经饥肠辘辘。叔叔说："饿了吧，艾柯达依，咱们等一会儿就到山下了。"我说："没事的，叔叔。"

　　圆圆的月亮不经意间从东边升起，把银辉洒向山峦。我发现原来月亮也能照亮天下。现在，远处山峦的轮廓依稀可辨，足下的牧道也能瞧见了。棕色犍牛十分老到地认着牧道，顺着这无限延伸的山脊走来。其实，这山脊方才看着似刀刃一般，现在看来并不那么奇险。我暗自庆幸。

　　然而也就在此当儿，叔叔从前方唤道："小心，艾柯达依，这里有石坎。"我看到从他马蹄下马铁掌碰着岩石迸出的火星。是一块巨大顽石形成的石台。牧道是从这石台上越过的。我从棕色犍牛背上跳下来，把它的鼻绳盘在犄角上，任它自己下去。只见那棕色犍牛庞大的身躯一跃而下，稳稳地立在石台下面，遂又径自朝前走去。两棵枯松也在石台上发出响亮的碰撞声和着地反弹声，在月光下泛着白光，接着，顺从地随着棕色犍牛而去。我为棕色犍牛感动起来，"你真棒，我的朋友！”我在心底喊了起来。叔叔索性兴奋地喊了出来：“好样的！棕色犍牛！”

现在，山脊变得缓和起来，牧道折向了山侧。已经隐隐可以听到河水的喧哗声，显然，我们已经接近河谷。叔叔说：“我们离开牧道，顺着山势走下去吧，肯定能直接下到玉塔斯沟底的。”

我们忽然走出月亮的光区，进入对面的山在月色中投下的阴影里，不一会儿就走在了河边。夜里的河水喧哗声盖过了一切。枯松木触地那一头发出的声响，完全被河水声吞没。当经过大姑姑家门前时，她家窗口透着马灯的光亮。叔叔让我在路上等着，自己拨转马头到大姑姑家门口，立在马背上报了平安，便匆匆地赶了回来。

于是，到了耶柯阿夏——双岔沟，在姑姑家下马进晚餐。叔叔和姑父调侃了一阵，便要重新上路。姑姑和姑父一家都要我们住下，等天亮再走。但是叔叔执意不肯住下，他要连夜赶下山去。他说：“哈萨克人为了砍柴还在山上住一宿，这话让人听了我丢不起这个人。就是连夜爬我也得爬出乌拉斯台河谷去。”

从姑姑家出来，可以看到这里那里的牧人家暗淡的灯光，传来哈萨克牧羊犬雄浑的吠咬声。

当我们经过我看到的那棵果树上生有“果种”的野果林

时，我们还是没能停下。也许，我将和这枚我所发现的"果种"永远失之交臂，我在心里暗忖。但是，我对我白天的发现很满足，那枚暗红色的"果种"的纹路在我眼前此时依然清晰可辨。

叔叔叼着的烟卷亮了一下，我想象得出从他鼻孔冒出的那一缕烟，是怎样携着他肺腑深处的舒惬弥散开来。"艾柯达依，让我们的'果种'继续留在那棵树上吧，属于我们的，依然会是我们的，咱们先赶路吧，艾柯达依。"叔叔的话语夹杂在原木着地那头划出的声响和远处河水的喧哗声中，向我耳畔传来。

我没有回应，只是点了点头。我想，叔叔是能感觉到的。

2010 年 6 月

航标

那天，雪后天晴，天空传来直升机的轰鸣声。

这可真是一场罕见的大雪，山口都被封死了。圈里的牲畜出不了牧，门前的雪堆积得快要赶上阳坡的木屋顶高。老人握着手中的半导体收音机听得细致，广播电台传来政府正在组织抢险救灾的消息——公路行不通了，已经派出了直升机。近处矿点的民工已快断炊，有人冻伤。这不，果然直升机飞来了。

巩乃斯阳坡的牧村虽被厚厚的积雪压着，但是压不住那些大姑娘小媳妇们心头的火苗。她们喊喊喳喳的，从收音机中传来的喜讯就像雪后的阳光，一下照亮了她们的心田。她们听着直升机的轰鸣声，笑逐颜开，在家里翻腾着，赶忙把自己那一身只有节日和喜筵上才穿的鲜艳的衣服穿上，打扮好了急切地等待着直升机的降落。她们甚至遐思如飞，想象着在这个洁白的世界乘上直升机，凌空飞翔的惬意感觉。镇上一定很热闹，她们要是凭空而降，镇上的人还不惊呆了。

十分遗憾的是，不知怎么，直升机没有降落，轰鸣着盘旋了一圈，又像一只夏日的蜻蜓那样远去了。唯有螺旋桨在碧空留下难以觅迹的振痕。

"没看见，他们没看见我们。"老人喃喃着。他心里清楚，在这茫茫的白色世界，别说人驾驭的飞机，如果没有一点鲜红的猎肉招引，就连鹰都可能难觅真迹。他想，应当爬到对面那座山坡上去，那里地势高，或许能让直升机上的人看到。反正窝在家里待着也是待着。

翌日上午，老人凭着经验和毅力攀上山坡。要在春秋之际，他骑着黄骠马，一溜水花似的便会驰上那座山坡的，可是现在，他足足用了一顿茶的工夫才攀上那座缓坡顶上。雪的确太深了。世界一片洁白，巩乃斯河湾里的那一片片次生林轻描淡写地标示着河流的走向。在远处天际，蓝天与天山主干雪峰之间有一道清晰的曲线在起伏，划开了天与地的界限。真是难得的晴天，老人心底忽然萌出感动。

也就在此时，天边出现了一只苍蝇大的黑点，渐渐地那黑点开始放大。不久，便传来突突的轰鸣声。是的，是直升机！它又一次飞了回来。老人开始向天空招手，就像一个放鹰人在召唤自己的猎鹰飞回。然而，那只鹰并无反应，难道放野了不成？当那只鹰在头顶盘旋时，老人忽然急中生智，脱下大氅，在那里拼命挥舞起来，大氅似一面黑色大纛在他手上飘舞。那只鹰终于看到了，他敢肯定。于是，渐渐地，那只鹰开始向他靠近，开始降低。他忽然为直升机感动起来，它竟然能垂直下降！一层层的雪浪开始从他四周升腾，扬起的雪尘又落在他的睫毛、胡须上。他来不及挥去，他觉得那是落满须睫的喜悦。直升机在快要接近雪被的当儿悬空停住了，表面的浮雪被螺旋桨下的气流掀去后，下面的雪床岿然不动。直升机的门开了，放下一个精巧的悬梯。有人在向他招手，那一身着装他第一次目睹。他觉得很有趣。"你九层的绫罗绸缎，御寒敌不过羔羊皮。"他突然想起了这句哈萨克民谚。他们这身服装在雪地里能顶事么？他不敢肯定。

　　他顺着悬梯上了直升机，那铁鸟便倏然腾起，他的心随之提了起来。他向直升机上的空军抢险人员用手比画着，"那个地旁（方），那个地旁（方）……"他不会汉语，只会说这么一两句。抢险人员明白了，通知飞行员。于是，直升机一个侧转，便飞向山谷，就那么一眨眼，便飞到了小牧村上空。那一群身着花花绿绿的女人，争先恐后地奔向飞机，全然顾不上螺旋桨掀起的巨大雪浪和荡漾的冰冷雪尘。那是老人和邻家的女儿和儿媳妇们。直升机悬空停得很低很低。那些女人们喊喊喳喳地攀上直升机，女儿就说："阿塔（老爸），阿帕（老妈）说要给留下的男子汉们烧茶做饭，家和牲畜得有人照管呢。"

　　老人嗯了一声。他在机舱深处，舱门已经被女儿和儿媳妇们堵塞了，他没法下去。当最后一个女人上来时，机舱门便关住了。于是，轰鸣的螺旋桨声将他们与雪原和雪原下的大地瞬间隔开，机身腾空而起的当儿，女人们不约而同地不无欢快地惊呼一声。不一会儿，直升机便平稳飞行了。有胆大的，从舷窗望出去，啧啧称奇。

其实，从他们的牧村到镇上原来就这么近，那点感觉还没过瘾呢，飞机居然就在镇中学的操场上降落了。要是骑着马或乘着雪爬犁来，那还不得小半天工夫。

更令他们惊奇的是，一下飞机，他们便踩在红绸缎上了。他们觉得这有点不可思议。"哎呀呀，这么好的红绸缎，要是裁裙子可够咱们每人做一身了。""做被面呢？"有人问。"那还不做个十几床被子"。"好呀，你出嫁时就给你做新娘被。""你坏！你坏！"显然，这是姑嫂间在打闹。她们似乎被方才的飞行搞得有点晕乎乎的，已经顾不得老人在身边了。生命的活力有时就是这样。

老人其实也很诧异。他问了问近旁的人。他们说："嗨，这直升机要降落，说要航标明确，要画出个红色十字来。当时也找不到红色颜料，只好用煤渣在旅店后面的空场上画了个黑色十字，这只呆鸟就是不落。所以昨天一天它空返伊犁了。不得已，连夜又从供销社仓库翻出一匹红绸缎，今天一早剪开在这个操场铺成这个红十字，这只呆鸟才落下。对了，就像您老人家的鹰只认血红一样。莫非能飞的鸟儿都是这德性？"

老人无可奈何。

这时，负责雪灾灾民登记的民政人员过来登记了他们的人数，询问是否愿意乘机飞往伊犁。老人和女儿、儿媳妇们一致摇头。他们说："不了，谢谢这个直升机，谢谢政府，让我们飞到这里，镇里有很多亲戚，我们正好去看望看望他们，走走亲戚。"

于是，采矿点的民工们被依次送上了直升机，他们要飞到伊犁，再要到远方的老家过年去。他们说那边很温暖。老人觉得，冬天就该有个冬天的样子，冰天雪地，洁白无垠。在冬天里还很温暖的地方，有趣么？他想象不出。

第二天午茶过后，老人和一群女儿、儿媳妇们坐着镇上亲戚家的大雪爬犁，一路向着阳坡沟岔里的小牧村赶去。他们一路上的话题，还是昨天被直升机接回镇上的飞行感觉，全然忘掉了那块让他们惊异的红绸缎。他们甚至对直升机是否沿着这条乡间大道上空飞行，发生了小小的争议。

老人没有插话，他觉得这并不重要，重要的是，他们又将平安赶回自己的小牧村去。

2012 年 7 月

巡山

他看到了那顶毡房穹顶般硕大的犄角，在那里纹丝不动。居然是在那并不险峻的山脊上。他极目望去，竟是一头岩羊卧在一块大圆石上。按说，那不该是岩羊的歇脚之处。以它的天生机敏，此时它应该有所动作才好。但是，不知怎的，它貌似全然无知，一动不动。

这引起了他足够的好奇。

自从持枪证和猎枪一同被收缴，他再没有触及过岩羊的皮毛。岩羊已被列入国家二级保护动物，猎获它是要犯罪的。当然，在这天山深处，所有的野兽和动物都有保护等级。这一点，他心里了如指掌。

这些年来，他只保留了一个习惯，每到初秋，都要到这山上走走，哪怕是看一眼那些野物。他自己将此称为巡山。现在山上的野物越来越多了。有时候成群的野猪会趁着夜色跑到牧人的营盘附近，将草地翻拱一番再兴冲冲地离去，压根儿不理会牧羊犬凶猛的吠声。肥嘟嘟的旱獭也会在光天化日之下昂然走过车路饮水后再上山。有一回走在山林里，不经意间一抬头在树杈上见到了狸猫，那家伙没有丝毫的怯意，两眼直视着自己，闪着幽幽的光。狼和狐狸他也常见。有一次，一只狼叼着一只黑花羊从公路旁高高的铁丝网上纵身腾跃而去，全然不顾飞驰的汽车，横切公路越过另一道铁丝网，在公路另一侧的草原上，朝着那条山梁奔去，估计它的窝就在那边，小狼崽们或许正在耐心等待它满载而归。

他终于从山坳登上了山脊。那只岩羊还在，几乎在那个大圆石上一动不动。

他有些迟疑。这是他此生见到的最不可思议的情景。一只岩羊，居然还会等着他登上山脊。按说以岩羊的机警，早就应该逃之夭夭。

他下了马，将坐骑用马绊子绊好，向着大圆石走去。

岩羊依然没动。他的心有点缩紧——太奇怪了！真是匪夷所思！那只岩羊丝毫没有逃跑的意思。

山脊的风很强劲，呼啦啦地吹着，秋黄的草被风撩起一阵阵草浪簌簌作响。雪山上的雪线已经开始低垂。要不了多久，雪线也会覆盖到这座山脊。

他环视了一下，对今天的奇景疑惑不解。

他决定攀上大圆石看个究竟。

他利利索索就攀上了大圆石。

那岩羊还是没动。

走近岩羊的刹那，他惊呆了。

这是一只已经痴呆的老岩羊，它根本意识不到人的走近，双眼蒙满了眵目糊，牙也掉尽，那一对毡房穹顶般的犄角尖，已经深深地长进后臀皮肉里了。

他望着眼前这只老岩羊，一阵惊怵像电流般袭过周身。天哪，他想，惟有你苍天不老，人和动物都会老去。

他将老岩羊双眼的眵目糊擦去，老岩羊却对他视而不见。

他心疼极了。

"你怎么会老成这样？"他在心里问这只老岩羊。

"难道没有哪只狼来成全你么？"

但是他又否决了自己。

其实，他心里清楚，狼也只吃它该吃的那点活物，只不过是背负罪名而已。哈萨克人那句话说得好：狼的嘴吃了是血，没吃也是血。

现在，他的心情很沉重。他不忍心就这样抛下这只已经痴呆的老岩羊而去。生命总该有个尽头。他为这只老岩羊祈祷。于是，他割下这只老岩羊的首级，将长进后臀皮肉里的犄角尖拔出，面朝东方搁置好羊头，依然保持着它曾经的尊严。他把老岩羊的躯体肢解后放在大圆石上，用枯草揩净手和折扣刀，上马离去。

这时候，他看见天空中开始有秃鹫盘旋，还有几只乌鸦和喜鹊捷足先登，落在大圆石上开始争食老岩羊的肉。一条艰难的生命终于终结。

下山的时候，他的心情多少有些缓了过来。他自己似乎突然彻悟了什么。

2017 年 9 月

散文卷

牧羊人和鱼

人说"阿勒泰"一名的由来，在哈萨克语中是"六月"的意思。就是说，这里冬有六月，春夏秋三季也只有六月。

阿勒泰的冬天的确漫长。然而春天毕竟姗姗来临——河套里婀娜的白桦林粉色秀枝上绽出了新绿。群山已经复苏过来，正在缓缓褪去白色冬装。于是，所有的河水奔腾咆哮起来，恣肆纵横，变得浑浊不堪。河面上漂流着被连根拔起的树木。

渐渐地，夏天来临了，渔汛来临了。河水也开始变清。

六月末的一天，我的朋友开来一辆北京吉普，接我一道去阿勒卡别克河口与额尔齐斯河交汇处的渔场观光。

蜿蜒的额尔齐斯河发源于横亘东西的阿勒泰山的条条冰川峡谷，汇集成九条支流融作这条潺湲流动的大河向西而去，流入苏联境内的斋桑泊，复而折向北方，滔滔千里汇入鄂毕河，奔向遥远的北冰洋。

每当五六月间渔汛来临，大批的哲罗鲑、江鳕、鲟鳇鱼、丁岁鱼、狗鲑从斋桑泊及下游鄂毕河溯流而上，来到额尔齐斯河上游的各条支流产卵，甚至远达阿勒泰山深处的哈纳斯湖。鱼群中有的鱼种竟来自那被冰封雪盖的北冰洋——在中国，唯有在额尔齐斯河才能见到北冰洋鱼系的鱼的踪迹。

吉普车驶出哈巴河县城，沿着哈巴河宽阔的河套边缘向阿勒泰山麓丘陵驶去。确切地说，是向哈巴河冲出峡谷的咽喉处驶去——那里有一座连接着两岸的桥梁。在一道如诗如梦的绿色丛林的河套里逶迤伸延，最终消融在一片依稀可辨的额尔齐斯河的丛林中去。那便是河床——哈巴河水穿流于丛林之间，于是划出了大大小小的绿色洲岛……

"真美！"我入迷地望着车窗外边的世界。

朋友说："是美。不过，真正的美景还在哈巴河上游——在阿勒泰山腹地。那里叫白哈巴，那里的河水是蓝绿色的，有如一川玉液在流动，看着舒卷的河水就让人心醉。翻过白哈巴东面的山梁，你便会发现，隐匿于博勒巴岱山峰背后的，便是那神奇的喀纳斯湖了。哦……，我时常独自思忖，那里一准是天堂的所在……"

"那我一定要去的。"我说，"一定要去看看这个天堂的所在。"

朋友笑了："一言为定，我一定让您去那仙境里神游。只是眼下还得先带您去渔场——阿勒卡别克河口的风景也不错。如果您的运气不坏，说不定我还会托您的福尝尝多年未曾吃过的手抓鱼肉的滋味儿。"

"什么？手抓鱼肉？"我着实吃了一惊。作为一个哈萨克人，我是熟知手抓羊肉的，可怎么也不敢相信自己的耳朵——天底下居然还有一方的哈萨克人会用同样的方式来吃鱼肉。尽管我在阿勒泰度过的这个漫长的冬天耳闻目睹了许多闻所未闻的奇闻轶事,对这里的一切似乎开始熟悉起来,但这事乍一听来依然让我感到那样不可思议。

"你是在说手抓鱼肉?"我终于忍不住再次问道。

看来我的表情一定显得过于惊讶,抑或是朋友看透了我的心思,只见他诡谲地笑笑,说:"您大概听说过那句'人众事定成,水深则必没'的哈萨克格言吧?"

"当然,听说过。"我有点莫名其妙。

"可您听说过这句格言的由来吗?"

"说实在的,我还真不知道。"我只得承认自己的孤陋寡闻。

"那么,请允许我来给您讲一讲,反正路还漫长,您也不会寂寞了。"

……

这都是过去的故事。

多年以前,在我们哈巴河下阿勒泰地区①有一位绅士。我的朋友娓娓叙说起来。他有一个嗜好,喜欢收集格言、民谚、智者名言。

他的收集方式的确非常独特——每年盛夏,当所有的人都转往夏牧场时,他便要在美丽的喀纳斯湖畔举行盛宴,邀请各方名流智者赴宴。而他的宴席上没有别的,有的只是从

_____

① 哈萨克人将阿勒泰分为上、下阿勒泰地区,上阿勒泰为额尔齐斯河上游两县,下阿勒泰为布尔津、哈巴河等县。

喀纳斯湖里刚刚捕捞上来的大红鱼（哲罗鲑），用从喀纳斯湖里舀来的白水加盐煮熟，用木盆盛上稀面请各路来宾品味手抓鱼肉。宴毕，这位绅士便要请每一位贵宾即兴说一句前人未曾说过的格言，然后再加以品评。谁的格言韵律优美，意境深刻，谁便将获得一匹快马的奖赏，他的美名也将会随着这匹快马在草原上远扬；如果有谁想不出一句新的格言，众人便会把他扔进喀纳斯湖里，让他浑身湿透再爬上岸来。这是规矩，也算是对他愚蠢的一种惩罚。久而久之，这一天便成为喀纳斯湖畔的盛大节日。

　　这一年喀纳斯湖畔的节日如期举行。绅士照例摆下了丰盛的手抓鱼肉宴，便请每一位贵宾当众献智。来宾们依次起身道出一句句新的格言。应当说，这是他们一年来心智的结晶。自从上一年的喀纳斯湖畔聚会，他们便在为今天的节日做着准备。每一位来宾都还算顺利。他们的格言虽称不上隽永，但也别有一番意味。

　　忽然，该轮到一位谁也不曾注意的牧羊老人了。他是把羊群赶到湖边来饮水的，一看到这里的聚会，为了凑趣丢下羊群加入了宴席。起初，他只是想享用一顿绅士的手抓鱼肉，再悄悄赶回自己羊群边上去，岂知被贵宾们一句句美妙的格言迷住了，竟忘了自己的初衷。现在可好，该轮到他了——在众目睽睽之下早已没了退路。无奈，他张了张嘴连一句话也说不出来。毕竟是没有经历过这种场面的牧羊人，他一定深深地感到懊悔了——本不该丢下羊群跑到这里来，眼下一切都晚了。慌乱中，他只得用恳求的目光望着绅士，望着众人……

　　然而，节日就是节日，为了节日的欢乐，节日的规矩必须严守。

　　于是，众人围拢过来，将牧羊老人高高地举在头顶，由绅士在前引路，人群缓缓地向湖岸移去。

　　老人望着蔚蓝色的湖水彻底绝望了。就在人群走抵湖岸，准备将这位不走运的牧羊老人抛进湖水的当儿，牧羊老人突然大呼起来："求求你们了，亲兄弟们，放了我吧——人众事定成，水深则必没。你们瞧，你们的众力我难以抵抗，再不要把我丢进水里让我遭受没顶之灾。放了我吧，亲兄弟们……"

　　人群顿时安静下来，绅士的双眸也大放光彩。他当即宣布，今年的节日产生的最佳格言就是这一句了，那匹快马当属于这位牧羊老人……

　　吉普车早已不知不觉穿过哈巴河与阿勒卡别克河之间的广袤原野，来到了坐落于阿勒卡别克河口的渔场。这是一个小小的村落，好像只有十来户人家。阿勒卡别克河就在村边消失了，接纳她的是汪洋一片的额尔齐斯河。在银光闪闪的河心，有几叶小舟在撒网。大概船主们看见客人到了，只见他们匆匆收网向岸边划来，片刻以后便靠近了小码头，将他们的小船一条条拴在一棵硕大的杨树干上，变戏法似的从小船上拎下来七八条大鱼——确切地说，那些鱼是被他们一条条抱下船来的。

　　额尔齐斯河里居然会有这般大鱼,我真有些不敢相信自己的眼睛。这些哈萨克汉子倒是十分爽快,冲我便说:"有福分的客人光临时,连圈里的羊都会产双羔——您可真是好运气,我们很久没有捕到这样的大鱼了(不过在从前,这些鱼也只不过是通常的鱼罢了)。您的朋友告诉我们您要到渔场来看看,我们还真有些担心会让您尝不到我们的手抓鱼肉呢……"

　　"你们是不是也要让我出一句格言不可,否则把我扔进额尔齐斯河里去?"我笑着打断了他们的话。

　　渔民和我的朋友几乎开怀大笑起来。

　　我的朋友说:"很抱歉,那位绅士是用喀纳斯湖的水来煮的大红鱼,这才是规矩。可惜这里很难捕到大红鱼了。好在额尔齐斯河里也流淌着喀纳斯湖的水,所以手抓鱼肉一定会很香的。他们捕到的江鳕、鲟鳇鱼,都是些不错的鱼种,肯定刺少而味道极佳。"

　　于是,我目睹了他们是怎样舀来额尔齐斯河水,只放了一把盐进去。随着锅水的滚沸,那诱人的鱼香在这渔家小小的屋宇萦回。主人说,鱼肉就像七月的羔肉一样细嫩,经不起火煮。不一会儿,香喷喷的手抓鱼肉便端了下来。鱼肉无须刀削,我们用手抓着津津有味地品尝起来。令我惊奇的是,至今我仍对这一顿手抓鱼肉的美味记忆犹新……

　　我们终于告别了这些热情的渔民启程返回。临别时,他们非要送我一条大鱼不可，我只得领情，但我又有些惶然——不知道该如何处置这条大鱼是好。我的朋友却劝我只管放心，他自有绝招，待到了县上一会儿就能把它拾掇好。

我的朋友果然帮我将那条大鱼开膛破肚，用细细的篾条撑开来涂抹上精盐挂好。他说："只消两三天就可以风干，到时您可以安然带回家去和家人一道品尝。"

两天以后我的朋友过来看看鱼是否干了。他摘下挂在墙上的鱼大惊失色。原来那鱼已经烂了一半。我的朋友只是一个劲地说："您看看，您看看，我怎么忘了那句古话，鱼从头上烂起，人从足下入邪。那天我怎么就忘了将这鱼头切了呢……"

我却说："得，您已经说出了一句格言，我不会再把您扔进河里去了。"

我的朋友放声大笑起来。

然而我想，眼下毕竟是夏天了，尽管阿勒泰的夏天非常短暂。

1990 年 7 月

童年记忆

　　那是我小时候的事，大概是五岁还是六岁，反正我还没有进城上学，仍在祖父家里逍遥自在地玩耍。

　　我记得每当夏日来临，我便会成天钻进我家帐幕附近的森林里去。那是由密密的云杉和松树织成的遮天蔽日的针叶林世界，偶或会有几棵花楸树夹杂其间，枝头坠满了无法食用的小红果，乍一看去是那样的诱人。不过，平日里常听祖母念叨，下雨打雷时千万不要钻到花楸树下去，那尽是些引雷树，不小心会遭雷击的。我曾问祖母："为什么花楸树会引雷击？"祖母想了想，说："这是真主的造化……谁知道呢，也许花楸树被魔鬼缠身吧。"所以，我总是不敢贸然走近那些花楸树，生怕会有晴天霹雳下来——我目睹过一匹枣红骒马是怎样被霹雳击中而亡的。好在这片森林茫无边际，我每每都会远远地绕开那些花楸树，去寻找我的欢乐所在。

　　森林里无奇不有。不过，在我童年的记忆中最难以忘怀的是，有一次我竟遇到了一棵不可思议的大树——树干足足有一峰卧驼那么粗大——是一棵云杉！不知何故倒伏在那里，整整占去了约莫两鬃索见长的林中草地。当年向着谷底倒伏时，似乎还压折了其他杉树。现在，所有这些都已变成截截朽木，躯干上长满了暗绿色的苔藓，一队队褐色的蚂蚁在那蛀满千眼百孔的树干上忙出忙进，一溜高高隆起的蚁垤就建立在这些倒木近旁，一丛丛的阔叶荨麻几乎将它们的残体淹没，唯有那棵巨树硕大的根部宛若一垅小丘，赫然屹立在林海深处。确切地说，犹如一座被人遗忘的陈年帐幕，远离人世黯然藏身于此。我至今清清楚楚地记得，那天，我围着这棵巨大的倒木转来转去，久久不肯离去，甚至不惜激怒那些忙碌的蚂蚁攀着根须爬上了树干，倾听那茫茫林海的飒飒涛声——我不明白的，这样一棵可以称得上树王的巨树，缘何要倒伏于此，成为蚂蚁的蛀窝……

　　直到傍晚走出森林，我照例来到了我的朋友——那棵生机勃勃的小杉树旁，急切地告诉了它今天的发现。这是我的习惯，每当走进森林或走出森林，都要和我这位朋友驻足交谈——它就长在森林边上我的必经之地。高兴时我还会去合抱它，它的躯干我完全可以合抱过来。此时我的朋友依旧是那样热烈地迎接了我，只是对于那棵巨大云杉倒伏的秘密，原来它也和我一样一无所知。然而奇怪的是，不知什么吸引了我，从这以后，每当我走进森林时，免不了总要去看一看那棵沉沉入睡的巨树。

　　那是一个暴风雨之夜。

　　天山腹地的草原就是这样，暴风雨说来就来，说去就去。

　　我完全是被一阵惊天动地的霹雳惊醒的。睁眼一看，祖母竟不在我的身边，只有狂风猛烈地撕扯着我们的帐幕。整个木栅都在吱吱作响，密集的雨脚落在帐幕的毡壁上，似乎随时都会击透那层白毡。忽然，毡壁的一角被风撩起，一阵冰冷的雨点击在我的脸上，就连马灯也险些被吹灭，一切都是那样的岌岌可危。

我抹了把脸上的雨水，禁不住大叫一声："奶奶!"

"别怕，孩子，我正在给咱家帐幕勒紧风绳呢，一会儿我就进来。"透过毡壁传来了祖母的声音。

又是一阵惊天动地的雷声，闪电时时把帐外的世界划得一片青亮。还没等祖母进来，我竟在这阵阵雷声中复又昏昏入睡了。

翌日清晨醒来，帐外一片阳光灿烂，祖母已经做完早祷正在烧茶，她催我快去看看，昨夜森林里落雷了。

祖父也已经从山下打粮回来了。他说他当时快要到家了，只见一道蓝光落在了林子边上，那平地爆起的雷声震耳欲聋，连坐骑和驮粮的牛都受了一惊，驮着重负在泥泞的山路上乱闯，好在快到家了，总算拢住了它们。

我急匆匆穿了衣服跑出帐幕，世界被一夜的雨水洗得清澈透明，那莽莽苍苍的森林更加青翠欲滴。然而，就在森林边上，缓缓飘浮着一缕青烟，我那朋友熟悉的倩影却荡然无存。

我顿时哽咽了，两行泪花模糊了视线，我只是凭着感觉拼命地朝着森林跑去。我知道我上衣扣子没有扣住，两边衣襟就像一双翅膀在我两肋任意翻飞，湿漉漉的草地打湿了我的裤脚，然而这一切我全然顾不得了，直到后来我才发现，我是来不及穿鞋，赤脚跑出来的。

当我上气不接下气地赶到森林边上时，愕然呆住了。我怎么也不肯相信眼前的一切便是事实——无情的霹雳竟将我的朋友从正顶一劈到底，劈作两半，远远抛出森林的边缘。它在雨后的草地上被烧得一片焦黑，散发着缕缕青烟……

我愤怒已极，冲进了森林。那些引雷的花楸树个个安然无恙，那棵巨大的倒木也依旧沉睡不醒，那一队队褐色的蚂蚁，暴风雨过后复又从蚁垤里爬出，正在它巨大的胴体钻出钻进。

我走出森林，久久地伫立在朋友还在燃烧的身体旁（一夜的雨水居然还没有将燃烧着它的雷火浇灭），一种从未有过的悲怆牢牢地攫住了我的心，我为我朋友的遭遇委屈极了。是的，那么多树都没有落雷，就连一向引雷的花楸树也平安无事，甚至那棵巨大的倒木也未曾领略过雷火的炙烤，为什么霹雳偏偏要击中我的朋友。我为我朋友扼腕，泪水禁不住复又涌出眼眶……

当然，这都是童年的故事了。

只是很久很久以后，我才悟到，我的朋友是幸福的。它生为一棵树，毕竟燃烧过一次。倘若我要是一棵树，宁肯被霹雳击中一千次，也不愿长得驼腰般粗大，却最终倒伏于林中被蝼蚁蛀空。

1991 年 1 月

伊犁记忆

伊犁是一种记忆。

记得在我儿时，这是一个生满白杨的城市。那密布城市的白杨树，与云层低语。鸟儿们在高耸的树上筑巢，雏鸟求食的叽鸣声和归巢的群鸟，给树与云的对语平添了几许色彩。树下是流淌的小河，淙淙流入庭院，流向那边的果园……

去年秋天，我回到伊犁，朋友们在新近改建的新城区一家餐馆请我吃饭。我几乎已经认不出这里来了。城市的确焕然一新，路变得宽了，楼变得高了，树变得矮了，那满城的白杨树早已不复存在，举目望去，似乎在城市的边沿才能觅得她熟悉的倩影。

那天，天气晴好，阳光灿烂。虽说已是秋日，在伊犁特有的阳光直射下，那群楼与玻璃体墙幕、马赛克贴面、柏油路和水泥马路、铺满路旁人行道上的瓷砖都在反射着阳光的温热。有一种熟悉的感觉倏忽闪过。我问朋友们："夏天，这一带会不会很热？"他们脱口而出："热，热岛效应。"我为他们如此现代的用语感到惊讶。看来，地球确实处于信息时代，连词汇都变得一致起来。我想象得出那种热浪袭人的感觉。在北京，人们也在讨论城市热岛效应给生活带来的影响。这也是世界性现代城市的通病。北京正在采取积极措施，扩大城市绿地，增加植树面积，恢复古都循环水系，保护古都风貌，努力使城市的热岛效应弱化。是的，当温饱问题解决以后，人的生活质量问题摆在了首位……

20世纪80年代中期，我曾经陪同已故著名评论家唐达成先生走过伊犁。那是一个下午，当我们驱车顺着独库公路攀援而上，最终停驻在巩乃斯河谷与喀什河谷源头的分水岭——天山雪线的刹那，唐达成先生几乎是在呼喊："中国的电影艺术家们上哪儿去了？！中国的摄影艺术家们上哪儿去了？！为什么不到这里来？！"我忽然发现，先生其实是诗人气质，在我心中不经意间涌过一丝暖流。此刻的光线极好，空气的透明度极高，极目望去，那莽莽苍苍的群山逶迤而去，拱起一座座洁白的雪峰，与蓝天相映成辉；那郁郁葱葱的针叶林和乔木，那舒展而去的高山草原，在西斜的阳光下，那苍翠欲滴的绿色，竟幻化出千种万种的绿来。这是一个纯净赋予力的世界。先生是个书法家，此刻他又沉浸在一种挥毫的境界与冲动中……

前年夏天，我又一次游历巩乃斯河谷与喀什河谷。河谷源头的旅游点增多了，还盖起了许多红红绿绿的建筑。这里不需要景点，你的视线随意投向任何一个方向，都会将最美的景色尽收眼底。与我同行的来自北京的朋友们说，如果将这里的任意一条山谷原封不动移到北京郊区，那绝对会成为京城一大胜景。此刻，喧哗的河流舒卷着洁白的浪花，一任奔流而去。在森林的怀抱里，散落的星星点点的旅游点中游人如织。牵着马儿来的牧人之子，已告别了昔日的羞赧，正在招揽骑马照相的生意，并向旅游点出售马湩。是的，生活会教会人们一切。看上去他们对这一活路的认知是认真的。

晚上的篝火晚会就像燃烧的火苗一样热烈，现代音乐的旋律轰响在山谷间。清晨，当雾霭散去，踩着露珠在林间散步时，无意中发现随意扔弃的矿泉水瓶、软包装食品袋，还有那些碎啤酒瓶、早已走了形的空易拉罐，河边枝条上垂挂着各色塑料袋，正迎着河面的清风徐徐飘扬。在旅游点旁，搭了一座小木桥，伸延到水面便收住了。此时，一位身着靓丽服饰的服务小姐走上这座小桥，清晨的金色阳光映衬着她青春的身影，是那样的动人。她手拎一个红塑料桶，似乎是要汲水。然而，当她姿态十分优雅地将桶底倒倾过来时，一桶垃圾便泄进了琼浆玉液般流淌的喀什河里。我不免有些愕然。看来，旅游与生态环境保护的矛盾在这里也开始显现。其实，这个矛盾并不是不可逾越的。真正要使旅游业长兴不衰，应该自觉保护生态环境。

那是 1976 年夏天，我第一次来到昭苏草原。我为眼前的景色惊诧不已。那种辽远、开阔的高原绿色真让人不可思议。在远离海洋的亚洲腹地，居然还有如此一方一望无际的湿润的绿色世界，真真让人不可思议。也许这就是大自然的神奇造化。

这样辽远、开阔的高原绿色，后来当我翻越昆仑山口，在昆仑山脉和唐古拉山脉之间的青藏高原，我又一次目睹；在翻越北疆与南疆的过渡地带居勒都斯——巴音布鲁克草原时，再次领略。

所不同的是，在昭苏，草地下覆盖着的是黑土层，土地肥沃得可以捏出油来。牧草长势旺盛，在那里牧养的畜群，就像在天堂徜徉。

那天，我们乘着北京 212 越野吉普——当时最豪华的越野车驶过一片草原时，看到一群牧民扛锹背锨，策马驭牛而去。不远处，更多的人正在挖掘一道壕堑。我不解地问，这些牧民在挖什么。显然，那不是灌溉渠系。陪同我们的县委宣传部的同志介绍说，学习内蒙古乌审召经验，在挖草库伦。

多年以后，我也曾游历内蒙古。除去北部大草原，南部和西部草原草场退化、沙化，成为覆盖京城的沙尘暴的发源地之一。乌审召就处在这种沙化草原地带。所以，那里的人创造性地探索出草库伦经验，把沙化草地一片片地围起来轮牧。在当时，对于乌审召，这一做法无疑是成功的。但对于昭苏这样自然地理环境独特的草原，就未必适宜。可是在当时我们做了。这就是那个时代的僵化思维特点。感谢十一届三中全会，解放思想，实事求是，改革开放，使我们走到了今天。

那时（1972 年），我刚刚从插队的生产队走上公社机关干部的岗位。公社书记吴元生同志，人非常好。他是浙江人，

50 年代初就来到伊犁，学会了维吾尔语。虽然开口说起来，他的维吾尔语颇带浙江口音，但听读方面他的维吾尔语水平几乎无可挑剔。他随时随地都可以和维吾尔族社员进行沟通，打成一片。那天，我作为他带领的工作组成员进驻波斯唐（绿洲）大队。工作组任务单一，那就是和社员们一起去噶麦村北挖排水渠。

　　这一带过去属沼泽地，地下水位很高，影响粮食生产，另外还要把芦苇荡开垦成新的良田。那是秋后的农闲时节，伊犁河两岸山脉雪线低垂，河谷里早晚都已经有了霜冻。来到排水沟工地时，可以清晰地看见晶莹的冰凌上折射着晚秋清晨的阳光。当人们还在卷着莫合烟的时候，吴元生同志卷起裤腿，赤脚第一个跳进排水渠开始挥锹了。我看着他瘦瘦弱弱的躯体，也跟着跳进了排水渠。我的双腿好像被火舌燎了一下，那种切肤之痛迅即直袭脑门。但我忍住了。我发现随后下来的人没有谁吭一声，都开始默默地挥锹挖泥……

　　而今，沼泽与湿地被认为是地球的肺叶，它们对气候与环境有着直接影响，全世界都在积极保护。我国东北三江平原上原来计划进行农业开发的大片湿地，现在也被保护起来了。而地下水位则在普遍下降，人们在千方百计地恢复地下水位。毕竟，这个蓝色星球的淡水资源有限。

　　1981 年春天，我作为伊犁哈萨克自治州委支援春耕生产工作队成员，来到伊犁河彼岸的察布查尔锡伯自治县。从河的对岸回望十分熟悉的伊宁市的轮廓,却有一种新奇而陌生的感觉。我顿然觉得,看来,人要不断跳出自己熟悉的环境,才能有所发现。而且,人要不断地易位思考,才会有新的收获。

我随工作组几乎走遍了察布查尔县的每一个村落。我到过察渠的龙口,聆听"牛录"(昔日的戍营,现在的乡)里的那些锡伯族老人无限自豪地讲述他们的先辈是如何开挖这条灌溉渠系的;走进他们的农家庭院,看到他们精心编织的苇席铺在土炕上,生活温馨而自足。

在海努克乡东边,我们检查一条从山谷溪流中引出的灌溉渠。我第一次看到在伊犁河谷的山脉中,竟然也深藏着干涸的河床。不过,那河床留有昔日水流的蚀痕。我不无疑惑地问当地人:"这条河怎么是枯的?"

他们说:"老弟,你有所不知,水和树是连在一起的。这条山沟里的树已被用剃头刀剃过似的砍光了。过去水丰时,骑马人难以过河的。现在可好,树被砍光了,一汪一汪的山泉消失了,河水也就枯了。留下的那一点眼泪般的细水,勉强被我们引上来浇地。"

显然,如今风靡于世的环保意识,其实萌自人对生存环境恶化的忧虑与警觉。现在,环保已成为国策,国民的环保意识普遍提高,发展不能以牺牲环境为代价,已成为全社会上下的共识。我想,走可持续发展之路,这才是根本。

伊犁是一种记忆。

每次从京城回家，只要时间许可，我都要执意从乌鲁木齐乘车回伊犁，为的是重新走过我记忆中的世界。

是的，每当汽车从三台附近的缓山背后跃出浅谷的刹那，在眼前蓦然展现的，是与沿途赤裸的山脉、褐色的戈壁、偶或闪过的绿洲截然不同的另一种记忆的世界。就连天的蓝色与山顶的积云都与众不同。这种蔚蓝与洁白的记忆，始终在我的眼前浮动，宛若梦境。

夏日里，一片充满生命律动的绿色，让你周身的血液与赛里木湖的水波一起涌动，一种甜蜜，一种欣喜，一种松弛自心底漾起，在周身缓缓弥漫开来，最终让你沉浸在一种感觉中，也许这就是由衷地从心底赞叹的感觉。

冬日里，在那一片白色中，逶迤的群山之襟，垂挂着墨色的云杉丛林，在苍穹之下，给人以一种沉静，一种感悟，一种启示。雪被下的山与岭的线条都显得那样柔和，让人怦然心动，心头感到无比的温暖。的确，这里的冬景都是这样的无与伦比。

《长春真人西游记》记述道家先尊丘处机于公元 1221 年农历九月二十五日途经赛里木湖畔时，不无赞叹道："忽有一池，方圆几二百里，雪峰环之，倒影池中，师名之曰天池。延池正南下，右峰峦峭拔，松桦阴森，高逾百尺，自巅及麓，何啻万株。众流入峡，奔腾汹涌，曲折弯环，可六七十里……薄暮宿峡中。翌日方出，入东西大川。水草盈秀，天气似春。"邱处机即兴赋诗留下了"天池海在山头上，百里镜空含万象"的诗句。

    林则徐当年被充军经过这里,也写下了赞美诗般富有韵味的日记。林公沿途郁积的心情,在这里变得豁然开朗,充满阳光。或许这是他被贬谪以来难得拥有的几天好心情。

    面对这里独特的美景,林则徐在日记里大加赞美,那几天的日记充满了抒情的笔调,让人觉着,林则徐不仅仅是一位虎门销烟的民族英雄,更是一位抒情诗人。

    的确,当沿着不可思议的赛里木湖驶过那个看似十分低矮的松树头子隘口时,又是一番全新景象舒展在眼前。莽莽苍苍的群山,密布的森林,舒缓的草原,刹那间奔向你来,令你猝不及防,令你目不暇接。应当说,那不止是一种记忆,那是一种气势,那是一种境界,那是一种胸怀。于是,伊犁的门扉就从这里为你开启……

2003 年 8 月

北京的风

北京的风很独特。

记得 20 世纪 80 年代初，春日里京城一刮起风，那黄沙漫天，几近昏天黑地，令我惊讶。当时，我在心底里甚至不免有点黯然神伤——这也是泱泱大国之首都呀，刮起风来怎么会和沙漠一样呢？！

走在街上，遇着刮风天，人们灰头土脸的。一眼望过去，天空是灰色的，街道是灰色的，墙体是灰色的，人们的服装也是灰色的，北京的色调是灰色的。

加上当时，北京城刚刚开始大兴土木，二环、三环均在建设中。也没有现在的施工现场防止扬尘保护措施，到处是裸露的土表，一刮起风来，不用说来自西部的扬沙，京城的浮尘就够你一呛。

不过，爱美的北京姑娘自有绝招，她们将色彩斑斓的纱巾蒙在脸上，或蹬着坤车逆风而上，或顶风急匆匆赶往某一路公交车站。就是在繁华的王府井大街，风天照样能看到纱巾蒙脸的北京姑娘，信步走在那里，成为京城一道靓丽的风景。

　　当然，北京的风进入冬季会刮得更为猛烈。每一次的风，都带着一股凛冽的寒气，直袭骨髓。所以那时，北京流行起风衣。每遇风天，不免心生愠恼，这哪里像一座城市的天气呀，分明像一处冬牧场——烈风无休止地吹走雪被，人畜方能平安越冬。这不，风劲时，逼迫得骑车人摇摇晃晃地下车推着自行车，那身子变成了一张反弓形；而行人则不得不侧转过身来，背朝着风向，顶风踽踽而行。那时，汽车还没有进入北京人的家庭——或许那还是一个未来之梦，所以人们只能被风在街上随心所欲地撕扯。

　　随着我在京城生活得久了，渐渐地，从心里开始融入这座城市。我开始注意到，每当冬天，在烈风摇曳着树木赤裸的枝条，终于精疲力竭之余，却还给北京一片蔚蓝的天空。人们的心情也会随之与纯净的天空、灿烂的阳光一样舒坦起来。但是过不了一天，只要日落风止，城市的上空又要被烟雾弥漫。是的，在城市的西边——上风处，在50年代"大跃进"的岁月建起的首钢喷吐着黄褐色的烟雾，会迅即覆盖城市的上空。加上无数座取暖锅炉烟囱冒出的滚滚黑烟，千家万户取暖的蜂窝煤炉散发的淡淡的青烟和为了引火点燃的木柴烟交织在一起，整个城市的空气都充斥着一种令人几近窒息的混合烟味。那时，我百思不得其解，北京并不像我曾经生活过的兰州——四面环山——工业和生活烟尘无法飘散，北京只有一面向山——西边，北、东、南三面是开阔的平原，那烟尘怎么就不能飘散……

　　很久以后我才搞清，原来，北京的上空 200～300 米处，有一个逆温层，活像一口锅盖，把整个北京城牢牢罩住了。尤其在冬天，人们创造的任何烟尘，都无法突破这个紧扣的"锅盖"，挥散出去。只有那寒气袭人的烈风，才能掀开这个紧扣的"锅盖"，还给人们一片蓝天。于是，我不再为北京冬日的烈风而愠恼，甚至开始喜欢上了这种惟有北京才有的独特的风。渐渐地，几日没有风起，便要望望那愈发浑浊的北京的上空，开始在心底暗暗念叨起风来。直到某一个夜半或凌晨，当风在窗外呜呜地吹响时，我会从睡梦中醒来，对这袭来的风儿问一声早安，复又酣然入睡。我确信，翌日迎接我的将又是一片思念中的蓝天。

　　近些年来，北京开始真正发生了一些变化。人们开始认识到治理风沙源的重要性，携手投入治理北京西部的风沙源的绿化工程。对于工业粉尘污染也有了切肤之痛，采取了一系列坚决果断的治理措施。对于近在咫尺的基建工地扬尘污染，也采取了严厉的监控和问责措施。而北京自身的绿化也很出色，森林覆盖面积和城市绿地不断扩展。首钢开始迁往曹妃甸，旧厂区也一再减产限产。城市开始采取集中供暖。对于困扰城市的旧城保护区居民冬季取暖问题，笔者也曾投入出谋献策者之列，在 2000 年北京市政协九届三次会议提出《关于建议逐步实施电采暖取代燃油燃煤等传统采暖方式的提案》（第 03—0160 号）：

　　"北京市通过采取二环路以内燃煤锅炉改为燃油锅炉

措施，对减轻市区空气粉尘污染起到了积极的作用，取得明显成效，受到市民的欢迎。不过，在利益驱动下，依然存在不顾市府限令，违规燃用高粉煤造成污染的现象。燃油锅炉虽然可以解决粉尘污染问题，却根治不了废气污染问题，况且火灾隐患较大。北京是个缺水城市，地下水位下降，冬季锅炉采暖用水量大，也是一个耗水因素。随着电力供应日益充足，建议逐步实施电采暖取代燃油燃煤等传统采暖方式。这样，一可以根治燃煤粉尘污染，二可以解决燃油造成的废气污染，三可以缓解缺水问题。此外，还可以带动采暖电器消费市场，扩大内需。同时，山西、内蒙古等地电能输送北京，对西部大开发也是一种支持。为此需要进一步下调北京市民用于电路改造增容费，逐步下调电费，采取鼓励用电的政策和措施。笔者单位去年响应市府号召拆除燃煤锅炉，改用电采暖，告别了炉渣、告别了煤灰，形成了一个冬季清洁的小环境，而且，原来的锅炉房和储煤房也腾出他用。可以说，电采暖十分符合北京市情。"

笔者的这些建议得到政府有关部门积极回应和采纳。北京市这些年来开始分阶段实施"煤改电"，且相关政策和措施逐步完善配套。2008 年 1 月 15 日《法制晚报》A15 版刊载一篇报道《"煤改电"完成居民电采暖》，以 2003 年起成为平房保护区电能采暖示范点的东四街道为例，介绍了白天峰值用电价和夜间低谷用电价等便民措施，以及每年采暖季节，每位居民可获得一定补贴（二选一）：一是每人 15 元/平方米的补贴，由单位或街道发放；二是享受低谷用电时段 0.2 元/度的补贴，相当于一度电只花两毛钱。居民可拿买电凭证，到街道实报实销。这是一个生动的实例。

显然，所有这些措施，对净化首都的天空，起到了积极的作用。北京的空气达标的天数，已达到 2007 年的 246 天，比 90 年代末期增加了 146 天，为绿色奥运创造条件的同时，也使这座国际性大都市，日益成为宜居城市之一。

当然，北京上空的那个"锅盖"尚在，而北京冬天无风的日子却越来越少。2006 年年底，连续近一个月无风。于是，市委书记刘淇也为此上心，在一次政协委员见面会上，他恳切地说，由于连续近一个月无风，北京年初确立的空气指标险些没有达标。

瞧，北京的风的确有它的独特之处。

现如今，我和北京的风有一种默契，就像两个真正男人之间那种心领神会的默契。每当京城的上空又被浊气笼罩时，我便要祈盼着来一场风吧。于是，期盼中的风迹迅捷地掠过京城的上空，那隐形的锅盖终被短暂地掀起，我便会和城市一道呼吸一口洁净的空气，舒心地望一眼纯净的蓝天。

的确，现在北京城开始告别了沙尘、烟尘、粉尘、扬尘，可是随着小汽车迅速进入家庭，尾气污染又成了京城新的顽疾。只要几日无风，汽车尾气会在北京上空的那个"锅盖"下愈积愈多，俨然织成一道灰色的烟网。于是，我又会思念那独特的风。

是的，让风来得更强劲些吧。

2008 年 3 月

京城鹊巢

　　这几年,京城周边的生态环境比过去好了许多,喜鹊搭建的窝巢日渐多了起来。记得头些年,有一次我陪新疆伊犁来的一位朋友去办事,在阜成门立交桥处,驱车在西二环蜗行的车流中充满耐性地沿立交桥弯道攀援而上,忽然我的这位哈萨克同胞几乎是惊叫起来:"看!喜鹊!天哪,在你们这里居然还能看到喜鹊!"我这才意识到什么,是的,那是喜鹊!有两只喜鹊正欢天喜地地喳喳鸣叫着,以它特有的飞行姿态,在低空掠过一道忽高忽低的起伏曲线,向不远处的一棵大树飞去。

　　这有什么新鲜的,在我的办公室对面那棵杨树上,就有几个喜鹊窝巢,几乎与我窗口平行。每天我都能听到那几对喜鹊伴侣欢快的喳喳声。偶或有暇视线投向窗外,还能与它们欢乐的身影撞个正着。在我们哈萨克人的心目中,喜鹊是报喜鸟。记得幼年在草原上,一旦听到喜鹊的叫声,老人们便会情不自禁地念叨:"报喜嘞,愿你巧嘴吃到美味。""听着喜鹊叫喳喳,也不知道谁要驾到。"古道热肠、好客的哈萨克人总是希望有远道而来的客人。他们把这种希望寄托于喜鹊的报喜。客人来了，总是要给每家带来欢乐。而每当谁家娶了新媳妇，在揭面纱礼上，那些歌手们便要夸张地唱着揭面纱歌："媳妇媳妇新媳妇，喜鹊般机敏的媳妇啊，鸡蛋般洁白的媳妇……"一边用系了绣花手绢的鞭杆挑开面纱，用歌声引导新媳妇向长辈们依次行见面礼。当然，也有例外，对那些快嘴快舌，喜欢传播家长里短的媳妇们，也会随口说一句："哎呀，那可是一只闲不住的喜鹊。"而马倌也最忌讳喜鹊落在已磨出鞍疮的马背上，它那闲不住的喙，总要啄开刚要愈合的鞍疮，令马倌心碎。

但是，还不至于像我这位同胞，在京城见到一两只喜鹊便大呼小叫吧。我不无困惑地问："至于吗？不就是喜鹊嘛！"

他却意味深长地看了我一眼，说："你可不知道，这几年咱那里几乎看不到喜鹊了。"这更使我疑窦丛生。"为什么呢？"我问道。

他说："嗨，说来话长。这些年秋季种冬麦，春季种玉米，都要把种子用农药过一下，怕种子还没发芽就被田鼠吃了，出苗后怕生病虫害。也果然奏效，那些田鼠倒是偷吃播下的种子被毒死了，喜鹊们来吃这些田里的死鼠又丧了命，就连狐狸也吃了死鼠死喜鹊后僵在野地里了。天地间最贪婪的看来就数人了。这些飞禽走兽都死绝了，人的日子恐怕也就不好过喽。没想到在你们北京还有喜鹊，这可真让人高兴。"

同胞的这一席感慨，也让我感慨万分。不过，自此，我有了一个新的嗜好，在京城无论走到哪里，只要见到喜鹊就要多看几眼，也想起儿时的那些美妙的记忆。久而久之，我发现了京城喜鹊们新的秘密。

京城的喜鹊过去都是在树上筑巢。准确地说，总是在高耸的杨树和高大的水曲柳树冠上筑巢。其他的树它们从不光顾。它们选择的是能够抗风的枝杈。看来它们也喜欢树的骨气。而像松树，似乎针叶过密，它们出入不便，也就不去光顾。银杏树直往上长，枝杈似乎形不成喜鹊们筑巢的合理角度，所以我至今还没有看到在银杏树上筑起的鹊巢（但现在也有例外，前几日走过钓鱼台东时，看到冬日里赤裸的银杏树上，居然也有几个喜鹊窝已筑好）。有时我猜想，可能有些树木的气息不讨喜鹊欢喜，所以也没有看到其上有筑巢。

无论西到房山、门头沟，南到大兴，东到通州，北到昌平、顺义、怀柔、密云、平谷，再到关外的延庆，到处都能看到搭建在高高的树冠上的鹊巢。我曾经想，喜鹊可真是建筑高手，它们是怎样把第一棵用来筑巢的干枝固定在树杈上的呢？一定是用马鬃缠绕固定住的。因为儿时我曾爬到房梁上看过家燕用一根根马鬃，把自己的小雏的细腿扎住，防止它们掉落。而且，它用一口口泥筑起的窝，也是穿织着一根根的马鬃。我当时就为家燕的智慧折服过。从此我常常会望着它那乌黑的小眼睛，听着它欢快的鸣啭，琢磨着它那灵巧的小脑袋里，不知装着多少我们还不曾知晓的秘密。现在的马鬃可不是那么好找的了。也许喜鹊们找到了其他的替代物，诸如细绳、塑料线之类的编织物。有一次，从京城一家报纸上看到，在朝阳区的一个工地，几名年轻民工捣毁了一个喜鹊窝，为的是把鹊巢拿去卖了。那一个鹊巢足足有七八斤重，全是用废弃的细钢筋、粗铁丝筑起的。我顿时惊呆了！既为与时代同步的喜鹊们惊讶，它们也在用现代建材筑巢了，显然，它们的智慧也差不到哪里去；又为人的贪婪和愚蠢感到羞耻。这几名民工，捣毁一个鹊巢换来的那七八斤铁丝，又能添补多少收入呢？这可是比有些狠心的工头克扣工钱有过之而无不及。

这几年，京城的建设飞速发展，高高的高压线塔纵横交错，日日夜夜输送着让这个现代社会充满光明与活力的能源。有一次在完成考察顺着京张高速路返京时，快到八达岭处，我无意中发现那些一溜排开的高压线塔上，筑着一个又一个的鹊巢。这又一次让我眼界大开。原来喜鹊们筑巢找到了新的去处。不过我又对自己做出了一个合理的解答：这里是关外远郊，没有人打扰，所以喜鹊们把巢筑到高压线塔上来了……

今年开春以来，市政协组织一系列的专题调研活动，于是，我有幸又一次走遍京郊区县。而我的目光在途中总是在不由自主地寻找那些鹊巢。每一次都有新的发现。在刚刚贯通的京承高速路旁，沿途的高压线塔上也开始筑起了一个又一个的鹊巢。那一天，我们从大兴的魏善庄回来，在郊区一个跨街桥下的路口处等候绿灯时，无意中看见一只喜鹊正在路边草丛认真找寻。它啄开一堆枯草，仔细地一根根梳理了一遍，从中择出了一根枯枝，又择出一两根细长的枯草叶，腾空飞向远处一棵杨树，我看见那里有一个新巢正在筑起。显然，喜鹊也是极讲效率的。绿灯亮了，我有些依依不舍地望着刚才被喜鹊梳理过的草丛，被中巴车载着急匆匆地离去。

归途中，在玉泉营桥南边京开路交会处，蓦然看到路南侧一座高压线塔最高一层，有四个鹊巢相望。这是我第一次看到如此集中筑在一起的鹊巢。看来，其实它们也是满合群的。

那天早上，我正赶往八宝山给一位老友送行，在北四环火器营桥北侧，看到一座移动公司的通信塔，在塔的第二层平台上，筑有一个鹊巢。令我惊异的是，平台四面并无支撑点，那圆鼓鼓的鹊巢却就在那里。我想，这一对喜鹊夫妇不仅是建筑高手，也一定是幸福的一家，它们除了自己养儿育女的生活，每天都被人间充满美意的无线电波所包围着，这报喜鸟儿每天都在聆听人间的喜讯呢。对了，喜鹊们从不在枯死的树上筑巢。就在火器营桥往西南，在路西一排杨树中就有两棵杨树，一棵半枯的树上有一个筑成的鹊巢；另一棵已枯死的树上，有一个仅筑了一半便被废弃的鹊巢。

京城喜鹊正在不断地修正着我对它们的认识局限。有一天早上，我们被堵在白颐路与三环线交会处。京城虽然日日路堵，但不能在心里添堵。我每次经过这里遭遇堵车时，都要琢磨耸立于路西那座广告牌。它的利用平面、抗风能力、照明等，我都细细琢磨过了。我甚至还发现了这座广告牌向北的尾翼是空置的，如能在此再添一块广告牌，那可就更加完美了——充分利用了有效空间。此时，我正琢磨着，忽然发现就在一只照明灯近旁，新近筑有一个鹊巢，一只喜鹊很是惬意地从中钻出，飞落于广告牌下的草地踱步。我又一次感到自己对京城喜鹊要重新提升认识了——那广告灯可是要通宵达旦地照明，喜鹊怎能忍受如此白昼般的强光呢？过去以为它夜间是要避光栖息的。现在看来，喜鹊们先于我们已经适应现代化了。后来，这个广告牌被拆除了。每次经过这里，再也见不着那个喜鹊窝了。

　　有一次，是个星期天。我在中关村广场参加完一个关于回收城市垃圾的公益性宣传活动，正走回家。在中关村一处新工地旁的一棵树上，我看到一个巨大的鹊巢，我当时颇有些费解，一对喜鹊夫妻，也要不了这么大的窝呀，莫非是它们也比着中关村拔地而起的楼群，筑起了上下层窝巢？我下意识地缓下步来，忽然发现，有两只麻雀钻进了鹊巢的下方。原来麻雀和喜鹊在同享一个枝头。是呀，这些年建筑都已变了样，寄居屋檐下的麻雀，曾被北京人亲切地称为"家雀"，可是现今哪有它们可寄居的屋檐？不承想它们也找到了新的寄居方式，寄居在京城鹊巢"屋檐"下了。

2008 年 12 月

喀纳斯湖畔之夜

　　喀纳斯湖畔是静谧的。

　　从山上望去，湖水宛若一池琼浆玉液，墨绿中泛着白光，凝然不动。四周的山青翠欲滴，舒缓的高山草原和由山腰壁挂般垂及湖畔的针叶林交相辉映，真真是一个天堂般的去处。

　　那一年（1977 年）夏天，我第一次来到喀纳斯，便为这里的奇异的自然景观所倾倒。

　　我们是从西侧的白哈巴河谷翻越山岭而来。那时，没有公路，只是牧道，北京 212 吉普车居然能够越过这样的无路山岭，将我们送达这美丽的湖畔。

　　其实，进入河谷，看到的是一条奔腾咆哮的河流——布尔津河。河水湍急而清澈。只当此时，才会令人蓦然领悟，美的力量犹如这河水，它清澈、涓美、冷艳、柔顺，却势不可当。河边雪柳依依，还有那蔷薇科灌木，枝条蘸在水中，激起一道道细密的水花，与其枝头的小花交织在一起，煞是摄魄销魂。河面上有一座用阿勒泰山特有的红松木搭建的木桥，那木质经年日晒雨淋、冰封雪冻，复又被风儿吹拂得改换了灰白的色调。小汽车从木桥上开过时，坐在车里都能听到在轮胎碾轧下，木桥发出的吱吱嘎嘎的哀怨与呻吟。

一过桥，便是一个边防派出所，之后，进入一座图瓦人库克莫尼卡克（蓝珠）支系和哈萨克人混居的牧村。淡蓝色的炊烟正从家家户户的木垛屋顶上袅袅升起。此时正值中午，我们就投宿于牧业办公室设在这里的工作站，在守站的哈萨克人家吃了午饭。那香喷喷的包尔萨克（油炸果子）拌上新鲜的奶油和深山蜂蜜，喝着可口的奶茶，那甜美的劲儿迄今难以忘怀。

下午的阳光和煦怡人，我们几人由牧村往北走了一段路程，穿越一片密密丛丛的红松林来到喀纳斯湖畔。湖水恬静而安详，隐匿着在下游呈现的奔腾之势，蓄势待发。湖面倒映着山光水色，十分迷人。与我们同行的那位长者——哈巴河县的时任县长纳斯甫，十分熟悉喀纳斯湖的隐秘。他饶有兴致地向我们介绍着湖水里有一种鱼叫 Khezl Balkh，我在心里直译过来为"红鱼"（后来，我查阅了资料，翻译过来学名应叫"哲罗鲑"）。他说，这种鱼没有鱼刺，清水煮鱼，那肉十分鲜美，赛过肥美的羊羔肉。这种鱼体型都大，最小的都可以让我们同行的这七八位饱餐一顿，大的都已经长成小舟一般大小了。同行的几位有的将信将疑，在这样的深山湖泊，哪儿来的这般大鱼。甚或也有人对此质疑，在他看来无法想象天下还会有这般大鱼。

我却相信。

在儿时，我就曾亲眼看见渔夫们从伊犁河打上来的大青黄鱼，一条就装满了整整一马车。那时信息并不像今天这样发达，更没有央视如今的《动物世界》栏目，就连孩童也可以一睹天下动物的隐秘世界——在当时，我虽说从书本上得知天下的大鱼有多大，但真切目睹还是第一次，所以颇有点刻骨铭心，迄今难以忘怀。但是，很久以后，居然有人以发现"湖怪"而自居时，我不免哑然失笑。其实，生活在湖边的牧民们与这里的所谓"湖怪"早已世代朝夕相处，见怪不怪了。

纳斯甫是垂钓的行家里手。他不兴用钓竿，随身携带甩钩，就是用轮盘缠绕好的玻璃线排钩。他的钓饵也是现成的，随手在湖畔捉了几只绿色的草蜢，把草蜢尾部一掐，便穿在了鱼钩上。他的鱼钩大小有别。他说，那是为了让不同的鱼来衔咬的。说话间他极其麻利地收拾停当，已经将鱼钩远远地抛入湖中，开始频摇轮盘柄往回收线。

当他开始垂钓后，就要求我们安静下来。他说，喀纳斯湖的鱼像精灵一般，只要你在岸边喧哗，它就不会咬钩。或者你们要聊天也行，那就得远离他的垂钓区。于是，我们开始从他身边撤离。我和那个年轻的司机继续往湖的上游走去，在一丛雪柳兀立于浅水中的岸边坐下来，仿着纳斯甫的模样，也掏出了我们在县城仓促准备的玻璃线和鱼钩，在这里现场制作我们的钓具。直到此时我才醒悟，我们居然忘记了备好鱼坠。当我们的简陋的排钩扎好后，没有鱼坠是无法抛出的。情急之下，我想出了一招，急忙掏出裤兜里的钥匙串，从中择出了那把大学宿舍的钥匙——那是我 1973 年在兰州街头配制的一把钥匙——兰州大学拐角楼 1408 房间的钥匙——把它摘下来，扎在了鱼线上聊作鱼坠。

我们的排钩总算也抛了出去。我们也脱掉了鞋袜，高挽着裤脚站在水中。湖水清澈见底，七彩的石子铺满湖底，近岸的水温令人惬意。有几只鸥鸟在湖面上悠然自得地飞翔。在湖心深处，水面上不时地激起一圈圈的涟漪，悠悠荡开，摇晃着我们的鱼漂。我想，一定是鱼儿们在那里嬉戏。

站在这里极目望去，在我的右首——北边——喀纳斯湖的源头，可以看见那座阿勒泰山的主峰友谊峰的雪冠，左首——南边——喀纳斯湖出口——布尔津河湾处，高耸的博乐巴岱山雪峰如银，对岸的针叶林树冠阴影已被西斜的阳光投入湖中，形成了另一道奇丽风景。在我的背面，横亘的这架大山的那一面，又是另一条迷人的河谷。哈萨克人称之为"阔姆"，翻译过来是"骆驼的鞍鞯"之意。我当时就在心里暗忖，如有机缘，人世间的美丽去处我都应该走到才是。阔姆草原我当然应该走到。然而，当时阔姆草原虽然仅有一山之隔，事实上迄今我未能一睹它的风采。人世间的距离何谓咫尺天涯，或许奥妙便在其中了。

　　我们的排钩一次次地远远抛入湖中，一次次地复又收回，却是没有鱼儿上钩。而在这一次，回收的鱼线突然绷紧，我们怎么也收不动了。我们生怕那是一条被后人称为"湖怪"的大鱼，便拼命地拽紧鱼线，僵持了一会儿，那玻璃线终于绷不住突然断了，我们险些倒在水中。当我们收回半截鱼线时，鱼钩和那把钥匙不见了踪影。我戏谑地说："得，这下可好，钥匙连同鱼钩全被喀纳斯湖的大鱼吞了。"

　　纳斯甫此时已经有了收获，他钓到了一条挺大的鱼。他已经收拾停当，拎着那条鱼向我们招呼着离开岸边。我们在红松林边撵上了他。他说："怎么样，你们的鱼钩被湖底的顽石收走了吧。"原来，刚才的一幕他已尽收眼底。他说："你们去的那一带，湖底怪石嶙峋，下钩非被石头挂住不可。"我这才恍然大悟。

　　我说："那您怎么这么早就收线了呢？天色还早，还可以钓呀。"他说："人不能贪心，钓到了这一条就足够了，够我们今晚饱餐一顿。其他的鱼儿留给喀纳斯湖好了。"

　　晚上，牧业办工作站的守站人家将这条鱼做好送了上来。他们的做法很简单，将鱼解成了一块块的，拿面糊裹了，油炸而成，居然有满满一木盆，我们七八个人真没能吃完。

　　喀纳斯湖畔的夜晚是安谧的。那一夜没有山风，夜空晴朗，星星就在树杪闪烁。空气中弥漫着松香与牧草山花的馥郁，沁人心脾。近处听得见牧人门前的乳牛在静静地反刍，它那有节奏的咀嚼与缓慢的吞咽声，更是增添了几许恬静的氛围。唯有远处的布尔津河涛声依旧，向着夜空在不倦地倾诉。

2009 年 3 月

绿色鄂尔多斯

　　第一次来到鄂尔多斯，那是 1987 年 9 月的事了。那一年，我们和国家民委文宣司共同在内蒙古呼和浩特市组织人口 10 万以下的 22 个少数民族的文学笔会。笔会期间，这些作者来到鄂尔多斯观光采风，拜谒成陵。

　　当汽车（那时尚未通火车，更未通航）越过黄河南岸细长赤裸的库布齐沙漠后，便进入了鄂尔多斯高原。9 月的阳光依然强烈，炙烤得高原起伏的丘陵一片枯黄。这里那里的散落着一些柳树和杨树，树冠已染秋黄，没精打采地兀立于高原。在一些沟壑边缘，看得出一些被顽强开垦的耕地，长着稀疏的荞麦已经成熟。一些裹着头巾的农妇跪在地里正在拔着荞麦。大概这就是收割。我从车窗默默望着这一切，心里不免一阵阵酸楚。"天苍苍，野茫茫，风吹草低见牛羊。"这首乐府民歌——我国最早的译诗，在我心底低徊。然而眼前满目苍凉，"风吹草低"的风景不再。看来，在干旱缺水的草原地带，农业的过度开发、牧业的过度放牧是导致脆弱的生态链受到破坏的直接诱因，也是让一方农牧民贫穷的根源。但是，在当时这一点还不能引起人们足够的认识。而在我的心中却牢牢记住了是年 9 月的鄂尔多斯高原这一幕。也从此多了一份对这一方神圣土地的牵挂。

　　1989 年 10 月，我随中国作家代表团来到保加利亚，在中部城市普罗夫迪夫遇到一位曾经在 50 年代到过中国的历史学家，在与他聊起普罗夫迪夫街头的酸奶店（Айран）、布扎店（Боза，发酵小米粥店）的称谓及那些大小博物馆中展示的冬不拉（Домбура）的词源、词根时，他意味深长地告诉我，他们的先祖不里耳人就来自中国的鄂尔多斯高原。在公元 6 世纪时，汗·阿斯帕罗赫（Хан Аспарух）率领不里耳人自鄂尔多斯高原西迁。当越过伏尔加河后，一支继续随着汗·阿斯帕罗赫南下，越过多瑙河、越过喀尔巴阡山来到保加利亚定居下来，信奉了东正教，成了今天的保加利亚人。另一支溯伏尔加河北上，定居于现今俄罗斯喀山一带，后来皈依了伊斯兰教，成了塔塔尔人。我们谈及的这些突厥——哈萨克语词源、词根和乐器，正是那时从鄂尔多斯高原一同带来的。他说，在他的有生之年，还想再去一次中国，到鄂尔多斯高原亲自考察一下。在遥远的异国他乡，我对鄂尔多斯高原增添了一份别样的感情。鄂尔多斯是蒙古语"宫殿众多的地方"之意。而"鄂尔多"（Orda）——"宫殿"便是突厥语词根，属于突厥语族的哈萨克、维吾尔、柯尔克孜等民族，迄今沿用。在一千多年前撰成的马赫默德·喀什噶里的《突厥语大辞典》中，就收有"鄂尔多"词条。蒙古语和突厥语、通古斯语同属阿勒泰语系，相互之间发生语言影响，借助词根，就像天空中交织的云彩，大地上流动的空气，吹拂的风，是常见的。

2008 年 9 月，我们又一次来到鄂尔多斯高原，与鄂尔多斯市共同举办首届纪实文学节。在我的眼前展现的却是面貌全新的绿色鄂尔多斯。

飞机还在空中飞行，从舷窗望去，地面是一片绿色，我记忆中的褐色裸露的土地已不复存在。我感到惊奇，莫非是今年高原的雨量充沛，这里的植被怎么会这样的好？何况这已是 9 月，到了牧草该发黄的季节。我后来得知，除了今年雨水充足，这些年来，鄂尔多斯唱响了绿色主题，保护环境，保护绿色，成了这里人们的自觉行为。退耕还林、退耕还草、退牧还草，一系列的措施得当，绿色逐步覆盖了昔日褐色土地的裸表。于是呈现出让人称奇的绿色世界来。是的，鄂尔多斯的绿色不仅固沙治土、涵养水分，也使天空变得更蓝、空气变得清新，绿色更给鄂尔多斯人带来一种心境、一种自信。

晚上，就在成陵景区的露天演出剧场，进行"第三届鄂尔多斯草原文化节暨首届《中国作家》鄂尔多斯纪实文学节"开幕式晚会现场直播。晚会的主题依然是绿色。在已经有了凉意的高原之夜，晚会场面却火热异常。舞台上为了绿色而纵歌，为了绿色而劲舞。那夜空中升起的一簇簇、一团团的焰火，绚烂夺目，让人忘却这里是鄂尔多斯高原。我们刚刚亲历过北京奥运会开幕式和闭幕式的焰火，这里的焰火并不逊色。这样的晚会，这样的焰火，其实是在缩短首都与边疆的距离、城市与乡村的距离，在丰富鄂尔多斯人的精神文化生活，提升鄂尔多斯人的文化自信心。当人们普遍富裕起来以后，能否培育出和具有文化自信力，才会决定区域与区域之间、人与人之间的真正差距。我看到，在注视着满天灿烂焰火欢呼的鄂尔多斯人的目光中，闪烁着焰火般灿烂的一种释然和自信。也由此，被秋的凉意吹拂的鄂尔多斯绿色高原之夜，依然令人心头暖意融融。

2009 年 10 月

冰上之行

　　那一天，我们普及大寨县工作团接到通知，要在三天内赶到阿勒泰行署去听传达中央文件。那时候，刚刚粉碎"四人帮"，一切亟待拨乱反正，百废待兴，需要上面的最新精神。现在看来，从哈巴河县城到阿勒泰行署所在地阿勒泰县城的距离来说，一天之内轻轻松松就可以抵达。但是，那是冬天，准确地说，是 1976 年的 12 月末。阿勒泰原野早已被覆盖在厚厚的雪被之下，哪里是路，哪里是原野，已然难辨。更何况那时的路况远不如今天，所以要留有充足的时间赶路。

　　我们是上午离开哈巴河县城的。那天，晴空万里，没有一丝云彩，唯有猎猎寒风自西面吹来，寒气逼人。出得门来稍一呼吸，两边鼻翼似乎便要与鼻腔沾黏在一起。如在门外洗了手，倘若没有擦干，就会被门把手牢牢粘住手心。

　　那时哈巴河县城很小，我们两辆北京 212 吉普出行，很快就把县城抛在了身后。此行有伊犁州副州长阿克木·加帕尔、阿勒泰行署副专员托合塔木拉特，还有我们两位秘书和两位司机。我们的司机——哈萨克小伙子臧阿德力已经向读者作过介绍。另一位司机叫夏鼎，是汉族人。不过，他是阿勒泰土生土长的汉族人，祖籍是哪里他也说不清，只说是大榆树下出来的。确切地说，他的汉语说得还不如哈萨克语利落。他年岁比我长，大概有五十多岁了。个子矮墩墩的，脸上的皮肤十分粗糙。他戏称自己是哈喇契丹——辽人后裔。不久前我们到额尔齐斯河套的冬牧场视察工作，晚上说要住在这里。他很兴奋，说终于可以放松一下了。当晚，公社接待站煮了一大锅马肉马肠，他吃足了手抓肉，痛饮了一回。夜里，在我们几个工作人员同寝的大炕上，他一阵阵地呻吟着，撅着屁股蜷缩成一团，折腾了一夜。令我惊讶的是，通宵他说的醉话浑话都是哈萨克语。

现在，两辆北京 212 吉普已经驶过那些浅显的谷地与丘陵，翻上了一座山梁。布尔津河就在眼前——只要下了山梁穿过那片密密匝匝的桦树林，在冰封雪盖的布尔津河彼岸，在布尔津河与额尔齐斯河汇流处，便是布尔津县城了。然而，山梁上的风势很大，可以看到"白走马"（当地哈萨克人把晴日里起风扬起的雪尘形象地称为"akh jorgha"——白走马）一缕缕的，在雪原上恣肆地驰骋，一团团的雪尘此起彼伏，打着旋儿奔向远方。那简易公路早已被雪尘吞噬，根本看不见踪影。我们是前车，不一会儿，我们的车就陷在雪窝里拱不动了。我们不得不下车准备铲雪。夏鼎的后车也赶到了。他诙谐地用哈萨克谚语说道："'不是乃蛮人能干，而是工具能干！'拿家伙吧！"

两个司机麻利地从后备箱取出了两把铁锹，我和托合塔木拉特副专员的翻译塔拉甫，与两位司机一起轮流铲起雪来。我们让两个领导——两位老人进到车里避风，他们却执意不肯，一定要在一旁守着为我们助威。我那时为了铲雪方便，脱去了军大衣——那是用厚厚的羊皮缝制的大衣——里边还穿着一件短皮袄。我只觉得那短皮袄在阿勒泰的寒风面前，有如一件手工织成的粗毛背心一般，到处钻风，那寒气直透心窝。我无意间一抬头，发现了一个意外的景象，托合塔木拉特副专员的鼻子和面颊变成了白色，霎时像小女孩吹起的泡泡糖一样，鼻头和面颊隆起了三团硕大的白泡泡！原来他是迎风站着与阿克木·加帕尔副州长说话的。我立即意识到发生了什么，当即扔下铁锹抽出皮手套，一边抓雪一边说："托副专员，您的脸冻伤了，您赶快俯下身来！"托副专员当时还不明白，这时阿克木·加帕尔副州长也发现了，忙说："托副专员，快弯腰！"我急忙拿着雪给他老人家搓脸，搓了一会儿，那白色的泡泡才平复，他的脸和鼻子渐渐还原了血色。真险！要不是及时发现，老人的脸和鼻子会一起冻掉的。此时我也经不住冻了，牙齿直打颤。副州长说，快上车吧。夏鼎也把铁锹收了起来，他说这样无济于事，风一会儿就会重新把雪填满，干脆他在前边引路，且开且进。于是，我们在晴空丽日下的雪原，恨不得一寸一寸地辗进。经风吹过的雪盖，已变得坚硬无比。哈萨克人把它称为"khasat kar"——卡萨特哈尔。北京 212 吉普艰难地破开坚硬的雪盖拱进，终于在日暮时分赶到了布尔津县城。无疑，今天的功臣当然是夏鼎。

晚饭时，夏鼎没有与我们在招待所进餐，他说要去看望一位朋友，夜里很晚才回到宿舍。那时候，一般干部都是四人一间住宿，靠着两边的墙各摆着两张单人床，我们两个秘书和两个司机正好住一间。夏鼎显然喝了酒，而且酒兴正高，他把我们几个都摇醒了，说要为我们唱歌。说着他就站在房间当中，放开歌喉唱了起来，他的身子在酒力作用下不住地左摇右晃着：

在额尔齐斯河对岸看到了你，
拖着一条丝织缰绳的枣红驹呀，哎喂
你落在了枝头上啊，可怜的鸟儿，
鸣叫着不停呀不肯落地，哎喂
黑色的鸟儿，
你艰难地起飞，
可怜的鸟儿，
鸣叫着不停呀不肯落地，哎喂
在额尔齐斯河对岸看到了你，
把你耳坠化作小船接我过河去，哎喂
若不把你耳坠化作小船接我过河去，
你就是公主我也不会理你，哎喂
黑色的鸟儿，
你艰难地起飞，
可怜的鸟儿，

鸣叫着不停呀不肯落地，哎喂

……

　　他唱的是阿勒泰哈萨克人祖辈传唱的歌曲《黑鸟》。他唱得是那样地投入，加上他几分醉意，那情真意切宛如阿勒泰哈萨克人的铮铮一员。他的音准极好，哈萨克语吐词也十分清晰，倘若你闭上眼睛，抑或你不知道他的身世，你决然不会怀疑这位歌手不是哈萨克人。我被他的歌声陶醉了。尽管这首《黑鸟》我听过千遍百遍，我自己也会吟唱它，而且自认为唱得不错，但是，从夏鼎歌喉里听到这支歌，我依然被深深打动了。我觉得有一股热泉在我眼眶中涌动，我极力不让他溢流出来。"唱得好极了！"我由衷地赞美着夏鼎。我们三个人禁不住一起为他鼓起掌来。夏鼎似乎忽然清醒了些，满是惬意的他有些不无羞怯地说："好吧，咱们明天还要赶路呢，睡吧。"于是，他略略蹒跚地走到床边，倒头便睡，不一会儿便酣然入睡了。不过今晚他睡得很安稳，如果将他的呼噜声忽略不计，比冬牧场公社接待站那一晚睡得安静多了。

　　真正的奇迹发生在第二天。早上从十分简陋的县委招待所出来，越过那座额尔齐斯河上的布尔津大桥，向东沿着萨沃尔山余脉驶去，不一会儿就走不动了。风已经把山梁上的雪尽数吹到山下，那条沿着山脉的搓板公路，浑然不知去向，隐匿在厚厚的雪被之下，好像要和我们猜猜谜语。这路是没法走了。大家下了车，略略商量了一下：要不要返回县城，从北边盐池那条路上去？此话被夏鼎否了，他说："那边的路是山路，雪比这边更厚，没法走。"此时出现了瞬间的茫然。但路途是不能耽搁的，每个人心里都很清楚。

此时，夏鼎试探性地说了一句："要不，我们就下到河道里，顺着额尔齐斯河的冰面开上去？"他用征询的目光看了看我们，最后把目光投向副州长，说："当然河道里会有一些危险，不过，你们要是信任我，我们都会平安无事。"

副州长莞尔一笑，说："走，下河道去，没什么了不得的，你不也和我们在一起吗！"

夏鼎倏地跳上了驾驶座，作为前车，冲开雪盖，向河道驶去。我们的车压着他的车辙，跟了下去。

我是第一次乘车走在额尔齐斯河冰面上。夏日里，我曾游泳横渡过额尔齐斯河。在我记忆中额尔齐斯河河面开阔，水流湍急。现在，下到河道里，两岸河套里的树林叶子早已落尽，河面似乎一下变得空荡荡的，与岸边白色雪野连成一体。遥遥望去，我依然能体味到白色雪被和蓝色冰盖下湍急水流的力量。就在这一年的春天，布尔津县武装部的一位部长，乘坐八座212吉普车越过布尔津河时，连车带人掉进了冰窟，连车影也没能找到。而现在，我们一行为了按期赶赴阿勒泰的会议，已经贸然在冰面上行驶了。我想我们在创造着一个奇迹。

在一个河湾处，夏鼎的车十分谨慎地停了下来。我们的车也跟着停住。大家都下了车。河道冰盖上的雪似乎与别处的雪不同，踩在脚底下发出别样的嘎嘎脆响，还能听到从冰盖下传来咝儿咝儿的回音。冰面上有一道道不规则的白色裂纹，那是河水与严寒施以冰面双重挤压的结果。

夏鼎指了指河湾靠岸一处一块马鞍垫般大小没有结冰的河面，说："你们瞧，那就是哈萨克人所说的'Jilem'——水涡"。

缕缕白雾般的水汽从那里腾起。由于那里水深，从来不会结冰，是个冰面陷阱。若是结层薄冰，再覆以雪，就更加危险。人畜不小心走过去都可能掉进河里，更不要说汽车了。不过，河面上的雪确实很薄，这是被风吹走的结果。方便我们行车赶路。

他说："我在前边引路，你们压着我的车辙走，但不要跟得太紧，那样即使刹车也停不住，车会惯性滑行，免得出事。"说罢，他打开前车轮轴头盖子，把前加力加上了。于是，加足了前后加力的两车重新启动了。我们打算在北屯进午餐，天黑前赶到阿勒泰。布尔津与北屯的公路距离是 90 公里。一切顺利的话，中午应该能赶到。

我们完全低估了额尔齐斯河。它的河湾变幻莫测，一湾接着一湾伸延开来，向我们施展着它无穷的变数。我们警惕地搜寻着潜伏于前方的每一处水涡——河床冰盖下的陷阱。其实是额尔齐斯河在与我们默默地较量。当然，额尔齐斯河以它的宽容先接纳了我们，容我们在它的冰盖上行进。但是，它又以无数未知的水涡在考验着我们的胆识。

为了躲避一个个水涡，夏鼎的前车在冰面上不断地画着龙，举步维艰。于是，额尔齐斯河冰面路程变得无限漫长。不过，已然躲过了在公路上被雪盖困住的尴尬。这一点就已经足够了。似乎不一会儿就到了中午。在光阴面前我们的如意算盘开始落空。北屯在我们前方还遥遥无期。此刻，即使是驾着马拉爬犁，也会比我们前行的速度要快。阿勒泰的严冬向我们无声地施展着它的威力。

时光已经过了正午，我们开始饥肠辘辘。寒冷一阵紧似一阵袭进车内，透过我们严严实实的双层皮袄，开始钻入肌肤，直奔骨髓。而我却想起昨晚夏鼎的歌声，心底涌起一股暖意。是啊，拖着丝缰绳的枣红驹和那将耳坠化作小船的姑娘今在哪里？远逝的歌者是在哪一道河湾见到枣红驹和姑娘的倩影引吭高歌的呢？那歌声居然越过那个美丽的夏天传颂到今天。

前面出现了一片真正开阔的蓝色冰盖。夏鼎的车突然在冰面上画出一个舒惬的 360 度圆圈，停在那里。他像一个快乐的大孩子，十分惬意地跳下车来，在冰面上自己滑溜了一下。我们的车紧急制动，也在冰盖上画出一个半圆，横向哧溜着终于停了下来。在我们方才经过的冰面上，传来冰盖滚雷似的闷响。

夏鼎从车上拿来几块酸奶疙瘩，分给我们车上的几人。他说："午饭是没希望了，含一含酸奶疙瘩吧，不然会冻僵的。哈萨克牧马人在冬牧场上不吃不喝，含一块酸奶疙瘩便能扛过一天的严寒。"

　　果然，口含酸奶疙瘩，身体渐渐开始恢复抵御寒冷的元气。不过，车上我们三人呼吸吐出的那点温乎气儿，开始在车窗上结霜，而且越积越厚。两侧的车窗渐渐被封住，就连前窗也开始挂霜。驾驶员的视线开始受阻。他不时地用手划着前窗，努力保持一小块他能看到前方的视窗。我们的车能否继续前行，就维系于那一小块视窗了。副州长坐在副驾驶座上，也在配合，他时不时地划拉着前窗，不让被霜封住。

　　接近黄昏时分，夏鼎又一次在冰面上让车画出一个漂亮的 360 度圆圈停住了。他说："趁着天黑前，咱们得开出河道，上到公路上去，不然天黑后没法分辨水涡。岸上已经远离山地，是一马平川，路会好走些。"

　　我们一边前行一边寻找着自然出口。在一道看似不经意的缓坡前，夏鼎的车突然加足马力开了上去。当我们接踵而至攀上河岸时，在密密丛丛的白桦林外，是一片一望无际的茫茫旷野。但公路不知去向，满眼白茫茫的雪原，甚至没有车辙。夏鼎的车在前面引路，我们压着车辙紧随其后，向迷茫天际间的北屯驶去。夜幕已经降临，车灯极力划破黑暗追逐着前车尾灯两个跳动的红点。在深夜时分，我们终于抵达灯光稀疏的北屯。

　　看来，阿勒泰明天才能赶到。

2010 年 1 月

连岛遐思

　　我是第一次去连云港。这里地处苏北海角，若不专程而来，是不会因某种事由途经此地的。

　　连云港是欧亚大陆桥交通线的起点，也是东方桥头堡，连接西端的荷兰鹿特丹。欧亚铁路、欧亚高速公路均从这里发端。在我国西部则将分别经过我的家乡新疆霍城县境和阿拉山口。

　　连云港被当地人用五个字来概括："海、古、神、幽、泉"。

　　"海"就是大海。这里濒临黄海，北拥海州湾。连云港前身海州港在孙中山先生的《建国方略》中就曾被提及。不过，这里属于浅海港湾，后来问世的巨轮开不进来。所以，连云港向深海挖进 30 多公里，挖出一条深水航道，巨轮才得以开进。比起那些天然深水良港，这是一份额外的成本。20 世纪 90 年代初，在连云港和东边一个小岛——连岛之间建了一条防波堤，在堤上修了一条公路，它把原来的自然海流截断，现在连云港港湾如不疏浚，将受到海底泥沙淤积威胁。不过，连云港人面对这些创造了新的契机，他们首创了抽取航道淤泥，填出平地的壮举。在不久的将来，在这个防波堤旁将出现一个由航道淤泥填出的大型集装箱码头。

"古"是指孔子曾到过这里观海。现在城边有一座孔望山，就是当年孔子望海之地。不过，后来清代郯城一带的一场大地震，使得海水从这里后退了30多公里，石山兀立于此，昔日的海成了梦中记忆。真是时世幻化，沧海桑田。现在这座孔望山被一片田野和城市所环抱。攀到山顶，立着今人树起的孔子和他两弟子的塑像。山风猎猎，吹拂着满山的树木迎风摇曳。蓝天白云映照在城市上空，十分惬意。而孔子老人，似乎从这里眺望远逝的大海，智慧的目光穿越时空，注视着海面那一艘艘满载历史重负的巨轮。

"神"是指神话。我国文学史上四大名著之一《西游记》的作者吴承恩是连云港人。在城市东面有一座花果山，相传那里就是孙大圣的居所。现在，连云港人想用一部《西游记》来打造这座城市的文化形象，换句话说，让这座城市蒙上一层神话色彩，让她变得亦真亦幻，更加迷人。

"幽"就是让这里的城市环境变得更加幽静。这里没有污染工业，空气质量好，又是海洋性气候，凉爽宜人，适宜人居住和生活。

"泉"就是温泉。在东海县有一片地热温泉群，是地热温泉疗养胜地之一。

东海县北临山东临沭、西接山东郯城，西边是江苏新沂市，东面便是连云港。东海县不仅有地热温泉，还盛产水晶，现在成了我国乃至世界最大的水晶集散地。

市委宣传部副部长李锋古就是东海县人。他说,小时候,一场大雨过后,在田野上他们可以捡到水晶石。那时候,很多农民并不懂得这就是水晶石,他们用它来垒猪圈。20 世纪 80 年代以后,当人们一夜之间发现了水晶的价值以后,那些农民甚至拆掉过去的猪圈,把那些水晶矿石起出来,换得了好价钱。现在,他的家乡东海县有 105 万人,2500 平方公里,其中有 20 多万人在从事与水晶有关的行当。那种大雨过后在田野里捡到水晶石的事已然成为遥远的记忆。现在只有挖到大地深处,才能与水晶石相遇。

不过,在县城里有三家大型水晶市场,我去看了其中一家,地处老县城中心地带,三层都是水晶商店和摊位,每一处的水晶石都价值连城。现在,全世界水晶产地都有东海人。而在东海,全世界的水晶也都被运了过来。

当然,东海县也是我国最大的产粮县之一,粮食总产量在全国排第 6 位。一年两收,处处都是吨粮田。眼下正值小麦长穗灌浆之际,满目皆是绿油油的麦田,长着壮硕的麦穗,可以想见,不久就会尽染金黄。收了小麦,就接着种水稻。小麦和水稻都能亩产千斤以上。"手中有粮,心中不慌。"这是智者千古绝句,我以为依然放之四海而皆准。或许,那丰产的粮食,源自地下深处水晶的底蕴?粮食和水晶在这一方天下同放异彩。

我听着五字故事,来到北疏港外的连岛。陪同我来的连云港作协副主席杨春生说,20 世纪 80 年代初,他来过这座海岛。那时只能乘船过来，岛上原来有守军，驻扎着海岸炮兵部队，没有其他的人，渔民很少。他上到岛上时，山坡上有一群群的成千上万只山闸蟹，当他无意中走近它们时，那些山闸蟹齐刷刷地高举起一只蟹钳，咔咔咔地钳动，向他示威。他往后一退，它们就向前齐进。依然高举着一只蟹钳，咔咔咔地钳动，向他示威，顽强地守护着自己的领地。山闸蟹自身就是红色的，那一片红一进一退，在那里飘动。那时海滩上还有一种小蟹，也是一群群的，成千上万只在一起。所不同的是，当他一走近它们，海滩小蟹一起举起双钳，频频钳动，向他示威。小蟹则是灰色的，湿乎乎的一片灰色，在沙滩上似潮进潮退般涌动，令人煞是心动。我的心绪却是为之一动。算起来也才过去二十多年，弹指一挥间，生活中的一切都发展了，那种自然景观却是不复存在，得与失之间我们是得到的更多，还是失去的更多？似乎下结论还为时过早。

　　连岛也是一代伟人邓小平的骨灰撒入大海之地。现在，岛上建有一座"邓小平和人民在一起"的雕塑公园。山上塑有"邓小平和人民在一起"的群雕，由邓小平、知识分子、劳动者、城市女青年、解放军和儿童的雕像组成。在那个女童的手上，还雕有一个小布猴，或许象征着这里是《西游记》与孙悟空的诞生之地。现在，雕塑公园已成为众多游人的景仰之地。

　　雕塑公园往北，环岛公路又把我们引到一个瀑布之下。

没想到在这海中小岛上，竟有这样一处山泉飞流的瀑布。山是水的依靠，水是山的灵气。一山一水，便使这个小岛充满活力。而在这个山泉的下方，是一片海水浴场。不过，现在天气乍暖还冷，无人下海游泳。盛夏季节，我想这里当是理想的海水浴场。

连岛在期待着夏季到来。

2010 年 7 月

垛田花海

　　天上飘着细密的雨丝，接待我们的博物馆工作人员给我们一行送来雨伞。其实，下车到博物馆门口也就二三十米，这一点雨是淋不着人的。但主人一一为我们撑开了雨伞，足见兴化人的真诚与热情。

　　在这个博物馆里，有浓缩了的兴化历史文化。应当说兴化是文化之乡。在这里留下范仲淹的足迹（做过兴化县令），四大名著中有三位作家与兴化有关。"扬州八怪"之一，清代著名画家、书法家郑板桥便是兴化人。他的那幅"难得糊涂"的著名墨迹与他明码标出的润笔价目同悬一室，糊涂与清醒相映成辉，成为那段远逝历史的无声注脚。而当代作家毕飞宇、王干等都是兴化人。让人惊叹这方神奇的水土，养育了一代又一代人杰。

　　晚上，我们冒雨观看兴化菜花节水上晚会。2000 年 5 月，我曾在美国拉斯维加斯当地华人陪同下观看过 Mirage 音乐喷泉水帘，他们称之为"水跳舞"，是当地一道夜景。也就十年光景，世界的距离在缩短，这种"水跳舞"——音乐喷泉几乎遍及大江南北。兴化今夜的音乐喷泉成了一道亮丽的风景，那巨大的连体水幕喷射而起，气势非凡，被五光十色的激光灯照射其上，更是华丽无比，点缀着兴化节日的夜空，给这一方百姓带来欢乐。

这里是著名水乡，有独特的水乡垛文化——在水泽中挖沟取泥，垫出一个个土垛——形成垛田，在垛田上耕耘收获。眼下正是垛田油菜花盛开的季节，由此形成了今日的菜花节。我们此行的目的，就是应邀专程前来参加兴化"千岛菜花节"，观赏春季里盛放的菜花为这方土地编织的美景。翌日，我们便在李中水上森林和缸顾千岛菜花风景区采风。

其实，李中水上森林也是植于垛田之上的，那一垄垄的水杉被一湾湾的静水隔开来。成片的水杉林之上，一群群的水鸟在嘎嘎鸣叫着，舒缓地飞来飞去，自由自在，择枝而栖。那些筑于树杪的鸟巢，更是给这水上森林平添了生机与活力。在垛下水湾里，水杉根须如盘螭交错，其状毕现；又似伏于水边渴饮小憩的活物，一个个形态各异，倒映在水中惟妙惟肖。偶或遇见倒伏的水杉像一弯拱月，连接着隔水的垛田，自成一景。无论是泛舟水上，抑或是弃舟穿行于垛上林间，决然会被这里的幽静与清新湿润的空气深深陶醉。不经意间，发现有几只洁白的小山羊在林间安闲地食草，恰似神来之笔，成为这片绿色世界的点缀。而在水上森林尽头，依然遮不住油菜花飘逸的金黄倩影。

有言道：兴化菜花看缸顾，缸顾菜花天下无双。有趣的是，缸顾正是我鲁院学员顾坚的原乡——兴化顾氏的发祥地。据说缸顾的老祖叫顾六三，他的一代代后人在这方湖荡沼泽中辛勤劳作，繁衍生息，开辟出大片垛田，传延至今。不过，由于今年南方春季阴冷，季节延后了大约两周。今日游走于垛田间，油菜花才刚刚开放，油菜花怒放的盛景在我的镜头中未能全然释放。但是，兴化不负"汉唐古都、淮海名郡"的美称，环境优美、人杰地灵，人们的脸上洋溢着无限春光，节日的气氛就在那里荡漾。可以确信，金灿灿的油菜花终将在水上垛田盛开，镶嵌出一片花海。

2010 年 10 月

右玉丰碑

哥哥你走西口，小妹妹那个泪花流……

一句动情的歌词，唱响了一个地方——从传唱久远的这首深情幽怨的歌中人们记住了西口。但是，不一定每一位听众都了然右玉方是西口原乡。还有一点，许多久居京城的人，也不一定明了右玉又是北京的上风上水之地。

7月下旬（21—24日），《中国作家》全体人员赴朔州、右玉采风学习。当我们穿越一片雨区进入朔州，迎面扑来的两幅标语令人震撼："把风沙挡在朔州，把清风送往首都。""把污染治理在朔州，把清洁水源送往首都。"何等豪迈气派、博大情怀。朔州人是这么说的，也是这么做的。市委常委、市委宣传部部长郭健的介绍栩栩如生。

朔州下辖右玉等四县两区，在山西省是产煤第一大市，年生产、洗选、发运能力在2亿吨以上。自2006年开始整治地方煤矿，由当时的205座减少兼并到现在的67座，提升了机械化采煤率和单井产量。朔州致力于做足清洁能源和新能源发展大文章，让电力产业脱胎换骨（在北京的每5只灯泡中，就有1只是被朔州的电点亮的）。一方面，着力建设节能环保型燃煤电厂，大力发展新型清洁煤电发展项目。另一方面，积极发展风电、太阳能等清洁可再生能源发电项目。走出"黑色经济"（依赖煤炭）阴影，加快"低碳经济"步伐，实现"绿色经济"转型，走出了资源性地区可持续发展路子。他们的目标是让绿色成为朔州发展主色调，以京津风沙源治理、退耕还林、三北防护林、天然保护林工程和碳汇造林为重点，严格实施以煤补林，要求所有煤矿必须做到挖一吨煤种一棵树，确保生态修复。同时，实行大规模造林、大苗栽植、连片治理。每一片造林工程面积须达到 3000 亩以上，且尽量选用大规格苗木，做到一次栽植、一次成活、一次成林、一次成景。

　　近年来，朔州每年筹资 10 亿元，植树 33 万亩，增加林木绿化率 2 个百分点。市区和每个县区都有万亩以上成片造林绿化工程，而且规模逐年扩大，初步形成 10 个万亩以上生态示范公园。2009 年底，全市林木绿化面积累计达到 400 万亩，林木绿化率 26.6%，林草面积占国土面积近 50%。朔州人响亮地提出："让城市走进森林，让森林拥抱城市。"的确，在这一方土地上，走到哪里都是满眼绿色，树木葱茏，青草依依。在朔州城西 20 万亩西山森林公园中徜徉，我们沉浸在一片绿色海洋中。驱车不远又进入在建中的金沙植物园，依然让人震撼不已。望着眼前的绿色世界，我问郭健部长："听说右玉那边植被不错。"他说："是不错，但是没有一棵自然生长的树，全是人工栽植培育出来的。"

翌日，我们穿行在一片绿色中抵达右玉。

右玉是一个边塞古县，也是北衔毛乌素沙漠的前沿屏障。右玉山地又是黄河和海河的分水岭。这里地势南高北低，平均海拔在 1400 米以上。往北的水系流入黄河，往南的水系流入海河源头桑干河。而桑干河上游支流恢河、黄水河、七里河、源子河均发源或流经朔州境内。桑干河也是历史上的无定河。现在它汇入官厅水库后，成为永定河，最终将汇入海河，奔向大海。绵延千里的桑干河滋润着两岸晋、冀、京、津的焦渴大地。

早在 50 多年前，一位外国专家曾对右玉下过结论："这里根本就不宜人类居住。"的确，历代战火频仍和人为破坏，加之风蚀沙侵，使这里变得一片荒芜。右卫堡古城墙虽高出三丈六，迎风的北面依然被沙龙攀上了城墙，变成了一道横亘的沙梁。昔日的民谚述说着这一方天下的荒凉和当时黎民百姓生活的艰辛："一年一场风，从春刮到冬。白天点油灯，黑夜土堵门。在家一身土，出门不见人。"全县只有零星的 8000 亩残林，森林覆盖率仅有 0.3%，难以抵御风沙威胁。"今日把种下，明日把籽丢。"足见风沙的肆虐无度。于是出现了"男人走口外，女人挖野菜"的凄惨景象。不行了走口外，哥哥只能走西口，而妹妹只能幽怨地泪花流。

不过，我们在右玉县委常委、宣传部部长张祥陪同下，登上县城南边的小南山森林公园时，极目望去，郁郁葱葱的森林一片连着一片，望不到尽头，绵延起伏的山脉和丘陵青翠欲滴。我在江南多次领略过这般翠绿世界——那是一种不可思议的绿。习习凉风穿越山顶凉亭，比起京城的酷暑，简直是一种置身天然氧吧的享受。忽然，一只山雉走近凉亭，大家欢呼起来。是的，在人工培育的森林中，已经出现山雉这样的野物，等于这片森林开始具有了灵性。导游小刘一脸喜气不无骄傲地说："林子里还有野兔、狍子、黄羊、獾和刺猬呢。"显然，她对家乡的一草一木充满深情。那只山雉踱来踱去，并不畏惧走动的人。几辆汽车驶来，或许它厌倦尾气，倏然展翅飞去，在阳光下向我们炫耀着绚丽的羽毛。其实，它就是这方山神，眼下它重新隐入漫山遍野的森林，开始了它新的故事。

令人感动的是，新中国成立以来，十八任右玉县委书记坚持不懈地带领全县人民植树造林已成为一方美谈。第一任书记张荣怀就提出："右玉要想富，就得风沙住；要想风沙住，就得多栽树；要想家家富，每人十棵树。"他在任期内组织了四次爱国造林竞赛活动，拉开了绿化右玉的历史序幕。经过一任又一任书记传承和延续，要想摆脱风沙制约，就必须植树造林的理念在右玉早已深入人心，并成为他们的实际行动。老少几代人艰苦卓绝地植树造林，终于创造了人间奇迹，形成了"右玉精神"。显然，大自然可以被人为破坏，眼前的现实证明同样也可以人工修复。尤其时下在商机、金钱和政绩的重重诱惑和驱动下，开发之声喧嚣无比，这方百姓却在吃尽了历史开发的苦头后，终于坚定了意志，泰然处之，种树种草，重建家园，一锹一锹地种出 150 多万亩森林。将梦中的绿色披在了家乡的荒山秃岭、裸露的河滩、流动的沙丘之上。右玉已然成为新生的绿洲，森林覆盖率达到 50%，生态环境得到恢复。真是不可思议。现在，由于绿色，右玉县被国家环保总局命名为"国家级生态示范区"，被联合国授予"最适宜人类居住的地方"。也就 60 年光景，这里的确发生了天翻地覆的变化。时光能够检验一切，原来只需一个甲子，一方天地便可以改换颜貌。毁也在人，成也在人。县文联主席郭虎说，打小看着父母植树，从戴上红领巾起自己植树，有了孩子再带着孩子植树，这就是一家人的植树史。每个右玉人都是这样走过来的，还会这样走下去。

走下小南山，我们来到植树造林纪念碑前，那上面镌刻着每一任县委书记的事迹和每一位植树造林英模人物的名字。我以为，这就是右玉的历史丰碑。我们在丰碑前合影。作为京城的一名普通居民，每日在呼吸着清新空气，饮用着甘甜的水时，我会自然想起树着绿化丰碑的这方上风上水之地。

在这座绿化丰碑不远的地方，我们《中国作家》全体员工庄重地种下了一片小树，浇上了一桶水。当这些小树长大时，这里会立起一片文学林，续写绿化右玉的西口新歌。

2010 年 11 月

山高水长

　　山多高，水多高。这是一句俗话，却是源于自然界的客观事实，也是自然规律。我多次经过滦河，也曾经过辽河。但是，除了在地图上偶或注视过标明这两条河流的蓝色细线，思绪再没有往深处延伸过。比如说，这两条河源自何处，全然不知，也不曾想知道它。

　　去年 7 月中旬，我首次来到河北省围场满族蒙古族自治县塞罕坝，才有了一个意外的收获。那一天清晨，我们在导游孙燕带领下，游览了辽河源头。那是一片湿地，一条细水从这里匆匆流去。水流清澈，汲取了这片绿色草地的精华，义无反顾地奔向远方。草地上开满了金灿灿的金莲花，那是一种产自这河源地带的特产。导游说："再过一些日子，人们就会采摘这些金莲花，晾干以后可以泡茶喝。它是一味去火温补的中草药。"

　　我们来到七星湖畔时，下起了毛毛细雨，天地间一切变得湿润起来。起初，我们打着伞欣赏这一片湖泊的雨中即景，不一会儿，雨住了，云开日出，又是一番别样的景色。大小湖泊被郁郁葱葱的森林环抱，蓝天白云映照着湖面，煞是动人。孙燕告诉我们，塞罕坝以七星湖东边的山为分水岭，那边是西辽河源头阴河，这边是滦河源头支流之一羊肠子河，它将汇入吐力根河，最终汇入滦河。这漫山遍野的森林几乎尽是人工栽植的。1962年以来，一代又一代机械林场员工用生命、心血和汗水培育浇灌出这漫山遍野的森林。其实，塞罕坝自古水草丰美，森林茂密，是飞禽走兽繁衍的天然名苑。在辽、金时期，被称作"千里松林"，属皇帝狩猎之所。康熙二十年（辛酉，公元1681年），在平定了平西王吴三桂、平南王尚可喜、靖南王耿精忠的"三藩之乱"后，康熙大帝巡幸塞外，看中了这块"南拱京师，北控漠北，山川险峻，里程适中"的漠南蒙古游牧地，设置了"木兰围场"。"木兰"，满语"哨鹿"之意，汉译乃"哨鹿设围狩猎之地"。当年这里的植被很好，康熙大帝把这里作为四季猎苑的同时，还在此集结和训练皇家军队，率军亲征，剿灭准噶尔部噶尔丹·策零，一统天下。随着清廷衰微，同治二年（癸亥，1863年）清政府开围放垦，随之森林植被遭受破坏。后来又遭日本侵略者的掠夺采伐和连年山火，原始森林几近荡然无存，塞罕坝地区在百年之内退化为高原荒丘。到新中国成立初期，大部分地区已是一片"飞鸟无栖树，黄沙遮天日"的荒凉景象，环境变得极为恶劣。不过，经过40多年前赴后继地植树造林，这里的环境得到彻底改变，已经恢复了元气，形成了局域小气候。现在塞罕坝有林地面积106万亩，森林覆盖率

75.2%，其中人工林 75.8 万亩，天然林 30.2 万亩。而这一切又为两条河源保住了充足水源。的确，七星湖湿地上，居然生长着一丛丛的贝母，茎秆颀长，花蕾含苞欲放。一望无际的绿色草海，被山风吹拂得泛起千层绿浪，与那边湖水波纹谐趣相生，展示着这方山水的生机与活力。

水是生命之源。在离京畿如此近的地方，居然静静地躺着两条河的源头，这让我振奋不已。辽河流向辽宁，被称为辽宁人民的"生命之河"，也是我国七大河流之一。由于沿岸城市密布，重工业企业众多，又受季节性气候影响，辽河流量不均，常年流量较少，多年来受污染影响严重。一度成为我国七大河流中污染最重的一条。1996 年，被国务院列入重点治理的"三河三湖"工程。2008 年初，辽宁省政府提出，三年时间让辽河告别劣五类。经过两年多艰苦治理、大量投入，提前近一年实现目标。我想，塞罕坝上的森林草原，也在为辽河的治理做出默默的贡献。

滦河流经承德、迁安，最终由滦县境内汇入渤海湾。20世纪 70 年代末，天津遭遇半个世纪以来最严重的水荒。由于经济迅速发展，城市人口快速增长，生活和工业用水需求急剧加大，而天津主水源海河的上游由于修建水库、农田灌溉、水源地水量减少等诸多原因，流到天津的海河水量急剧减少，造成天津供水严重不足。1981 年 8 月，党中央、国务院决定兴建引滦入津工程。1982 年 5 月 11 日，引滦入津工程正式开工。这是一项跨流域引水的大型供水工程，1983

年9月建成。整个工程由取水、输水、蓄水、净水、配水等系统组成。自位于河北省迁西县滦河中下游的潘家口水库放水，沿滦河入大黑汀水库调节。最终分两路进入天津市：一路由明渠入北运河、海河；另一路由暗渠、暗管入水厂。输水总距离为234公里，年输水量10亿立方米。引滦入津工程成为天津的生命线，迄今累计向天津安全供水近200亿立方米，从根本上扭转了天津缺水的紧张局面。我在7月中旬随全国政协考察团赴天津考察期间，也曾观光海河夜景。海河两岸一片灯火辉煌，人们在河堤公园纳凉消夏，河面上游船往来如梭，一片繁荣祥和景象。天津人民提起海河，无不为这"母亲河"感到骄傲。或许，其中的一滴水是源自塞罕坝眼前的这一汪湖泊。不过，随着引滦沿线经济社会的快速发展，引滦水源保护工作面临的问题日益突出。天津市明智地提出力争在本届政府任期内有效遏制引滦上游水质恶化趋势，相关部门加大水源保护工作的资金支持力度，实现水源地水生态系统良性循环，确保城市供水安全。据信，自引滦工程投入运行以来，已累计向天津、唐山、秦皇岛三座城市及滦河下游地区供水300多亿立方米，产生了巨大的社会效益、经济效益和生态环境效益。

今年8月初，我又一次来到塞罕坝，再度来到滦河之源。不想在这里巧遇民政部一位副部长。他说，是天津市相关部门来看望滦河发源之地，送来百万元慰问金。饮水思源，这是中华民族的美德。在我们已经认知环境影响一体化的时

代，水源地保护自然涵水、蓄水、净水机能，而下游用水地
念着水源，上游与下游互动互助，共享共赢，才符合今天这
个时代人与自然和谐相处的要求。

2010 年 11 月

夕阳的最后一抹余晖

　　我迄今出行多次有过日行千里万里之时，但是从未有过像 2010 年 10 月 1 日这样的万里之行。早晨我从北京出发，途经乌鲁木齐转飞库尔勒，再改乘汽车，一天之内，从天上到地上，一路狂奔，日行万里，当晚直抵阿尔金山下西域楼兰古国境内的若羌。

　　确切地说，我这次万里迢迢而来，是有几层意思。一是参加在若羌的红枣节——现在他们称之为楼兰文化节；二是参加我所作序的长篇小说《楼兰传奇》首发式；第三，也是最重要最关键的一点，来看看我父亲年轻时曾经工作生活过的地方，陪同我母亲回她的老家看看。父亲已经在 2005 年 6 月 14 日仙逝，我不可能再陪同他前来，但是我应该来看看留下他青春足迹的地方；母亲身体现在还可以出门，我应当陪同她回一趟这一方赋予她生命的土地看看。我已经 56 岁了，这是我第一次陪同母亲前来她的家乡。

　　库尔勒现在已经成长为一座现代化城市。由于独特的地理、资源和交通优势，库尔勒的发展速度令人称羡。库尔勒又是全国土地面积最大的自治州的首府，全州约 47 万平方公里。而我前往的若羌县，是全国土地面积最大的县——全县 20.23 万平方公里。从县城要到最远的一个村落，居然要走约 580 公里。

现在，我们乘车离开库尔勒，一路向东而去。途经第一座县城是尉犁。尉犁在维吾尔语中被称为 Lop nur，也就是罗布泊之名。这不仅仅是地理学概念的问题，其实是一个历史文化学和语言学范畴的问题。罗布泊人祖辈都在塔里木河用胡杨木刳舟以渔猎为生。他们的语言有别于维吾尔语，历来让中外语言学家着迷。为了研究罗布泊人的语言和生活习俗，19 世纪以来中外学者多次实地田野调查，纷纷著书立说，发表专文、出版专著不计其数。然而，随着时间的推移和生存环境的改变，真正保持着语言文化传统的罗布泊人已所剩无几。

此刻，呈现在眼前的尉犁县城则是一片繁荣的小城镇。驶出县城，塔里木河沿岸风光迷人，给这塔克拉玛干大沙漠腹地点缀出一片绿色世界，让人赏心悦目。1968 年夏季，正是"文革"动乱岁月，父亲陪母亲回她老家，途经这条路时，正好看到满载被伐胡杨木的卡车，一路绵延而去。母亲说，你父亲当时就扼腕叹息，说照这样下去，要不了十年八年，这一带就要彻底沙化。1984 年他们再赴若羌时，果然不幸言中，这一带已然黄沙漫漫，满目荒凉。母亲几乎不敢相信她的眼睛。

母亲记得她当年 17 岁作为新疆牧区代表团成员离开若

羌赴内地参观并受毛主席接见时,县委一位副书记和一位副县长带队，解放军武装护送她前往焉耆。那还是 1952 年，新疆虽已和平解放，但是这方边远之地还是不尽太平。所以每一辆卡车上有四名荷枪实弹的解放军战士，一共十一辆车组成一个车队，为的是护送她一人。那时候，路况极差，车辙压过的地方浮土深陷下去，路中鼓起的凸槽，常常触着汽车底盘，发出沉闷的摩擦声。一天走上 20 公里，晚上打站时，那些解放军会兴奋异常，竖起拇指说 20 公里，我们走了 20 公里!然而，路两边是茂密的胡杨林和红柳丛。她需要方便时，解放军战士会在路旁的密林中给她踩踏出一块可以下蹲的空地，不然，无法进入丛林。有时会有黄羊从她身旁跑过，有时野兔会从她近前跃起。四周密不透风。他们就这样走了 11 天，才走到喀喇沙尔——焉耆。现在，路面被用红砖铺就，比他们那会儿好走了，但是，路两边那遮天蔽日的胡杨林和红柳丛不复存在。这一点的确让她难过。一方面是乱砍滥伐，一方面是截水引灌，塔里木河断流，罗布泊最终干涸……

不过，近年来随着环保意识的增强，国家专门成立了塔里木河管理局，统一调配塔里木河水资源，塔里木河水也可以季节性地流入下游地带。于是，野生胡杨林开始复苏，红柳也一丛丛、一片片地生长起来。沿途裸露地表日渐减少。显然，对于生态环境最大的破坏者和最强的捍卫者都是人。

我父亲 1950 年由新疆省干校被分配到若羌县工作时，

他随着商旅骑着骆驼从喀喇沙尔——焉耆到若羌这个遥远而又陌生的地方整整走了一个月。可以想见他老人家那时所经受的艰辛。当然，那个时代的人，一切乐在其中。现在，我们不知不觉就行程过半。一条与公路并行伸延的红砖铺就的老路就在眼前。路旁立着两座碑，一个上面刻有"自治区级文物保护单位——原218国道砖砌路段"汉文、维吾尔文字样；另一个上面刻有"世界上最长的砖砌公路"字样。一条平坦的国道就在近旁，时不时有车辆风驰电掣般开过。大约再有两个多小时，我们就可以抵达若羌。真是不可思议，当年的畏途已成为坦途，时间和空间也已极度浓缩。

从这里继续前行，我们不时地与塔里木河相会。塔里木河水静静地流向远方。眼下它虽然无力滋养出新的罗布泊，却使沿途成片的胡杨林一派生机盎然。胡杨林对于地下水的吸收是在离地表25米处都可以做到的，但是随着地下水位的下降，胡杨林根须对地下水的汲取就逐渐无能为力了。地下水位一旦下降到离地表50米，胡杨林就会成片枯死。而眼前的胡杨林向我们默默诉说着所经历的从危在旦夕到转危为安的真实故事。当然，大自然的自我修复能力的强大是难以想象的，关键是人类要给予它自我修复的喘息空间。

天色渐渐暗了下来，太阳向西边的云际缓缓隐去。我忽然觉得，那颗夕阳就像我父亲的眼睛。他看到我正在走向他留有青春足迹的大地，慈祥地望着我，于是，满意地缓缓闭目沉向大地。我望着渐渐沉去的夕阳，心底涌起一股暖流。

当然，这只是我心底的秘密。我摇下车窗，行进间拍下一组夕阳照片。我要留住父亲注视人间的目光。我看到那目光光芒四射，照我心田。

那年，妹妹电话告知父亲病危。我立即飞往伊宁。赶到医院时，父亲已经处于深度昏迷状态。医生已经给他上了呼吸机，他的鼻孔也插着输氧管。我看着这一情景心底却是出乎我自己意料的极度平静。父亲是一个刚强的人，他的这一特性融入我的血液，我和他一样，从来不会向困厄低头，人活着就是要征服任何困厄。妹妹就是这个病房的主任，她是心血管医生，父亲之所以能够一次次度过生命的险关，全凭了妹妹精心治疗呵护。父亲此前也对我说，我能平安活到今天，全靠了你这个妹妹。

眼前面临一个困境：医院新建的病房与妹妹管辖的南楼病区之间楼道衔接的通道门大小不一，医院配置的血液透析机推不过来，而在当时这家医院并没有便携式透析仪。父亲双腿浮肿，他在呼吸机的控制下艰难地呼吸着。如果血液透析，生命还能延长，或许还会有生命的奇迹出现；如不透析血液，父亲则已经处于生命的边缘。我说，从哪里可以搞到便携式透析仪。他们告知，在这座城市没有（就在这一刻，我深切感受到这就是地区差距，那是一种切肤之痛的感觉，令我久久不能释怀），只能从乌鲁木齐新疆医学院附属医院调用，当然要承担相关费用——包括操作医生的往返机票。我说，花多少钱在所不惜，报销不了我自己付，只要能让父亲从生命的困境中摆脱出来，就要尽一切努力。

　　医生当晚从乌鲁木齐飞来。他很敬业，从机场直奔病房立即投入抢救工作。便携式透析仪果然轻巧灵便，我看到父亲的血液静静地流向透析仪，在那里被小小的离心泵分离出液体重新回流到体内。经过通宵达旦的透析，父亲双脚上的浮肿消失了。翌日清晨，阳光灿烂，父亲的呼吸也渐趋平缓，几乎恢复到一种自主呼吸的状态。生命的奇迹即将出现。我看到父亲的胡须冒出了一层新茬，我用我的电动剃须刀给父亲剃须。我的动作很慢也很谨慎，尽管是电动剃须刀——应当说万无一失，我依然怕弄疼了父亲或剃伤他的皮肤。让我感动的是，随着剃须刀的走向，父亲的嘴唇在轻轻地顺势撇动，做出一种只有男人才会有的配合。天！父亲在深度昏迷状态下依然有知觉！他心底里明白是我在他身边！当我剃完父亲的胡须，我看到一滴晶莹的泪珠溢出父亲紧闭的右眼，凝挂在眼角。我吻了吻父亲温热的额际（他的高烧短暂退去），我说："爸爸，是我，是我在您身边。"父亲的嘴角微微翕动，似在回应着我。我轻轻抹去了父亲眼角那颗晶莹的泪珠。我又把父亲双手和双脚的指甲剪净。我相信父亲的四肢此时一定很舒服。当又一个黎明来临时，父亲的心脏发生了室颤，妹妹和她的助手们用尽了一切抢救手段，但是，面对生命的决绝，医生们也终于无力回天。当父亲在我眼前停止呼吸的那一刻，我才猛然意识到在这个世界上我已经永远失去了赋予我生命的最亲的人！我感到一种空前的无助和孤独，连阳光都显得暗淡。我的眼泪似潮水打心底涌出，洪水般在我的双颊恣肆流淌。我一直以为我是一个铁打的人，但是那一天，我发现我的心底原来也有最柔软的一角，此刻被无形的手深深地触痛、撕裂，那无尽的泪水就是自那个裂口涌出的。时至今日我为我自己竟有那么多泪水感到惊讶。从这一天起，泪水的记忆在我生命中刻骨铭心。

夕阳的最后一抹余晖依然映照天际。一架喷气式客机在西边的天空拖着长长的尾雾，向南飞去。那白色的尾雾被阳光镶上了金边。太阳虽然已经沉去，但是它的光芒依然照亮了天穹。

在黄昏的迷茫中，我们竟然飞驰在一片汪洋恣肆的水泽中。这就是台特玛湖，维吾尔语 Tatir kol 音译，原意为逆向湖。事实上是一个季节湖。湖水来自车尔臣河。现在虽然呈泛滥之势——有一段只剩公路路面没被淹没，但是到了枯水期，这个湖也会干涸。不过，无论如何，在塔里木腹地能够见到这样一片水泽，令人欣慰。我从车窗抓拍了几张暮霭中的湖光水色。我想，这个湖也是我父亲留下过足迹的地方。母亲的车辙当然也深印在这里。她终于在 1953 年元旦那一天走进中南海怀仁堂，接受毛主席接见。母亲迄今对这一天留有美好、清晰和骄傲的记忆。

在暮色苍茫中我们终于抵达了若羌。这里就是我父亲年轻时工作过的地方——母亲的故乡。看得出这是一座正在兴建的古老小城。而如今道路开阔，路灯明亮，路旁的建筑颇具新风。我们来到楼兰宾馆，这里还在施工——第三届楼兰文化节暨若羌红枣节开幕式在即——他们正在夜以继日地赶抢工期。来自河北邢台的挂职干部、县委副书记康现芳和县委常委、宣传部部长艾山江·阿巴拜克，副县长艾比巴等领导和《楼兰传奇》作者王鸿儒在迎候。我们举杯共贺 2010 年的国庆，并祝若羌的明天更美好。

这就是我 2010 年 10 月 1 日的一天。

2010 年 12 月

秋日塔里木

　　秋日的塔里木一片金黄。胡杨林身披金黄伞冠，在那里静静地享受着金色阳光。沙漠也是一片金黄，在这个季节没有风沙，没有尘暴，绵延而去的沙丘一展它柔美的身姿，充满迷人的质感。我和徐刚、王必胜应塔里木油田指挥部邀请，在深秋赴塔克拉玛干沙漠腹地采油区采风，时时被满目别样的沙海景致所陶醉。

一

　　我走过许多沙漠（抑或是沙地），古尔班通古特、腾格里、毛乌素、库布齐、巴丹吉林、浑善达克、柴达木盆地、敦煌月牙泉、沙坡头、南戴河、内华达、沙特阿拉伯等。每一处沙漠都有其不同的风采。不过，塔里木依然让我震撼。这里有几经改道的塔里木河潺缓流淌。那被时光和水流遗忘的昔日河道，依然顽强地守住生命的迹象——胡杨林或密或疏，沿着那早已干涸甚或是被沙流淤塞、节节吞噬的河道沟堑伸向苍穹。有时一片片胡杨枝头已然干枯，但它印证着久远的生命辉煌，不能不令人倏然感怀。然而，更让我感动的是这条纵贯南北的沙漠公路。

　　这是一条世界上最长的沙漠公路。它北衔轮台县东314国道，南与民丰县315国道相接，南北纵贯塔克拉玛干沙漠，全长522公里，穿越流动沙漠路段就达446公里。这条干道就像塔里木油田的动脉，它将诸多沙海中的采油区连接起来，沿途敷设的输油输气管线，将沉睡于沙海之底的千古蓄能，源源不断地输向远方。直抵北京、上海千家万户的厨房，在那里释放为柔软蓝色的火苗，给家家户户带来温馨与祥和。这条公路自1993年3月动工兴建，到1995年9月竣工，历时两年半。这本身就是一个奇迹。然而，更令我称奇的是，通车15年来，这条世界第二大流动沙漠公路，竟然畅通无阻。流沙黄龙也只能望其兴叹，被拦腰截斩。塔里木人的智慧已然悄无声息地融进这条公路两旁。

　　的确，远处的草格封沙带，草黄色芦苇、麦秸栅格虽然高出沙面尺许，但色泽与沙漠几近浑然一体。就是这些不起眼的草格，绊住了百足流沙的第一只脚。于是，便有红柳、沙棘、梭梭构成的第二道防线。千万不能小瞧这些沙生低矮灌木，正是它们胼手胝足林立千里，形成了守护公路的绿色屏障。

　　当然，水是生命之源。

　　那一年夏天，一位土生土长于塔里木盆地边缘的维吾尔族诗人与我一起坐在北戴河细软的沙滩上，望着层层海浪携手涌向我们足下，热切亲吻着海滩细沙，复又依依不舍地退去，便无限感慨地对我说："你瞧，在这里水在沙上，沙在水下；而在我的家乡，沙在水上，水却在沙下。"的确，这是他近乎哲人的发现。多年以后，当我此刻伫立于塔里木沙海，蓦然回想起当时的情景，依然历历在目。

是的，在塔克拉玛干沙漠，唯有水的滋养才能保住生命的绿色。塔里木人沿着这条沙漠公路挖掘了系列沙漠水井，每隔 4 公里修建一座水井房——滴灌站，一共有 104 座，用密如蛛网的黑色胶皮管线，将每一滴水送到那些傲视沙海的植物根须。每年 3 月底至 10 月末，每一座滴灌站都有一户季节工来守护，精心浇灌沙漠公路两侧的植物。所以，15 年来，流沙不仅未能截断沙漠公路，反倒是被这绿色屏障锁住。只是我们来得晚了，大多数守井人已经返乡。在从塔中油田返程途中，我们在第 31 号水井房，遇见年轻的守护人李江波。他家在库尔勒，因守护水井房的季节工已离去，31 号水井房又是太阳能试点站，他被派来守护。塔里木油田虽是能源大户，也在积极推行低碳经济，尝试用太阳能发电来运行水井房灌溉、提供生活用电。还有一处水井房是用风力发电的试点。最后，将采用最为适宜于这方沙漠气候自然条件的技术在油田推广使用。李江波见到我们很是欣慰。他说："晚上很冷，夜里要盖两床被子才行。"水井房开着的那扇门是他的住所，里边有一台 25 吋彩电陪伴着他白天黑夜，排遣寂寞。门前的树丛里有两只啄食的小乌鸡却是陪伴他的两个小生命。

　　而在一处沙坡上，塔里木人完整保存了一段用草格封起的沙漠护坡。为的是让更多的人了解这条沙漠公路和塔里木人的精神境界。护坡上立有两行巨幅金色大字："只有荒凉的沙漠，没有荒凉的人生。"这就是塔里木油田人的胸襟和情怀。

二

　　傍晚时分，我们抵达塔中油田，呈现在眼前的景象全然出乎意料，这里已是一座欣欣向荣的小城镇。房舍齐整别致，室内宽敞明亮，设施一应俱全，让人恍惚觉着置身于库尔勒、乌鲁木齐抑或北京的任何一座居所。塔里木的风季是四、五、六三个月。那时候，风刮起来可以是漫天黑尘。晚上，我们到职工宿舍参观。应当说宿舍建得封闭度很高，有室内阳光大厅，植满了鲜花盆景，那些热带植物也在这里忘却了故土的记忆，成为沙海一员。我悄悄问队长："沙漠风暴刮来时，你们宿舍会吹进沙尘么？"

　　他说："进的，连我们大厅里都会是一片呛人的浮尘，只不过没有外边暴风的撕扯罢了。"每一场风暴过后，他们都要从宿舍里清扫出厚厚的一层黄沙。而眼前的宿舍区却是窗明几净，通道和室内地面擦洗得光亮如镜。在宿舍区后面的篮球场上，还有人在投球锻炼。一片安宁祥和的景象。

　　2000 年的春季，北京也曾经历过接连几场沙尘暴，一霎时黄尘飞扬，遮天蔽日，让人恍若置身于沙海腹地。记得

1974 年秋季，我在兰州大学景泰县鱼条川农场劳动，忽有一日黑风刮来，竟看不清身旁近在咫尺的同学面孔。这里是塔克拉玛干沙漠深处，可以想见沙暴的肆虐狂野。

塔里木油田实行准军事化管理，这使团队精神强化，每一位新成员都会受到严格训练，有利于提高生产效率，也使团队有一种全然不同的协作精神。而这一点，由在严寒降临之前的集体广播体操可见一斑。每天清晨 9 时（这里与北京时间相差两小时）要做集体广播操（现在做的是第八套广播体操）。他们提出，健康关怀要前移，不能等职工得了病才去关心和治疗。以人为本，体现在细微之处。是否参加广播体操，已纳入每一位职工岗位量化管理目标。

清晨是愉快的。做完广播体操，身着火红色工装的女工们相拥而行，把这采油区的早晨装点得充满生机。这里是年轻人的世界——到处都是含笑的生动面庞，整个塔中采油区职工平均年龄 28.7 岁。我们与其中一位姑娘合影。她叫张丽，大学毕业才来油田一年多，已成为作业班长。显然，在沙漠油田拼搏不再是男人世界的独享。她们的到来，使塔里木油田的生活变得更为绚丽。

当我们走进总控室，映入眼帘的不只是一排排跳动着红红绿绿数据线条的电脑屏幕，而是他们贴在环形玻璃墙幕上的绿色风景照。那上面镶嵌着辽阔的大海、海岸挺拔的椰林、绽放的花朵、绿色的草地。在黄沙漫漫的塔里木腹地，每天工作时抬眼望着这样的绿色情景，或许会让人的心情绿色起来。

　　在总控室前，我们看到一块充满温馨的亲情板。上面都是油田职工家属写来的家信和思念、鼓励的话。还贴着职工家属照片。一双双温暖的目光注视着这里的亲人，洋溢着一种人间真情。总控室窗外便是作业区一角。在这里要把从采油区井下输来的流体，分类为油、气、水、轻烃、淡化水，同时发电和供热。一切都是自动化操控完成。

　　我们一行辞别总控室年轻的群体，迎着清晨的阳光登上7号水平井高台，塔中油区管理枢纽尽收眼底。高台上立着一把石斧雕塑，象征着塔里木油田人在死亡之海开辟出油田，有一种开天辟地的感觉。近处是人工栽植的沙生植物园，占地4700多亩，已经开始改善局域小气候。那一丛丛的沙生植物在享受着清晨阳光的沐浴。

　　不远处便是塔中1号油井。这口油井是塔里木油田第一口水平井，被誉为塔中第一井。1995年1月1日开始试采，初期日产原油1250吨，截至2008年10月8日，累计产油117.06万吨、采气3.41亿立方米。单口井为国家创造了巨额财富。现已停产，留作纪念。在蔚蓝的天空下，花岗岩制作的"塔中水平一井"纪念碑屹立在昔日的井旁，碑文叙说着塔中第一井的历史。漆着红漆的钢铸井口兀立在那里，像一个阅历丰富的长者，正在默默注视着身边发生的日新月异的变化。

三

想象得出塔里木河雨中即景么?

那天,我们的车正是在雨中抵近塔里木河的。我们索性在桥上下了车,接受那塔里木河的雨淋。只见湿润的云层低垂,没有纹丝的风动,淅淅沥沥的雨点敲击在桥面上,墨色的沥青路面积蓄和映射着一片水光。雨点在河面溅起滴滴水珠,漾着微澜。在遥远的天际,阳光努力从云层稀薄处投向大地。河的两岸胡杨林已被雨脚淋湿,一些尚未染尽金色的胡杨树叶,似欲借着雨势重返绿色,每一枚叶片都显得那样鲜活生动。而在近处的洲头,有几只白鹭闲步。空中一行归雁在贴着云层列阵飞去。

湿润的塔里木河气象万千。与那几度改道,干涸的河床形成鲜明的对照。其实古人早就关注过塔里木河,只是很长时间都误认为是黄河。《魏书·西域传》记述龟兹国时称:"其南三百里有大河东流,号计式水,即黄河也。"述及疏勒国时又称:"南有黄河"。《周书·龟兹传》则载:"其南三百里有大水东流,号计戍水,即黄河也。"《周书·于阗传》亦载:"城东二十里有大水北流,号树枝水,即黄河也。"古人也有古人的误区和局限。显然,这条奔腾不息的塔里木河让史家每每发生困惑,或许就是因了它不断地改道?

此刻,我们再度与塔里木河相遇时,在晴空丽日下,这条丰沛的河流舒展着婀娜身姿,两岸胡杨林披着金黄的秋叶,簇拥着这条美丽的河流。她就是塔里木盆地的生命之源。河面上有几只水鸟,洁白的羽毛点染着水流。真是不可思议,在沙漠深处水天一色,依然充满勃勃生机。几只水鸟对我们这些来自远方的客人真诚相迎——抑或心有灵犀——它们忽然飞了起来,振翅飞向我们。我立即按下快门,把它们美丽的倩影收进镜头——它们是这方河流的精灵。

昨天,我们乘着沙漠车,深入沙漠腹地。被晨曦抚摸的沙梁,尚未从前夜的梦境中苏醒,那些远远近近阳光未及触及的沙梁背阴,依然沉浸在梦中。一座座柔美的沙丘,绵延起伏,富于诱惑,令人充满遐思。沙漠车像一匹烈马,将我们倏忽驮上沙梁,复又抛向谷底。它呼啸着搅动了沙漠的梦境,在沙梁上轧出车道。于是,车辙与风褶交织在一起。远处沙梁的千层褶皱中不仅存有石油,更是蕴含了千种万种美丽的诗行。应当说,每一道沙丘、每一层沙纹都是阳光、空气和风的杰作。一丛红柳顽强地与沙漠抗衡,茕茕孑立于那座沙丘的臂弯——它并非孤芳自赏,倒是令人肃然起敬。

我们辞别塔里木河,深入不远处的一片古老胡杨林,拍摄胡杨林秋景。金色的胡杨树冠衬托着洁净的蓝天,根部裸露,与红柳丛交织在一起。间或也有绿色未尽的胡杨树独自沉思。据信,在深秋树冠仍为绿色者,其根须离地下水位最近。在林中漫步,常常可以看到枯朽的老树生出新枝,顽强托举着新生命,而倒伏的树干依然具有刚性。有一句话十分形象:"胡杨树千年不倒,倒下千年不死,死后千年不朽。"

这就是胡杨的生命力。而此刻，胡杨林正在默默迎来生命中的又一个秋天。有一位哈萨克族诗人吟哦过：秋天来了，秋天去了，在我的生命中能有一个夏天么……。或许，这些胡杨梦想着生命中身披绿装的又一个夏天。

2011 年 1 月

岭上裂隙

那天，我们从兰州出发，一路飞驰在高速公路上，穿隧越堑，很是舒惬。不久，车拐出高速公路，越过洮河，便进入了东乡县界——达板乡。在洮河岸边局促的平滩上建起的这座镇子显得很是繁华。不过，这里的山已开始变得几近赤裸，陇中黄土高原的本色已坦露无遗。随着山势的上升，一丛丛的杂草这里那里地努力点缀着山坡，却遮不住黄色的土坡。汽车被盘山公路引着，不知不觉攀上了山岭。于是，公路便一直顺着山脊延伸，这里平均海拔2610米，东乡县的乡镇村落便是沿着山脊这条公路散落开去。卜楞沟、瓦子岭、大沿村，不知不觉我们便来到了县城所在地锁南镇——也称萨尔塔——东乡族的族源地。这里也正是我们此行目的地，全国政协考察组在李兆焯副主席的率领下，来这里考察"3·2"地质灾害灾情。

幸福和灾难从来都是突然降临的。2011年3月2日下午18时55分，东乡县城新建成的萨尔塔文体广场西北面发生大面积滑坡，形成滑坡土方18万立方米。深受山体沉降滑坡影响，县城两条主要街道（其实，根据山脊地势，也就这么两条纵贯县城南北的主要街道）和市政基础设施、建筑物严重断裂、损毁。造成民失居所、商失其店、"官"失"衙门"，县城核心区基本毁坏。但是东乡县城不具备异地迁建的适用地域，县境内群山起伏、沟壑纵横、峁梁交错，属深切割黄土覆盖丘陵沟壑区，地形支离破碎，地质灾害频仍。20世纪80年代果园乡洒勒山曾发生过特大山体滑坡，造成276人死亡。所幸这次没有人员伤亡。东乡县的地质灾害防治已被纳入全国地质灾害防治规划。

这是一座坐落于马蹄形山脊的县城。遥遥望去，栉比鳞次的建筑群落形成一个美丽的弧度，似一张拉开的劲弓，指向苍穹。几百年来，东乡族人民世代居住于此，这里便是他们的民族发祥"圣地"。那份对这方土地的真挚感情清晰地印在每一张面庞上，令人怦然心动。东乡族自称"撒尔塔"——原意为"商贾"，也就是我国史书上常称的"粟特"。《蒙古秘史》则载为"撒尔塔兀勒"。蒙元时期被称为"色目人"的西域民族随元军东迁来到现在河州东乡一带驻守，后来在元世祖忽必烈时改为民户居住下来。东乡族自治县许多地名与当初粟特人故地地名相通。如甘土光、纳伦光、萨勒、库麦土、胡拉松、乃忙等。而乃忙则是乃蛮部落同音别称。显然，东乡族是以撒尔塔人为主，与当地回汉民族及少量的蒙古族等逐渐融合而成一个族群。有些村庄迄今仍以元朝时的工匠群体称谓相称：兔古赤（银匠）、益哈赤（碗匠）、阿娄赤（编织匠）、坎迟赤（麻匠）、阿拉松赤（皮匠）、托木赤

（铁匠）等，完好保留了历史文化。也有部分来自阿拉伯、波斯、中亚的伊斯兰传教者居留于此。至今在一些家族中仍流传着祖上来自阿拉伯、波斯、中亚一带的传说。据称以哈木则为首的 40 个传教者和阿里阿塔率领的 8 个赛义德（圣裔），曾来河州一带传教。其中有 14 人定居东乡，后来亦安葬于东乡，其后裔分布在东乡县高山、达板、坪庄、龙泉乡。从体质人类学角度看，部分东乡族人的外貌特征与中亚人相似，浓须、隆准、深眼、蓝目，体型彪悍强健。

东乡族自治县素有"陇中苦瘠甲天下，东乡苦瘠甲陇中"之说。"一苦（生活环境艰苦）、二穷（县穷、民穷）、三缺（缺资源、缺资金、缺人才）"是东乡族自治县的基本特征。全县 28 万多群众分散居住在 1750 条梁峁和 3083 条沟壑中。但是，我们到来时，正是这里大接杏、包谷杏熟了的时节。那一颗颗油光水亮的大接杏甘甜可口。真所谓"一方水土养一方人"。这里的羊肉也格外喷香，拌上山葱品尝，美味将伴随着你的记忆。在县城入口处矗立着"依托藏区大市场，融入兰州都市圈"巨幅宣传标语，展示着东乡人民的豪迈情怀。这里干部群众情绪镇定，不悲观、不埋怨，积极投入防灾减灾和灾后重建工作。县委提出战略思路，自治县将继续坚持甘肃省委"发展抓项目，改革抓企业，和谐抓民生，保证抓党建"的基本方针，紧紧围绕临夏州委"打民族牌，走民营路，谋富民策，建和谐州"的总体思路和"抓项目、强产业、兴教育、解难题、促发展"的工作重点，进一步发扬

"团结奉献、苦干实干"的东乡精神，同心同德，再接再厉，
与时俱进，开拓创新，努力建设特色产业更加鲜明，经济实
力明显增强，政治社会进步和谐，各族人民安居乐业，具有
浓郁民族特色和地域特色的新东乡。

在座谈会上，各位政协委员、专家学者提出了积极的建
议。我也谈到了自己的想法：从社会学意义看，东乡族在这
里生活了几百年，本着对其历史文化负责的精神，与简单的
地质灾害治理不同，重建还要考虑到文化的传承与延续。我
的建议得到了有关部门的积极回应，颇令我欣慰。我们一行
离开东乡族自治县，向着坐落于大夏河谷的古河州——现在
的临夏回族自治州州府所在地驰去。一路上，目睹在被风雨
切割的山山峁峁间，耕耘出的一块块细小的田地，生长着壮
硕的庄稼，我对东乡族人民顽强拼搏的精神深深感动，在心
底默默祝福他们能够早日抚平岭上裂隙，重建锁南镇——萨
尔塔县城。而在大夏河谷，一条丰腴的河水滋润着两岸肥沃
的土地，却又是另一番满眼青翠的舒心景象。

2011 年 12 月

地界与田垄

那年六月末，我们在新建成的那拉提机场降落。这里刚下过一场小雨，满目的鲜绿苍翠欲滴，空气湿润而清新，云层低垂，雾霭缠绕着巩乃斯河两岸的山峦。在古突厥（乌孙）语中，巩乃斯（kunes）是阳坡（kungei）之意，特克斯（tekes）则是背坡（terskei）之意。这两条河谷的确坐落于天山山脉万千褶皱中一阴一阳坡间。

车队离开机场直奔那拉提景区而去。在辞别巩乃斯河左岸的农区，进入右岸的景区草原时，著名评论家、中山大学教授谢有顺忽然问我："老艾，这草场的界限是哪里？"我说："您的意思是？"他说："我是想问，牧人与牧人之间怎样确认自己的地界？"我笑了起来。如何向他解释呢？其实，这便是草原文化与农业文化的不同所在。

当汽车驶过一处自南坡山襟笔直伸向河岸倒伏的石垒时，我说："看到了么，那就是你要问的牧人的地界。"谢有顺果然信以为真。我心中不免生出瞬间的黯然。这就是文化的差异。其实，那或许是当年农业学大寨、牧业学乌审召时垒起的所谓草库伦。有趣的是，在乌审召那样的被沙漠围拢的地带，为保住被沙舌不断舔噬的绿色，建草库伦是最佳方式。而在此处——那拉提，建草库伦其实是一种纯粹的形式主义——形式大于内容的奢华——亦或是一种庸人自扰的闲笔。现在，这堵石垒只能被阳光和空气颠覆，复被绿色的牧草掩盖。其实，在岁月和时光面前，衰去的何止是这堵石垒，就连昔日码起它的无数双劳作的手也多已抚面去向另一个世界。我觉得我有义务向这位认真的学者讲清个中委由。我说："其实，牧人与牧人之间关于草场的界限，是铭刻于心中的。他们知道，某一个山隘、一座山的某一个起伏的梁，便是他们的草场的界限。抑或是某一条溪流，乃至是一棵树、一块巨岩，水平望去，便是他们的地界了。"

"是吗？那一家牧人的牲畜走入另一家牧人的草场，吃了人家的牧草该怎么办？"谢有顺问。

我说："这就应了哈萨克牧人的一句民谚'长了四蹄的牲畜，头偏向哪里便会走向哪里。'还有一句'不能和四条腿的牲畜一般见识。'牧人们不会因此计较什么。"

谢有顺颇有些不可思议地摇了摇头，他说："这就是草原的胸怀。要在我们那里，这是绝对不可能的。告诉你老艾，我也是农民出身，小时候在福建农村长大，也种过地。我们的稻田都是以田埂为界的，每天下田劳作或收工回家，都要踩着田埂走。要是发现谁家在田埂那边铲了一锹，这边定会挖它一锹——寸土必争，绝不相让。"我说："这就是农业文化的特征之一。但是，你瞧，在这样的广袤大地，一锹一锹之争似乎没有实际意义。这就是草原文化与农业文化之间的不同所在。"谢有顺颔首表示认同。我说:"汉语有一句话'望山跑死马。';哈萨克语却说'望得见的山已经不算远了。'这是文化观念的不同。"

不过,对于美的事物,不管来自哪一种文化背景的人,都会情不自禁地由衷赞叹。记得1987年夏天,我陪同时任中国作协党组书记唐达成沿着独库公路由巩乃斯河谷攀援而上,抵达阳坡之巅时,那天碧空如洗,莽莽天山几条支脉浩荡而去,皑皑雪峰尽收眼底,雪线以下是墨色的针叶林带,针叶林往下,则是绿得出奇的高山牧场,再往下,便是在午后的阳光下波光粼粼的河流……唐达成先生望着天地气势禁不住大声慨叹起来:"中国的电影艺术家上哪儿去了?!摄影艺术家上哪儿去了?!为什么不到这里来?!应该把这里的美景宣传出去!"就在这一瞬间,我忽然发现唐达成先生身上其实充满诗人气质。我知道唐达成先生擅长书法,便说:"这天山的气势对于您的书法艺术是否也会有所感染呢?"他说:"那当然!"多少年过去了,那天的情景和唐达成先生的激动之情,依然历历在目。

当车队停在草原上,大家在绿色奇景中纷纷合影留念。铁凝主席对我说:"你的家乡伊犁实在太美了!我第一次来,应该早来。"那天,那拉提的美几乎让所有的人陶醉。中午,自然禁不住品饮产自巩乃斯河畔的伊犁名酒,乘着酒兴载歌载舞。连王蒙老师和崔瑞芳老师也身着哈萨克族服装,在巨大毡房里随着大伙手之舞之、足之蹈之，与民同乐。黄昏，我们离开巩乃斯河谷向尼勒克的喀什河谷翻越时，在铁木尔里克山隘那里，还采摘到了春末夏初依然绽放的火红的郁金香。伊犁河谷的一切是那样的天广地阔，那样的自由自在，那样的美艳如花，令人舒心惬意。

去年年底，在人民大会堂北京厅举行新编电视连续剧《天山的红花》启动仪式时，一位制片人感慨地说，他今年夏天去了拍摄地那拉提草原踩点。他说，天下没有这样的美景，那拉提草原美得让人想哭！男儿有泪不轻弹。当一方景致让一个男人禁不住欲要挥泪时，应当说这种美已然美到了极致。

2008 年夏天，我陪同游玄德道长来到特克斯，登上卡拉骏草原时，那里的另一番景致令我震撼。当我看到那被铁丝网一层层分开的夏牧场时，我的感觉那才是欲哭无泪。当用管理农业的经验来管理草原时，难免会遇到这样的尴尬。牧人与牧人之间的草原，毋须有刀刃一样切开的清晰界限。他们是与天地自然和谐相处的楷模，千百年来积以丰富的顺应自然规律的经验，向自然适度索取和真诚回报，一代代繁衍生息，成为天地间的魂灵。他们根据北方植被的四季转换，分季节轮换牧地牧养，保有了林木森森、芳草萋萋、水流清澈、蓝天白云。殊不知，当畜群四蹄自在地踏过草原时，也是对四季牧场的另一番循环滋养。然而我们并没有认真地去探明就里，而是缺少耐心地以一种人为的方式试图改变这一切。所以，在面对人类历史长河短暂的瞬间，迅速使环境恶化、草场退化、雪线上升、水流渐趋枯竭。

　　而从国外移植的所谓先进模式，不服水土，带来隐忧。显然，这里不像澳大利亚，那里的牧草一年四季都可以生长，所以，围栏放牧是最适宜的方式。在同一个牧场，畜群吃了一处的牧草，可以换到另一个围栅里继续牧养，而歇牧的围栅会迅速复苏，重新长满绿草。天山的牧草（乃至整个北方）则是一岁一枯荣。围栅里的草一旦被畜群吃尽，便不会复苏，只有待到来年春夏之际才会获得复苏与生长的可能。吃光一个围栅里的牧草，再吃光另一个围栅里的牧草，只能带来恶性循环，加速草原退化。显然，在高山牧场实行所谓的分栏牧养是一种短视行为。我们只看到正在加速退化的高山牧场，牧人们正在铲除散布草原的毒草。此时恰为午餐时光，牧人们在远离毡房的草场，露天铺开餐巾，正在喝着午茶。被他们铲除的毒草，正在光天化日之下叶脉委顿，散发着死亡的辉光。而在远处，一片片的毒草，依然傲视苍穹。我忽然想起一位逝去的老人说过，20 世纪 80 年代初期，当他骑着马儿来到草原上时，只能看到对面骑手的身子在草海上飘游，看不见坐骑。而此时，青草却没不过马蹄。多么巨大的变化。当然，自然的自我修复能力是强大的，关键是我们人类要遵循自然规律，给自然以自我修复的喘息时间与空间。

　　卡拉骏之行依然是美妙的。铁丝网围栅只能围住一片草

场而不能围住所有草原。因此，那铁丝网围栅未及之处依然
葱茏粲然。对面的 khar lekh taw（意为葛逻禄峰）雪山巍峨
挺拔，khor day（意为响水谷）峡谷深处河水的喧哗隐约可
闻。一只鹰在我们的足下峡谷间盘旋，它的双翅背负着明媚
的阳光。而墨色的云杉林像壁挂披满峡谷两壁。我走过世界
上许多著名峡谷，但是，具有这样气势的峡谷还未曾领略。
如果保护性开发出来，这里定然是一处绝佳的旅游胜境。

　　我们一行最后在赛里木湖畔辞行。那里已经拆尽了曾经
一度私搭乱建的马路餐馆，修起了一条围湖一周的柏油马
路。而在果子沟的尽头 kok sala（意为黛色山坡），一条凌
空架起的公路高架桥，不可思议地将河谷两端的南北两峰衔
接在一起。那是一架凝固的刚性彩虹，许多梦想将从这里流
淌。阳光灿烂地照耀着山水草原，而我们的心境也像阳光一
样灿烂、像湖泊一样清澈。

2012 年 2 月

翻越天山

　　那是 1983 年的 9 月 29 日。那会儿还没有国庆长假（只放一天假），所以，我从伊犁出发，准备返回北京。那天早上，是父亲用自行车将我从靠近伊犁河岸的纳格尔齐（Naghirqi，意为鼓手村）送到伊犁饭店院内长途车站，为我送行。那时候，时兴兜底带四个轮子的马统包，我是一个棕色的马统包，里边装了衣物和六瓶伊犁大曲，是那种透明玻璃瓶装的，瓶口是个铁盖。马统包被车场工人装到班车顶上的行李架上了。所有旅客的大件行李放上去后，拿粗麻绳编织网罩罩住，就算万无一失了。车还没有启动，下着一点毛毛细雨，有几个从前苏联哈萨克斯坦过来的探亲者，居然是我熟悉的父亲的一位维吾尔族朋友（应当说是真正的塔兰奇人。按准噶尔时期的称谓是"种麦者"。）的亲戚。当时，中苏关系有所缓解，所以亲戚之间可以走动了。他们热情地和我父亲握手。我父亲含蓄地、但是不无骄傲地向他们炫示："这是我儿子，他在北京工作，准备返回北京。"那几位说："我们是到乌鲁木齐走亲戚的，很庆幸我们能一路同行"。正聊得热乎，班车要出发了。这时雨也停了，云层中还露出一线蓝天。我举头望望那丝蓝天，与父亲握手告别。上了车，按着票号找到位子时，居然在我的位子上坐着一位蓄着山羊胡子的维吾尔族老大爷，他个头矮小，怀抱着一小面口袋馕。我说："老大爷，您坐的位子是我的，请您让一下，坐到自己的位子上吧。"他说："yakh（不），bu miniki ornum（这是我的位子）。"我说："您的车票呢？"他从怀抱的馕口袋上腾出一只手来，把票递给我看。原来那票攥在手心里，已经揉得皱巴巴的了。我展开来一看，其实是我的邻座。车窗是摇下来的，父亲就在车窗外探头望着我。我冲他笑笑。父亲看明白了，他说："算了，艾柯达依，他是老人，让他吧。"于是，我便坐在了过道一侧，与这位老人相安无事，即将一路同行。

那会儿还没有高速公路，当时我是否听说过高速公路这一名词，迄今对自己的记忆持有怀疑态度。应当说，从伊犁出发，到芦草沟（lao suo gin）铺的是沥青路面（也叫柏油路），过了芦草沟便是沙石搓板路了。当然，过了三台以后，一直到乌鲁木齐都是沥青路。不久，我们告别了伊犁的那段弥足珍贵的沥青路面，开始在搓板路上颠簸，车后扬起一股尘土。不过还好，早上这边也下过雨，浮土被压住了，所以从车轮碾压下扬起的尘土并不算大。我的心已经飞向翻越天山北坡过了三台以后的平展展的沥青路面。

左侧的阿合拜塔勒山雪峰此时已被密云锁住，铅色的云弥满了天际。在通往乌拉斯台路口时，我隔着车窗向那边投去一瞥，转瞬那个路口便留在了身后。我童年的美好记忆也一同留在了那个路口。我想着一些心事，向着果子沟口驶近。然而，没走出几公里，班车便戛然而止了。司机冲着我们满车的旅客嘟囔了一声，我去买鸡蛋，你们等一会儿。我这时才注意到司机是一个四十多岁的中年人，头发蓬乱，脸上有一些杂须，一脸的灰色，极不提气。他下车时，连旅客上下的车门都没打开，便拎了一只空铁桶，一路吱扭吱扭地越过路东斗渠，没入对岸的农宅里去了。一车的人开始抱怨起来。显然这种抱怨无济于事。于是，相互开始攀谈起来。我问那位老大爷："是去乌鲁木齐么？"他说："不是，到乌苏看孩子去。"我的左侧三人排座上，坐着三个壮汉。他们说是自治区地质局勘探队的，到伊犁搞地质调查，现在返回乌鲁木齐去。其中一位，后日国庆就要举行婚礼。我的前座则是一位北京民族文化宫的文物收藏专家，他是到伊犁收集民间文物而来的，那一身在当时鲜见的蓝卡其工作服（抑或是大褂），格外抢眼。

　　时间不知不觉一分一秒地过去了，买鸡蛋的司机还没回来。人们的聊天热情开始渐渐退去，代之而起的是比抱怨声还要难听的责骂声。有人说，他妈的，这家伙不是去等待母鸡下蛋的吧？照这样下去，那一桶鸡蛋何时才能装满哪！又有更具想象力的，说，不对，这家伙弄不好成了抱窝鸡了，孵不出一窝小鸡是不会回来了。还有的甚至说出更加不堪入耳的话语。很遗憾，只是司机听不见，他该怎么着就怎么着，我们这些人就像囚笼里的困兽，惟有口无遮拦而已。许久许久，大约过了一小时，抑或是更长时间，司机兴高采烈地出现在斗渠这边的树丛旁，右手拎着的铁桶不再空晃，我想一定是盛满了鸡蛋。恰在此时，他的身后出现了一个庄户人家的妇女，满脸飞着红晕，笑嘻嘻地跟在他后面，兀自说着些什么。司机却头也不回，得意的神情在他的脸庞上已经盛不下了，浑身都在诉说。我暗自叫道："完了，这家伙会女人了，沾了晦气，这车可千万不要出事让我们跟着倒霉。"司机上了驾驶位关上车门，那女人还攀在车门上说个没完，嗓门不小，浓郁的四川口音尾音拖得极长，甚至是有点不无张扬。车依然没有启动，车轮似乎被那个女人给粘住了。这时，那三条壮汉中的一位开始发怒了："走不走，你！"这话成了引子，车内响起了并不整齐的声音："还有完没完！"司机有些愠怒地回过头来，当他的视线与车内的人目光相遇时，识趣地回过头去，对那女人说了一声："下回再说。"便启动了车子。

由于天气阴沉路况颠簸，加上方才的余怒未消，一车的人似乎没有了兴致去欣赏果子沟里的美景。只有很久很久以后，当汽车跃上松树头子，蔚蓝色的赛里木湖蓦然出现在足下时，一车的人"哇"的一声惊呼起来，方才的沉闷气氛一下从车内烟消云散。原来美的力量是这样强大，美到极致时竟然会让人群体失声惊呼。这的确是一个奇迹。

现在已经是深秋，赛里木湖畔的草原已然饱满——变得一片柔美秋黄，环湖的山麓雪线低垂，云杉林已染一片墨色。只有湖水变幻着色彩，像一个冷艳的女人，不无妩媚，却也寒气袭人，拒人千里。当然，那只是瞬间的自我感觉而已。一切的美终将成为历史的记忆。满车的人在一片喧哗中沿湖而行，不久便在三台以东恋恋不舍地辞别了赛里木湖的蓝色情影，没入一片草黄浅谷。天上飘着一点小雨，沥青路面显得光滑湿润。不久，班车便攀上了一道横梁。应当说，这道横梁是伊犁风景的分水岭，那种柔美的、色彩斑斓的、如诗如画的雪山草原森林景象便将一去永不复返。过了此梁，则是戈壁荒漠草原，植被稀疏落寞，多为梭梭、忍冬之类的低矮灌木，灌木间稀稀落落地长着荒草。可不要小看这些荒草，其草力旺盛，是冬季里食草动物和家畜共享的食粮。这里冬日的风极大，存不住雪，雪一落地，来一场风便卷走了，吹得无影无踪。所以是羊群过冬的最佳去处——冬牧场（俗称"冬窝子"）。伊犁河谷那边霍城县、伊宁县，乃至尼勒克县的部分畜群都要到这边来过冬。当然，现在还没到过冬时节，畜群还在伊犁河谷的秋牧场稳储秋膘呢。

司机或许是出于兴奋，在下坡时还给了一脚油门。班车便风驰电掣般冲向坡下。在过了一道干涸的小沟涵桥后，班车凭着惯性冲上了又一道小梁。于是，那辽远的、一泻千里的大漫坡便展现在眼前（哈萨克人将这里称为 qol adir，即无水荒原）。这是另一种让人释然的境界。司机索性将车挂上了空档，那车像脱缰的野马，自由自在地奔驰起来。正当大家陶醉的瞬间，意外开始向班车袭来。车速明显加快了，快到车体浑身都在颤抖，所有的部位都在发出尖锐的响声。有一位维吾尔老妇人先惊呼起来："真主啊!护佑我们平安吧!"一种紧张的气氛顿时在车内弥漫开来。司机似乎踩了一下刹车，车是气刹，未能刹住，车体倒是横了一下又顺过来。"嗷!"满车的人惊呼起来。随着惯性——重力加速度——失控的车速已让大家的心都物理性地堵到了嗓子眼。还好，在这大漫坡上，迎面还没有出现车辆。司机显然慌了神了。我突然想起了他上午提着鸡蛋桶浑身自在地走在前面，那个农妇尾随其后的场景，心里暗暗叫苦!我不知道此时是该鄙视他还是谴责他。我只希望车能平安刹住!他再一次踩了刹车。车体急剧地横过来，险些在道中侧覆。司机在慌乱中索性放开了刹车，他甚至连方向盘都不能完全掌控，方向盘也剧烈地抖动起来。遥遥地，可以望见一溜班车正在吃力地攀着缓坡上来，如不控制，那将是迎头相撞车毁人亡的惨剧。不过，不知怎的，我的心底却是一片坦然。我只觉得这是一场惊险经历而已，我们大家都会安然无恙。渐渐地，车离开了山地，驶上了一片坦原。司机毕竟很有经验，他似乎也缓过神来，在驶近前方一处筑路取土的坑体时，他一边刹车，一边毅然决然地将方向盘打向了左侧。车冲出了公路，扎进土坑，复又跳出土坑，在一片平地上轰然倾覆……

那一瞬间的感觉，在我记忆深处迄今挥之不去。我只感觉到我的身体被车体托起，高高地抛向空间，须臾，以自由落体的方式着向地面。只是班车落地的瞬间不是正面着地，而是右侧车身轰然与地相拥。伴随着地表反抗，车体刹那间还反弹了一下，这才消停。尘土在车内弥漫开来。铁皮被挤压的声音伴随着玻璃的破碎声，在车体内四处奔驰。人们一片鬼哭狼嚎。我这时才注意到，那位维吾尔老人居然压在了我的身下，他在那里 way jian，way jian（哎哟、哎哟）地喘着气。我发现本能使我第一个跳了起来，庆幸的是连我的眼镜都没有磕掉。左侧的车窗已然变成了"天窗"。我站在座位侧壁之上，打开了"天窗"，跃上车外。车外的空气竟然是这样的清新，沁人心脾。我穿着白色风衣，此时本应在长安街上漫步，而在此刻，却栖于倾覆的班车侧体，连自己都觉得不无滑稽。

"喂，艾克拜尔，你坐在这里干什么？！"有人在呼唤我的名字。这也奇了，在这前不着村后不着店的荒漠草原还有谁能认识我呢？原来刚才那一溜班车停在了近旁，车上所有的旅客都下来了，他们目睹了方才惊险的一幕。我注意到唤我的人正是时任伊犁州团委书记努尔哈斯木。"我在这里玩呢！"我脱口而出。"哈哈哈！"我们禁不住笑了起来。于是，我顺着货架第一个跳下车顶，顺手看了看我的马统包，令我惊奇的是，六瓶伊犁特曲完好无损。我把马统包抽出货架放置一旁，旋即奔向车头。那个司机两脚挂在方向盘上，倒悬在那里，车内的人从破损的前车窗纷纷爬出，还顾不上解救倒悬的司机。我上去把他抱了下来。他浑身哆嗦着，脸色惨白，顾不上感谢，只是冲我喃喃着："这是第二次了，我这是第二次翻车，第一次是在巴基斯坦，我开的解放牌货车翻了差点掉进深渊丧命，现在客车又翻了，我不能再开车了，事不过三，再开车可能就要死在路上了。"他忽然对我倾诉起来。什么叫惊魂未定，我算是从他眼神里清晰地看到了那一束光。我略略安慰了他。前座上那位民族文化宫文物收藏专家也平安从车内爬了出来，他手持一部莱卡135相机，主动地说："来吧，小伙子，给你拍一张照吧。"我欣然接受了他的提议，便在侧翻的车体旁下留了一张倩影。现在看来，这张留影依然极具历史价值。

那一溜十几辆客车全是自治区长途客运站的车辆，他们立即协调出一辆空车，将我们转移到这辆车上，原车的旅客被他们分别安排到其他去往伊犁的班车上了。那位维吾尔老太太脖子被玻璃划伤，流着血。人们拦下一辆大货车，先将她捎往精河县（离这里还有一百多公里呢）。还有几位胳膊受了伤，也分别被送上了货车驾驶室。那几位来自前苏联的客人还算安然无恙，只是虚惊了一场。傍晚，在精河县客运站旅店落脚时，我看到我的邻座——那位维吾尔老人坐在门口低矮的台阶上，他依然是班车上的坐姿——怀抱着那个囊口袋。他冲我笑笑。我说："怎么样，老人家，受伤没？"他说："感谢真主，还好，倒是没有受太大的伤痛，只是右侧肋骨有点疼，最要命的是，我的套鞋少了一只。"他冲我举了举右脚，那只缺了套鞋的软靴上被套鞋勒出的痕迹清晰可见。我安慰了他一句："嗨，老人家，只要命在，缺一只套鞋全当施舍了吧。"老人无奈地笑笑，附和着："也是，也是……"

回到北京，在前门换乘 116 路公共汽车，当从天安门前急速右拐时，那种瞬间出现的离心力惯性感觉，忽然唤起我在 qol adir（无水荒原）班车倾覆时的惊险记忆。我竟然下意识地攥紧了座前椅背扶手，却在心里为自己本能的自我保护举动窃笑。当然，这一点未曾意料会成为我人生的刻骨铭心的记忆，只是在很久很久以后想起一句民谚——大难不死，必有后福。或许是呢……

2012 年 2 月

峭壁之窗

　　当汽车越过山脊，顺沟而下时，于我通常的经验，也许就该走出山脉，进入平原了。前面出现了一个小小的拐点，似乎修有一座拱桥。或许那桥是一个观景台而已，抑或是为季节性河流而建的一座枯桥。起初并不经意，就在从拐点拐过的瞬间，在拱桥之外出现了一片幽蓝的水面。令我惊讶的是，在这高山之巅，居然修有这样一座浩渺无边的水库……

　　公路开始进入一个隧洞。远远看去，隧洞透着一种幽暗。也许，就是为了穿过一座山而已，尖利的石锋并没有被水泥抚平的痕迹，洞体也不十分开阔。左侧是山的巨大胴体，右侧的小山垭戛然而止。于是，在眼前出现了万仞峭壁，那种黄褐色的崖壁令人心悸。而方才的水面幻影般一霎退去，在空茫的浅蓝之外，遥遥看见另一座崖壁在合拢过来。巍巍太行山的气势瞬间展现，是那样的雄浑苍茫。

　　汽车钻入隧洞，这才发现，这完全是由人工一钎一镐凿出的山洞，没有丝毫的机械施工的痕迹，没有水泥穹顶，所有的石棱保持着凿痕留下的原初锐利。而令人称奇的是，在右侧每隔一段，袭着山体走向，凿有大小不等、长短不一的窗口，从那里透进的光亮形成了自然采光——在这绝电的山壁，阳光和智慧解决了这一问题。显然，也是泻料的出口，从山洞中凿出的碎石，就是从那里抛向崖底的。当然，也是最好的通风口，隧道内的机动车尾气会从那里自然排出。

这项工程是 1985 年由井底（又名穿底）村村民开始动工，为改变世代由一条羊肠小道与外界相连的历史，改变自己被现代交通封闭隔绝的命运，在垂直悬崖绝壁离顶 300 米、距下 500 米拦腰处开凿而成。壁挂公路总长 1526 米，由 39 个窗口，33 个连体洞构成，历时 15 年开凿不止，终于在 2000 年通车。2007 年，平顺县出资 420 万元予以拓宽，并铺设了沥青路面，形成了现在的规模。

当汽车每驶过一个窗口、一个连体洞口时，远在对面的峭壁便骤然闪现着，遂又急遽退隐而去。峭壁与峭壁之间，当是空阔的太行山大峡谷，望一眼便令人触目惊心，忽生命悬一线的错觉。可以想见当初那些开凿者的艰辛与风险。更令人感佩的是，古老的愚公寓言，在这里灿然变为现实。所不同的是，他们并没有将太行山感动天仙下凡搬离；相同的是，同样想在家门口开通一条路。现在，他们用自己的双手辛勤劳动，与太行山分享着修通道路的快乐。

驶出山洞，壁挂公路与一条犹如巨蟒般盘叠的公路相衔。举目望去，近处是黄色的巨崖峭壁，而在往远处，山脊的植被将绵延伸向天边的一道道山梁幻化为一片钢蓝色，在阳光下闪烁。我的经验终于体现——汽车曲折而下，驶入一片平川。人们终于可以在这里平静地呼吸。

　　这里是千山万壑之间一片溪畔平川——太行山大峡谷尽头的神龙湾。平顺县东寺头乡神龙湾村与河南省交界，20多个自然村分布在莽莽群山的山腰与山谷之间。夏日里山谷中雾霭升腾，白云缠绕，两侧峰峦叠嶂，变化无常，因之又名"白云谷"。从这里，我们又开始了弃车徒步而行的新的旅程。秋日应当是北方的瘦水期，植被已然秋黄，树叶开始凋零，山岩很久未经雨水浸润变得干涩。然而，有一条清澈小溪在那里浅吟低唱，涓涓流淌。我们溯流而上，在一条条小小的沟堑之下，在一丛丛灌木之间，流淌着一些泪滴般的泉水，汇向溪流。我想，那是深蕴于太行山底的大山的情怀，以一个个泉眼释向人间。渐渐的，随着山势的提升，那溪流的气势也开始显现。有了一些养眼的跌水小瀑，夏日里溪水暴涨时的水痕清晰地印在巨石腰际。现在你全然可以平蹚进入昔日水流的领地。一道巨岩和一条悬空的瀑布挡住了去路。在莽莽苍苍的太行山深处，能够见到这样一条瀑布的确令人欣喜。一方水土养一方人，有了水就有了生机、就有了活路。我问导游："一会儿我们返程时还经过壁挂公路么？"她说："不经过了。"我问："那还能看到壁挂公路么？"她说："能，等一会儿您就看到了。"

　　感谢这个旅游时代，可以把天堑变为通途。在瀑布的上方，是一条有90度直角的一线天，那溪流就是从这个直角湾流而出的。天公造物就是这样离奇，往往超出你的想象。

随着人工焊接架设的扶梯拾级而上，钻出狭窄的天缝，是一片开阔的峡谷，溪水在谷底蓄成一汪浅池，阳光投在池底，水波形成一道道金色的光环，十分诱人。峡谷两侧陡坡突兀，陡坡之上是千仞绝壁。于是，我们沿着谷底小道漫步上山。那种山的肃穆威严，水的细腻潺湲，感染着心境。当我们攀到一个山底平台时，从谷底传来飘渺的山歌声，更给此行平添了飘逸。事实上，太行山人就是这样，一生唱着歌儿，以歌对话，以歌觅情，以歌养心，以歌寻路而来。

　　当我们从沟底攀上太行山顶时，峭壁之上的山脊，展现着一种葱郁的柔美。我走过许多山脉，当山势达到某种高度时，那里的境界竟然相同。在太行山顶的观景台，我又一次看到了壁挂公路。只是从这里看去，在午后的阳光下，壁挂公路的窗口在峭壁上凝望，透着太行山人的坚毅、果敢和千年梦想得以实现的幸福。

2012 年 3 月

慢城，慢生活

　　我是参加"中国诗人咏慢城"活动来到南京高淳县桠溪镇的。

　　桠溪是一个宁静的小镇，这里没有工业、没有开采，在一派徽派风格建筑村落里，人们过着恬静安详的田园生活。现在，到处都是快节奏的生活，人们心情浮躁，忙于竞争，疲于奔命。而这里，却形成了鲜明的反差。

　　慢城这个理念起源于慢餐运动。1986 年的一天，一位激进的意大利记者卡罗·佩特宁（Carlo Petrini）正漫步在罗马的西班牙广场（Piazza di Spagna），这时从一旁的麦当劳快餐店里散出的炸薯条味让他感到厌恶。于是，他决心发起一个慢餐运动。这一运动倡导的是向健康、营养的本土种植、本土烹调的食物回归。这一理念渐渐地开始被人们接受。1989 年，来自 20 个国家的 500 多名慢餐会员代表在巴黎喜剧院欢聚一堂，签署了"慢餐协会宣言"。

　　1999 年 10 月，意大利基亚文纳、布拉、波西塔诺、格雷韦因基安蒂 4 个小城市的市长联合签署著名的《慢城运动宪章》，提出建立一种放慢生活节奏的城市形态："人口在

5 万以下的城镇、村庄或社区，反污染、反噪声，支持都市绿化，支持绿色能源，支持传统手工方法作业，没有快餐区和大型超市"。意大利奥维托成为世界上第一个"慢城"。慢城所倡导的理念越来越深入人心，截至目前，全球共有 25个国家的 150 多个城市被授予"慢城"称号。

　　而在 2011 年 11 月 27 日召开的苏格兰国际慢城会议上，桠溪"生态之旅"被正式授予"国际慢城"称号，成为中国首座慢城。

　　他们的做法更独特，在 48 平方公里范围内，不搞拆迁，村落保持原貌，所有的山头林木森森、竹海四布，坡地上茶园葱郁，坪坝里是稻田、麦田和池塘、河流。这里不用化肥，不用农药，人们居其屋，种其田，养其林，栽其花，摘其茶，做其活儿，其乐融融。生活节奏彻底放慢下来，过着人本应过的日子。

　　我以为慢城理念很好，现在到处是疯狂的开发，掠夺式开发，不给子孙后代留下什么，人已经成为资本的奴隶。动不动就是整体搬迁，甚至是强迁，实际上是被政绩观驱使而在牺牲环境、牺牲人们的田园生活、牺牲他们的幸福指数。

　　我在车上讲了一句话："乘高铁，去慢城。"现在看来，应加为："乘高铁，去高淳，住慢城。"让生活节奏彻底放慢下来。

2012 年 6 月

凤凰花开的时节

　　我多次走过云南，但是，普洱、版纳我却一直没有去过。四月间参加全国政协民宗委、民盟中央"保护少数民族优秀传统文化，促进少数民族文化产业发展"调研组赴滇调研，得以成行两地。

　　汽车从宁静的普洱市开出，沿着起伏的公路忽而深入谷底，忽而飘上山脊，满目青山，这里那里的树冠披着一丛丛浅白色花蕊，点缀其间，充溢着春天的活力。不知不觉我们越过澜沧江，来到西盟佤族自治县。这里民风淳朴，山川秀丽。尤其县城建筑风格独特，富有佤族文化特色，身处县城，满眼尽为风景，令人爽心悦目。就在县城一角，精心复制保留了一片茅屋草舍，向人们无言地叙说着一个民族昔日的生活，印证着今天的现实。在这里，昨天与今天只有一步之遥。

　　佤族保持着古老的文化传统，在县城附近的勐梭龙潭旁，便是他们祭祀的场所。这里挂满了历年镖牛后的牛头骨，一对对硕大的犄角好似挑着一幅幅神秘的帷幔。佤族人在这里集体祭拜，一位长者领诵祭词，宰杀了一只红公鸡，便用它的血蘸上谷粒抛撒，意在企盼丰年。之后，围着一棵挂满牛头骨的巨大樟树跳起群舞。歌声低沉苍凉，透着一个民族古老的历史，令人肃然起敬。

离开祭祀场所，我们来到勐梭镇班母村爬嘎组考察佤族文化。与方才形成鲜明对照的是，在这里，我们看到的是佤族同胞热情奔放的舞姿，生活充满幸福欢乐。村里的男女老少在空场上手拉手跳起舞来，钉在服饰上的那些银饰清脆作响，女人们耳垂上的硕大耳坠更显得奇异。一位妇女背上兜背着小孩，在那里且歌且舞，而那孩子并不惊慌，安详地沉浸在歌舞的欢乐中。在这样歌舞中浸泡的童年，当然一走路就会跳舞，一开口便会唱歌。这不，就在广场中央，一群三五岁的儿童，围着锣鼓乐手，手挽着手，学着大人的模样，在那里跳舞，舞姿还真透着那样一股只有佤族人才有的神韵。一位老妪舞姿优雅，边舞边掏出烟杆，将向烟锅里压烟丝、掏出火机点烟过程，全变成舞蹈动作。一霎时，几乎在场所有的镜头都瞄准了她。老妪更是淡定自若，十分自在地摆开她的舞姿。央视著名主持人海霞也被老妪的舞姿吸引过来，正对准镜头连拍时，不知是谁，一竹杯土酒就敬了上来，海霞毫不犹豫地饮下了佤族村民敬上的竹筒酒，于是欢声笑语伴随着佤族同胞的歌声，荡漾在小小的佤寨上空，其乐融融，其意浓浓。

翌日，我们来到澜沧拉祜族自治县，这里是《芦笙恋歌》的故乡。我们去了拉祜族风情园，拉祜族长诗《牡帕米帕》记载拉祜族的祖先是从葫芦中孕育出来的，所以，拉祜族以葫芦作为自己民族的象征,风情园中的所有雕塑景物和建筑符号均与葫芦有关,浓郁的民族文化风情扑面而来,让人觉着不虚此行。随后又去酒乡老达保村继续考察拉祜族文化。他们信奉基督教,打小有唱诗班的经历,人人会唱多声部合唱,十分好听,且男女都弹得一手好吉他。当面色黧黑的村民,在弯曲的村巷里男女列队欢迎,几十部吉他伴着歌儿一起奏响时,你会感到惊讶,在这样一个边陲小村,竟然有如此音乐修养的少数民族村民群体,你的心儿也会伴着他们的琴声歌声发生共鸣。随后的村前广场表演更是热烈,土舞台上的男女主持人是村民一员,他们的主持风格是那样的自然洒脱,不需要聚光灯的明暗转换、衔接映衬,在灿烂的阳光下,以粲然的笑脸面向远山、近林和台下的观众,连蓝天白云都为之陶醉。于是,一个个精彩的节目上台表演,每一个人身上的服饰图案、每一个道具、每一个舞蹈细节、每一声歌唱都浸润着葫芦文化浓浓的烙印。一个充满自信、骄傲和艺术的民族在尽情展示自身文化。

下午去往景迈芒景千年万亩古茶园、糯干傣族村落、芒景翁基布朗族村落调研。在万亩茶园,又是一幅别开生面的场景。傣族、布朗族、拉祜族群众交替为我们演出民族歌舞。傣族姑娘身着美丽的筒裙,打着花伞,在象脚鼓的节拍下,翩然起舞,斑斓的色彩像一道舒展的彩虹。布朗族男性的芦笙舞,女性的竹筒舞亦是别有一番情致。当舞至酣处,几个民族的群众手牵着手跳起了圆圈舞,不同色彩、不同图案的服饰交织在一起，幻化出另一番美景。舞阵圆圈越转越大，牵头的一位拉祜族女性，牵住了站在观众群里的张梅颖副主席的手，张梅颖副主席欣然入列。于是，一幅感人的场景出现了，张梅颖副主席身着拉祜族坎肩，与他们一起跳了起来。她的舞步、身姿、笑容与这几个民族姐妹兄弟融为一体。歌声更亮了，琴声更柔了，舞姿更美了，茶园一片酣畅，大地一片和谐，美景令人难忘……

　　当我们离开澜沧不久便进入了版纳市境。一座座红顶、蓝顶的傣族村寨，从浓浓绿荫中闪现，那鎏金的佛塔寺院立于其间，构成了另一道风景。这边的花也开得与别处不同，一驶入版纳，路两旁的树木开满了火红的凤凰花，那鲜艳的红色连成一片。他们说，凤凰花也称英雄花。我们正是在凤凰花开的时节走进了版纳。

2012 年 12 月

节日礼物

　　节日礼物，小时候我们对它充满期待和憧憬。一件新衣，一双新鞋，抑或是一个文具，一把糖果，一根爆竹，得到它，那喜出望外的劲头，迄今记忆犹新。当然，对今天的孩子们来说，这实在是难以想象的事了。因为新衣、新鞋、新文具，甚至是新玩意，无须期待节日的到来，几乎每天自会扑面而来。然而，仔细想来，小时候我们的目光被节日的礼物所吸引，忽略了那时的真正的蓝天。而今天的孩子们更多看到的是雾霾天气——岂止是孩子，我们常常共同分享着粉尘（$PM_{2.5}$）的贡献，忙碌在城市不同的角落。

　　我最早感受到北京空气的难以忍受，是在20世纪80年代末的一个春节。那时，改革开放给社会和经济注入了活力，人们的收入水平提高了，手中有点闲钱了。于是，铆足了劲去买鞭炮，在除夕之夜，整个城市沉浸在隆隆的鞭炮声中，城市的上空被浓烈的硫黄味弥漫，几乎令人窒息，还有满街的纸屑，让人匪夷所思。此后更是一年胜过一年。鞭炮的当量在不断提升，人们购买和燃放烟花爆竹的兴致愈发热烈。其实，大家在以此比拼和炫示各自的实力。那种"爆竹声中一岁除，总把新桃换旧符"的中古时期情怀已然渐行渐远。

1993 年，笔者作为新任政协委员，在北京市政协八届一次会议上提出了《关于"北京市城区禁止燃放烟花爆竹"的提案》（1993 年，第 13—53 号）。据说，那年也有其他一些委员提出相同的提案。是年 10 月 12 日，北京市第十届人民代表大会常务委员会第六次会议通过《北京市关于禁止燃放烟花爆竹的规定》，并于当年 12 月 1 日起施行。古老的北京终于在千年之后的又一个甲戌年，过了一个十分安静祥和的春节。我以为这便是千年的节日礼物。

在此之后，虽说北京节日的空气污染有所控制，但是冬日里依然摆脱不了煤烟的困扰。那时候，城区大规模拆迁改造还没成气候，人们还在争论是要传统四合院，还是要现代高楼居所。我发现，在三环以内，老城区绝大多数市民依然靠蜂窝煤取暖。那样的日子我也曾经历，先用报纸把劈柴点燃，再用劈柴把烟煤点燃，然后再放上一块蜂窝煤，生铁炉壁便会缓慢而持续释放出热能，将低矮的小屋烘暖……家家户户都如此这般，每一根烟筒释放出的煤烟，便在城市上空凝聚、笼罩，使空气质量降到低点。于是，笔者在市政协提出《关于建议逐步实施电采暖取代燃油燃煤等传统采暖方式的提案》（2000 年，第 03—0160 号）。这一提案被市政府采纳，并从 2001 年开始实施。北京冬日的空气开始告别煤烟的熏扰，变得几近纯净起来。

　　有趣的是，在施行了 12 年之后，2005 年，北京市又将燃放烟花爆竹"禁"改"限"，允许在规定的时间、规定的地点燃放烟花爆竹。于是，剧烈的鞭炮声又开始不绝于耳，城市被震得天摇地旋。就连物质的汽车，不堪忍受声波和震波的极限，连街响起尖锐的报警声，更不用说具有生命的宠物惊恐万状，老人与婴儿无法入眠。当然，火灾与炸伤炸瞎甚或被炸身亡的惨剧一并而至。对于这一改变，仁者见仁，智者见智。被当时的媒体誉为"喜爱传统民俗的人们感到欣喜"。然而，人们很快体验到了这一传统民俗重新归来之后的喜爱与烦恼交织——噪声、空气污染像个病魔挥之不去。

　　随着高污染高耗能工业企业的一度无序发展，北京及周边省区污染源不断增加，这几年来北京深受雾霾天气的困扰。2013 年的元月，北京居然有 25 天是雾霾重锁的日子。当月，我出差从深圳飞回北京，在首都机场落地出舱，便被浓重呛人的污浊空气熏燎得嗓子冒烟。多么令人难以置信，雾霾居然覆盖了华北、中原 100 万平方公里的国土！

　　去年以来，国家出台一系列综合治理空气污染措施，开始取得实效。同是在元月，那天我看到了北京的晴空。朝阳从高楼背后升起，嵌着缕缕金丝。冷艳的玻璃体楼座，墙幕似镜，映衬着对面林立的楼群。央视大楼，在阳光照射下也显出另一番情致。在央视大楼近处，又一个新的楼基正被起重机吊臂悄悄拔起。蓝天无际，西山近在眼前……

　　这样的蓝天，才是最好的节日礼物。孩子们需要，我们也同样需要。

马年春节将至，让我们共同爱护这一片蓝天，珍惜这一份节日礼物，移风易俗，在繁华的首都城里与古老的烟花爆竹说一声再见吧。

2014 年 1 月

还你一片蓝天

——写给我孙女玛丽娅的一封信

亲爱的孙女玛丽娅：你好!

马年年初开始的雾霾，在那些时日让你咳嗽、发烧，看着你受煎熬我心里很难过。虽然我们买来空气净化器，屋里的空气相对清洁些，或者说，应当达标。但是，一眼望出去，连对面的楼都灰蒙蒙的看不太清楚，让人伤神。你清澈的视线，被阴暗的雾霾遮蔽着，我只能用我心灵的阳光来为你扫清雾霾。

的确，北京的天空就像今天一样，曾经很蓝很蓝。但是，近两年来，北京屡屡遭遇雾霾。这是因为我们一度只顾了经济发展，倚重 GDP 指标，于是，顾不上江河污染，顾不上大地呻吟，大肆掠夺式开发，结出的苦果之一。在北京周边，远自内蒙古，近自山西、河北、天津，北至辽宁，南至河南、山东，形成了广袤的污染源。于是，在大气的作用下，145 万平方公里国土面积被雾霾深锁，"PM$_{2.5}$"成了时髦词汇，降低它的指数成为全社会上下共同努力的目标。

孩子，其实大自然是连在一起的。生物链、大气环流、雨露滋润、白雪飘飘、风的走向是无国界的。每到冬季，南下的西伯利亚寒流掀起北京上空逆温层锅盖的西北劲风，都是来自遥远的地方。就连西北、华北的大范围降雨的形成，也是源自巴尔卡什湖上空形成的气流在 5500 米高空东移，与从印度洋升起的暖湿气流在祁连山以北相遇时，便会化作甘霖，降在辽阔干渴的大地上。所以，保护大自然，保护我们共有的家园——蔚蓝色的地球，是我们共同的责任。

　　我和我的同代人会努力解决雾霾问题，这是历史交予我们的责任和义务。因为，我们这一代人和我们的前辈没有树立良好的环保意识，对人与自然的和谐相处认识不足，所以备尝苦果。现在，客观规律教育了我们。从上到下形成了必须树立尊重自然、顺应自然、保护自然的生态文明理念，把生态文明建设放在突出地位，融入经济建设、政治建设、文化建设、社会建设各方面和全过程，努力建设美丽中国，实现中华民族永续发展。同时提出了加强生态文明宣传教育，增强全民节约意识、环保意识、生态意识，形成合理消费的社会风尚，营造爱护生态环境的良好风气。我想，坏事将会转化为好事，在治理阴霾的过程中，人们将会探索更多的好办法，采取更多的好措施，让像今天这样的蓝天变得更多，让你清澈的视线不受阻碍。

　　当然，大自然是有强大恢复力的，只要我们人类不要过于贪婪自大，给自然以喘息的机会，它会在自己的周期内迅速得以恢复。孩子，事实上，最有力量的是阳光和空气看不见的手。你看看那些公路、建筑，如果在一定的期限内不加以维护，便会龟裂、破损。其实谁也没动它，就是阳光和空气无形之手，通过昼夜交替抚摸，形成了热胀冷缩，就会出现方才的变化。这其实也是一个物理原理，将来通过学习你会搞懂它的。我期待你和你的同代小朋友，从小就学会认识自然、顺应自然、保护自然，成为比我们这一代更文明的人。

哈萨克人有一句谚语："你的坚韧，要像大地，一切它都能承载。"是的，大地不仅承载了山河、草原、湖泊、动物、植物、矿物，也承载着我们人类，包容着我们人类的狂妄、贪婪和无知。地球每天在按既定的轨道运行，给我们带来新的白天与黑夜，因此，时间也在前行。随着时间的前行，你也会一天天长大起来。为了你们，为了将来，我们这一代人会努力挥扫雾霾，还你一片蓝天！

我最美丽的孙女玛丽娅，这封信，当你识字了就会看到；当你懂事了就会明白，爷爷为什么要给你写这样的一封信。

祝你健康、美丽、快乐成长！

2014 年 4 月

土地

　　那是 5 月末，洛杉矶近旁的山坡一片草黄。朋友说："这就是加利福尼亚黄，每到 5 月，这里的草就会枯黄，直到 11 月冬季到来，这里才会进入雨季，草也会变绿。"这让我有点不可思议。同样是在北回归线以北，这里的节令居然与我所熟悉的亚洲腹地有些相反。在那里，草木一岁一枯荣，却是春绿秋黄，而在这里，居然是秋绿春黄，真是大自然的造化。好在此刻金黄的枯草之上，那些树木显得葱茏，绿叶覆盖着大地，与草黄交替，自然形成一幅油画色彩，一种反差构成奇异的和谐之美。大概，这就是世界的多样性和丰富性。

　　不知不觉，我们就进入了绿荫掩映的克莱尔蒙特小城。恭候在这里的克莱尔蒙特大学德鲁克管理学院的王治河先生带着我们首先参观了著名的克莱尔蒙特女子学院。学院里一片寂静，恰遇短假，学生几乎都走尽了。我们一个小院接着一个小院地参观，的确令人爽心悦目。

　　克莱尔蒙特小城现有 3 万多人，2 万多棵树，被誉为博士和树的城市。自打这座小城诞生以来，在近 200 年的历史中一直恪守保护环境，与自然和谐相处的自觉理念。这里没有现代化的摩天大楼，没有令人眼花缭乱的玻璃幕墙，有的只是那些古老的建筑、繁茂的花草树木和一片宁静。距这里不到几十公里，便是好莱坞和世界上最喧闹的洛杉矶星光大道，2400 多颗令追星族们神魂颠倒的明星，被刻在马路两边的人行道上，任由人们踩踏。即便如此，仍有源源不断的明星们，梦寐以求地想让自己的名字幻化成另一颗五星，镌刻在这里，柔软地卧在女士们钢锥般的高跟鞋下或男士们挂了掌的踢踏舞鞋下。而在这里，一切都显得远离喧嚣，宁静如初。

坐在学院老院长柯布（John B. Cobb）教授一室一厅的洁净而简朴的居所里，听着他在娓娓道来关于他对后现代农业的构想，对这位 89 岁的老人不禁肃然起敬。柯布教授 1952 年毕业于芝加哥大学，获得哲学博士学位。柯布教授多年来一直从事生态文明和后现代化的研究与应用，发表专著 30 余部，是一位具有世界影响的学者。主要代表作有《是否太晚？》（1971）、《超越对话》（1982）、《生命的解放》（1990）、《可持续性社会》（1992）、《可持续共同福祉》（1994）、《地球主义对经济主义的挑战》（1999）、《为了共同的福祉》（1989，1994）、《后现代公共政策》（2003）。与其学生格里芬等合著作品有《建设性后现代哲学的奠基者》（1995）、《后现代科学》（1995）、《后现代精神》（1998）等。其中《可持续性社会》等一系列著作，译成中文出版。现在，他倾其所有，在掌管着一个养老院，有 500 多位 80 岁以上的老人在这里养老。他提出的养老理念分三个层次，一是夫妇双方都有肢体行为能力者，二是夫妇双方有一方失去肢体行为能力者，三是彻底失去肢体行为能力者。服务模式是，第一种人要服务于第三种人并服务社区；第二种人要照顾好一方，如果还有时间精力，尽可能为社区服务，帮助第三种人；第三种人，养老院要负责为其养老送终。

柯布院长身着浅灰色的笔挺西装，打着蓝白相间的斜纹领带，满头银发向后背着，宽阔的额头充满睿智，一双和蔼的眼睛望着你在真诚交流。这时，进来了两位先生，他们在用英语交谈。说着，院长从口袋里拿出一把钥匙，对我们道一声歉意，带着其中一位走了出去。原来，那是来自澳大利亚和新西兰的两位牧师，是到这里学习取经的。院长亲自为他们安排住处去了。也是的，在这个养老院通常没有佣工，只有这些老人义务做着该做的一切。院长自然要事必躬亲。

趁着院长出去，我仔细观察了一下他这简陋的居所。客厅除了一张简易办公桌，还有一组书柜，进门两侧墙壁上挂着他和小孙子们的合影，还有一个中文"福"字和一个京剧脸谱。他很喜欢中国文化，也深知中国哲学。

他分别安顿完两位来访者，便又和我们侃侃而谈起来。他说："环境问题迫在眉睫，资本主义只顾掠夺，资本只顾利益。没有一个国家的执政党和政府像中国一样，把建设生态文明，保护环境写进自己的执政纲领和政府工作报告。"他认为今后生态文明和环境保护要看中国，中国将引领世界。他去过中国多次，他还要去中国看看。

中午，柯布院长邀请我们和养老院的老人们共进午餐。那是一个充满祥和的温馨大堂，摆了几十张圆桌，齐刷刷都是年迈的老人，形成一片银色的海洋，他们大多是各路专家学者。克莱尔蒙特市可谓大师云集，绿色GDP概念的提出人小约翰·柯布博士、刚刚过世的现代管理学之父彼得·德鲁克、被称作"幸福之父"的积极心理学奠基人米哈里·奇克森特米哈伊等大师级人物长期在此生活、从事学术研究和执教。老人中有坐自动轮椅来就餐的，也有拄着拐杖的，当然更多的是有肢体行为能力的老人。他们先对来宾做了介绍，老人们的掌声阵阵响起。也有几位老人做了即兴感言。在简短的基督教的感恩仪式之后，便开始进餐。这里的进餐原则是管够，但不许浪费，所有的老人自觉遵守这一原则。

午餐过后，我们来到生态农业学家迪安·弗罗伊登伯格博士家。实际上，这里有肢体行为能力的每家老人都有独门独户的居所，室内设备简朴。博士曾经在非洲服务多年，握起手来十分有劲，根本不像一个85岁高龄的老人，脸色白里透红，精神矍铄。他是个农业专家，1953年农学专业毕业后，迄今都在推行有机农业。有趣的是，他的父亲曾是个化肥厂的董事长，热衷于推行化肥农业，而他，恰恰与其父亲背道而驰。他说："由于'二战'以来大量使用化肥和农药，全世界农耕土地的90%已经遭受破坏，人类是依靠土地生存的，没有粮食人类怎么生存？那样的前景是可怕的，会带来饥荒、战争、杀戮。因此，我们要推行有机农业，用有机肥料，保护和拯救土地。"他还说："我的父亲是资本家，他只顾利润的最大化，他才不顾土地会怎么样，也不会顾及人类，他只顾及自己的利益。"我说："令尊还健在吗？"他说："没有，1953年就去世了。但是，他们那代人为全世界的农业留下了灾难性伏笔。"说着，他淡淡地一笑。

从他家出来，我们又来到他的一个农业小园子，事实上是养老院的一个农业小园子，也是克莱尔蒙特小城的一个有机组成部分。三拐两拐，我们拐进了一个僻静的小园子。园子里古木参天，在柠檬、柑橘树下，辟有一畦畦的精致菜地，菜地里有可以起用的洋葱，还有上了架的番茄等各种菜蔬。在园子西北角，顶着院墙有3块1米多高的梯形深槽，深槽里存储着黑色的有机肥。老人顺手抓了一把说："你瞧瞧，就这一把有机肥里，有70多万个细菌团，它们是土地最好的肥料。"他又从有机肥里捉出一只蚯蚓，很自豪地说："看到了吗，这个堆了3个月的有机肥已经生出蚯蚓了，这就是成功。一只蚯蚓不仅能松软土地，而且，蚯蚓钻过的土地自然就会生成氮肥，这对农作物最有效。

有这样的有机肥，还用化肥干什么？只有这些有机肥，才能改变已经遭受破坏的土地。"他说："其实，沤制这种有机肥很简单，用 1/3 的家禽粪、1/3 的枯草败叶、1/3 的泥土混合放在一起，3 个月后就可以用了。你瞧瞧，我这园子里的蔬菜水果，都是用这有机肥育成的，它们是真正的绿色食品。"

我说："这些蔬菜水果产量如何？"他说："还行，一年下来，总也能卖个 12 000～15 000 美元，这些钱就可以用来贴补已经失去肢体能力，甚至是成为植物人的那些老人了。你瞧，那边就住着 30 多位已经成为植物人的老人，我们用这点收入来贴补他们。"就在园子东南角，有一排平房，寂静无声，30 多位植物人老人就住在那里，享受着后现代农业的馈赠，祝愿他们安度余生。

我们离开这个小园子，又参观了一处精致的葡萄园，也是用有机肥料培植的。那葡萄藤上刚刚挂了果，一嘟噜一嘟噜的，预示着今年葡萄园将有好的收成。

离开葡萄园，我们又来到博士居所，他的夫人已经做完义工从图书馆回来。他搂着他高挑美丽的太太对我们自豪地说，无论他走到哪里，他夫人都跟他走到哪里，在那里一边看管图书馆，一边陪他生活，为实现他的有机农业梦，一辈子就这样走了过来。

我们告别博士和他夫人，来到另一个公寓式的居所。

这是一位 99 岁的老人，她是一位历史学家，也是克莱尔蒙特小城的居民。她给我们讲述了克莱尔蒙特小城的历史之后说，生态文明不仅仅是保护农业耕地，也要保护水源和空气。随着商业社会的高度发达，那些开发商们的目光已经转向水源地、水源涵养林、高山绿地。就在他们克莱尔蒙特小城水源地山谷，一些房地产商已经开始开发别墅区、住宅区。他们的政府管不了这些，资本的力量强过政府。所以，他们这些老人和克莱尔蒙特小城的人们，自觉起来保卫他们的水源地。他们的做法就是成立基金，把大家的钱凑在一起，买下那些水源地值得开发的地段，不准那些资本进入。现在，他们这些老人已经买下了两千多公顷的土地，保护他们的水源，保护他们的家园。

令人感佩的是，当我们走进她的居所时，老人家依着推车移步走入厨房，要为我们亲手煮上咖啡。我生怕老人家摔倒或烫伤，我说我来做吧，她笑一笑，执意自己要做。客随主便，我只好按照哈萨克人所说的，客人比绵羊还要乖巧，坐回沙发，做一个乖巧的客人。这时，又来了两位老人，我们几位一边品尝 99 岁高龄的长者亲手煮出的咖啡，一边洗耳恭听老人家娓娓道来，她的思路缜密清晰，她的声音洪亮中听，绵延悠长，似乎在穿越这时空。

的确，在当今世界没有比保护好环境更重要的事了。因为，环境的好坏直接关乎人们的健康和生命，以失去健康和生命为代价换来的财富显得毫无意义。或者说，以牺牲大多数人的健康和生命换来少数人的巨额财富，不是我们这个社会的宗旨和终极追求。我们应该保护我们的环境，保护我们的土地，保护我们的自然山川，给子孙后代留下青山绿水，留下蓝天白云，留下洁净的土地。

2015 年 9 月

翻越山脊

　　那一年，我十三岁半，二弟才五岁。我们家那会儿才四个孩子，我是老大，老五和老六（小妹）还没有出生。我和老二（大妹）、老三已经上学，老四也就是二弟当时被爷爷奶奶送到大姑姑家去了。因为大姑姑家只有女儿，膝下无子。但是，二弟也接近入学学龄，我父母认为，还是在城里接受教育的好。爷爷奶奶改变初衷，说服姑姑、姑父，同意将二弟送回城里。当时，正值水星出现，意味着伏天已过，哈萨克人会说，"天秤星出，黎明凉快，麦粟成熟，准备收割。"所以，大人们腾不出手来，让我骑上驮着一大口袋面粉的虎纹犍牛，先到乌拉斯台河谷大姑姑家里，接上二弟，把面粉送到正在科克苏河谷驻牧的叔叔家，再携二弟返回。

　　那天早茶过后，二弟骑上一匹备了鞍的马，姑父帮我们重新把一大口袋面粉用鬃索刹在虎纹犍牛背上，我坐在刹紧的面粉口袋上面，犹如登上了一座小山包。我们告别乌拉斯台山谷里的耶柯阿夏——双岔沟姑姑家的养蜂场，向着要翻越两座大山才能到达的科克苏河谷叔叔家而去。

　　其实，从乌拉斯台河谷翻越山脊，去往另一条河谷，我也是头一回走。大人们告诉我："翻过这道山脊，下到那面的别斯阿嘎希河谷，也和这边一样分两条岔谷，你们不要走东边的岔谷，要走西边的岔谷。走到尽头，便是一道阿苏（达坂），翻过阿苏，下到谷底，便可以在河对岸看到叔叔家的毡房。"我听明白了，二弟似乎也在努力点头，表示记住了。

当我们终于翻上乌拉斯台河谷西侧的山脊时，这边河谷里的一切变得渺小起来。远山近岭清晰可辨，山脊那边是阔叶林和针叶林混生，山风过处，山杨肥厚的叶片发出哗哗的响声，松涛阵阵啸鸣，一阵紧似一阵。二弟有些紧张起来。"哥，会不会有野兽出现？"他问。我说："不会的，这大白天的，野兽都躲起来了。再说了，咱们两个可是男子汉，怕什么。"二弟顿时受到鼓舞："对，我们是男子汉，我们什么都不怕。"他陡然振作起来，还给马落下一鞭。我说："弟弟，别催马，咱们不慌不忙地走。"

我们走下了陌生的别斯阿嘎希河谷，那边的一切看着都不顺眼，但关键是要辨明走向。二弟大声嚷嚷着："哥，这边是东岔沟，我们应该向那边的西岔沟走。"我说："对，弟弟，我们是应该往那边的西岔沟走才对。"

别斯阿嘎希河水不如乌拉斯台河水大，而西岔沟的树木也不如东岔沟茂密。我们溯沟而上，渐渐的，右手方向变成了灰白色的峭壁，风化石带从那峭壁底下像一条条长舌吐来。这里的山风更紧，偶或会有一两只孤鹰在天空飘过，说明此方平安无事，并没有家畜坠亡，否则会有鹰群在那里盘旋食腐。时不时地会有旱獭那犹如口哨般清脆的叫声传来，弟弟就会惊异地看过来，我会告诉二弟："那不是犬类，而是旱獭的叫声，旱獭可胆小了，一见人它就会躲进地洞。"弟弟就很开心，他的紧张心情顿时释然。我又补充道："旱獭可鬼了，它会挖很多洞口，一遇险情，立即从最近处钻进地洞，如果你开挖这个洞口，它就会从另一个洞口溜掉。"弟弟瞪大了眼睛，忽然开了窍似的说："天哪，旱獭原来这么聪明。"我说："你还别说，弟弟，每一种动物都有各自的绝招。"正说着，背阴坡上一只旱獭突然钻出洞口，机警地望着在阳坡牧道上向着山脊蜗蜗而行的我们哥俩，觉得并无威胁，便放心大胆地后肢并立，举起前肢，像个小人似的一边看着我们，一边发出口哨般的欢快叫声。

在我们翻越另一座山脊阿苏时，那边显然刚刚下过一场阵雨，树木草叶都是湿漉漉的。方才我们还在山脊那边阳坡攀援而上时，就看到隔着山脊乌云滚滚，电闪雷鸣。弟弟说："完了哥哥，咱们要挨雨淋了。"我说："不会的，这种雷阵雨，会顺着那边科克苏河谷的走向而去，不会越过这道山脊的。"现在果然这边云开日出，雷阵雨已经向遥远的科克苏河谷尽头袭去。有几位伐木的内地民工从松林间的帆布帐篷里走出来，端着手里的搪瓷碗，挑动筷子一边吃着热乎乎的洋芋面条，一边冲着我们说着："嘿，这两个小家伙真可以，能骑马驾牛，驮着口粮走到这深山。"二弟那时还听不懂汉语，问我他们在说什么。我当时已经小学毕业，遇上"文革"停课闹革命，中学没学可上，所以才带着二弟在草原上当游侠。我告诉了二弟那些人在夸我们。二弟显得很高兴，对那些民工用哈萨克语说："家和司马①。"那些民工说："嘿，这小家伙可以!"

我说："我们不小啦，我们都是小伙子!"

那些民工更是兴奋起来："嘿，这小家伙汉语讲得地道，来小伙子们，下来吃一碗热面吧。"

我们一边感谢他们的热情邀请，一边催促着坐骑向谷底速步移去。

那匹马和那头虎纹犍牛还真给力，我们平安涉过了汹涌的科克苏河，终于来到了对岸叔叔家。

这一天，应当说我和二弟一路走来，便成了男子汉。准确地说，是我真正从心理上飞跃为一个男子汉。

2015 年 11 月

---

① 哈萨克语"你好"。

窗前鲜花

　　伊犁的气候要比北京舒惬，春天的脚步也要来得早些。那天，为了给霍城转场的牧民送去预灾照明瓶，我起早从京城匆匆赶到伊宁，先去看望母亲。同行的伙伴看着母亲养在窗前的鲜花，很是惊讶。他看到那一盆火红的三角梅禁不住说，这是我们厦门的市花，便走过去仔细端详，颇有他乡遇故人的喜悦。三角梅在南国厦门一树树地绽放于道旁，而在这西北之境，只能微缩开放在母亲的花盆里。

　　的确，春天是鲜花盛开的季节，但是，出得伊宁机场，除了草地开始还绿和桃花绽开，所有的花都还花期未至，只有母亲窗前鲜花一片。母亲特别喜欢养花，过去，她会在院子里种植各色鲜花，从春到秋，满院子花海如潮。后来，孩子们大了，先后成家过各自的日子去了，冬季扫雪就成了问题，于是，就将老人接进了楼房。现在，母亲将她对鲜花的爱播种在窗前。阳台上一溜摆放着栽有各种花卉的花盆，扶桑、月季、芙蓉、三角梅、兰花，姹紫嫣红，把投进阳台的阳光点染，映射出七彩光芒，释放着满屋的温馨。

　　我们匆匆辞别母亲赶往霍城，去果子沟迎接从冬牧场转场的牧民。果子沟顾名思义就是长满野果的地方，漫山遍野都是野果、野杏、山楂、醋栗，4月中旬以后，起伏的山峦会开满白色和粉色的野果花，那叫一个绚丽，再加上绿茸茸的山地草原，那种柔和与美丽摄人心魄。天地间你难以想象会有这样的美景。但在此时，果子沟口雪被刚刚褪去，雪线正在向更远的山脊收缩。大自然就是这样奇妙，植物的生长与海拔高度有着密切关联。五一前后，前山地带会被郁金香的红色覆盖；再往山里阳坡灌木地带，5月底6月初，一丛丛的杜鹃花便会喷芳吐艳；而在此之后，各色山花会在高山草原摇曳，令人目不暇接。山风过处，空气里都透着沁人心脾的花香。眼下随着海拔高度的提升，我们经过了灌木地带、阔叶林地带，进入针叶林地带，那层次是分明的。针叶林始于海拔1500米，终于海拔3000米，海拔3000米以上便是高山草地和苔地。在那里，只能开一些细碎的小花。但这一切要等到夏天来临。此刻，云杉林间积雪深厚，在云杉林之上，威严的群峰白雪皑皑，直刺苍穹。

那一弯凌空衔接谷地两侧山脊的著名果子沟斜拉桥梁，高悬于前方。在最早废弃公路的谷口，我们看到了转场的七群羊，正在这里歇脚。这里是个中转站，设有接待站、医疗站、兽医站等，牧民到这里可以用餐，坐骑可以添喂饲料，稍事休整继续出发。当我们穿过羊群时，一只褐色哈萨克羊背低足高倒伏在小溪旁，挣扎着起不来，我顺手薅住它脊背上的毛，拎扶着让它站立起来。那只羊就像它的羊毛一样轻飘飘的，几乎没有分量。这就是严酷的冬天所为。然而，生命就是这样，只要还有一口气，就会顽强生存下去。那只褐色绵羊迅即碎步跑进羊群，准备跟随羊群走向果子沟口。显然，它感觉得到，春天已在那里向它招手，只要能走出果子沟口，花的海洋将在那里期待。而且，它一定能够重新走回鲜花盛开的高山夏牧场，享用那里肥美草原。无疑，它的生命将与各色山花交织在一起。我们把预灾照明瓶送到转场牧民手上，教会他们简便易行的使用方法。此时，山风飒飒，松涛阵阵，森林防火道上的白雪，无言地炫示着这里的气温。不过，春的步伐正向这里走来，那森林和防火道上将开满山花。

　　临返北京前，我回家去和母亲告别。她正用喷壶在给窗前的鲜花浇水。母亲看到我很高兴，一边浇着花儿，一边对我说："前不久我病一场，以为再也见不到你了呢，还好，又见到你了，孩子。"我说："不会的，妈妈，祝您健康长寿。过几天，杏花开时我还会来看您，一起参加这里的杏花节。"

2016 年 4 月

雨城即景

　　我是从南国海边深圳的阵雨中辗转成都，中午时分进入雨城雅安的雨幕。密集的雨脚落在地上，溅起一汪汪的水花，复又汇成一股股的水流恣肆流淌，流向江边。只见眼前的青衣江波涛滚滚，江水暴涨，吃近两岸河堤。此时，手机不断传来水淹武汉的讯息，让人扼腕。滚滚滚长江东逝水，也有一捧浪花是从青衣江带着雨城人的焦灼心情而下。

　　雅安雨水多，素有"雨城""天漏"之称，是四川降水最多的区域，有些年份其雨城区降水量甚至多达 2000 毫米。我们原本下午要去碧峰峡熊猫基地采风，但是，大雨挡住了去路。中巴车开到一条湍急的河流旁，看着浊浪涌满桥涵，便从岸边带着遗憾折返。雅安是大熊猫的家园，准确地说，四川大熊猫栖息地核心区 52% 的面积在这里。1869 年，法国生物学家阿尔芒·戴维在雅安宝兴县邓池沟发现世界上第一只大熊猫，并制成标本运往法国，成为巴黎博物馆的镇馆之宝，曾轰动世界，雅安由此冠以大熊猫发现地之美名。1955 年以来，从这里先后送出活体大熊猫 136 只，第一只出国活体大熊猫和第一只以"国礼"身份出国的活体大熊猫均由此送出。如今，雅安是我国活体大熊猫存量最多的地区，而且雅安大熊猫的栖息地，竟大多就在茶马古道旁。

雅安是我国历史上南路边茶马古道起点，雅安边茶从唐代开始传入西藏，距今已有 1300 多年历史。现今，雅安边茶又赋予了新的雅称——"中国藏茶"（亦称"雅安藏茶"）。那天，我们在雨城区参观新建的"中国藏茶村"，令人耳目一新。"汉藏纽带·西蜀瑰宝""中国非遗，千年传承""黑茶鼻祖，雅安藏茶"等招牌词语十分醒目。藏茶是全发酵茶，采摘于当地海拔 1000 米以上高山，择用当年生成熟茶叶和红苔，经过特殊工艺精制而成。自古以来，藏族人民十分爱茶，民谚曰"宁可三日无粮，不可一日无茶。""一日无茶则滞，三日无茶则病。"这是一个真实写照。藏茶具有消脂去腻等多种功效，千百年来，成为藏族人民日常生活必需品。藏茶是各种制茶工艺中流程最为复杂、最为耗时的茶类。通常需要经过和茶、顺茶、调茶、团茶、陈茶 5 大工序和 22 道工艺，用时 6 个月左右方可依照古法炮制而成。

在中国藏茶村博物馆，展示着一幅幅珍贵的历史照片，形象还原了从藏茶采摘、生产、运送的历史瞬间。令人最为震撼的是，那些背茶走进藏区的背夫（亦称背二哥、背子），手握"T"形拐杖——俗称"拐箪子""墩拐子"，拐尖镶有铁杆，背负着每包 20 斤、由十至十几包藏茶摞成的百十斤重茶背子，一步一个脚印，坚忍不拔地走向藏区。在他们前方，横亘着高山险水，他们行进在绝壁栈道，抑或是激流江边，走累了，也不能放下背负的茶背子——地势陡峭也无处可放，而是将"T"形拐杖铁头杵在脚边顽石上，拐杖柄托住茶背子，稍事休息，缓口气，继续艰难前行。经年累月，那些顽石上便杵出了一眼眼小坑，无声地述说着藏茶走过的历史。而今，那个被吟唱为"二呀么二郎山，高呀么高千丈"的雄山，已被拦腰打通隧道，天堑变通途。高速公路亦在雅安境内纵横交错，四通八达，藏茶已然告别人背畜驮的艰辛历史，轰鸣的重型卡车一路欢歌轻捷地驰进藏区，送达千家万户，而背夫和茶背子已然退出历史舞台，静悄悄地走进了博物馆。灾后重建，更是给这一方土地带来了翻天覆地的变化，从震中芦山县开始，到雅安各地，从人们的精神面貌，到硬件建设和基础设施，可谓焕然一新。

如今，藏茶汉饮蔚然成风。我们坐在藏茶博物馆品茶区，一边享用甘醇的藏茶，一边聆听茶室主人娓娓道来。品尝藏茶有四绝，即"红、浓、陈、醇"。"红"，指茶汤色透红，鲜活可鉴；"浓"，指茶味地道，饮用时爽口酣畅；"陈"，指茶香沉郁，且保存越久，陈茶香味越是浓厚；"醇"，指入口不涩不苦，滑润甘甜，滋味醇厚。的确，那透明的玻璃茶缸中，藏茶特有的红色显得十分纯净。在这昔日边地咽喉雅安，品茶的茶具也要比江南粗犷得多，不是以浅浅小盅细品慢咽，而是以茶缸大口啜饮，给茶赋予了另一种风格。或许这是一种文化的反馈，当背夫们将茶背到藏区的同时，又从藏区带回了大缸喝茶的豪迈，形成雨城雅安一道独特风景。

藏茶给雅安带来另一种新风尚，即用藏茶做室内装饰——用竹篾做的茶包码起室内的墙壁，既有一种南国竹篾文化之美，又有满屋茶的馨香。或许这也是一种新的收藏藏茶的方式，随着日深月久，茶的品质越发提升。在未来的某一天，将这些陈茶撤下入市，换上新茶，室内依然茶香缭绕，有益身心健康。

现今的雅安，那条"以茶易马""茶土交流"的川藏茶马古道焕发勃勃生机，成为雨城新的内涵，吸引天下来客品尝雅安独有的中国藏茶，领略雨城朦胧的风采，捡拾背夫们铁杵留下的点点足迹，自成一幅雨城奇景。

2016 年 8 月

椰子树

海南人有一句话："文昌的椰子半海南，东郊镇椰子半文昌。"我在 20 世纪 90 年代初带领 12 位少数民族作家首次到海南采风，出了海口沿东海岸一路南行，第一站就来到文昌——国母宋庆龄的故乡。在文昌我们又被带到东郊镇，那一片片的椰林映入眼帘，煞是好看。有人在夸赞文昌鸡最好吃，我的视线却被那一片片婀娜多姿的椰林深深吸引。

的确，那一棵棵挺拔的椰子树，颇似天山和阿尔泰山的松林，是那样的端庄秀美，而且赤裸的树干直插天际，在那与蓝天白云相衔接之处，生出几捧别致的叶子，其间夹生几枚椰子，高悬在那里静静地闪烁着油绿的反光，略显几分神秘。当然，饮用清冽的椰子水，品尝芬芳的椰子肉，会进一步增添这种莫名的神秘感，为大自然的神奇造化心存感念。

那天，我又来到海南，在三亚中廖村参观，那掩映在一片片椰林中的秀美村庄，十分迷人。在一棵巨大榕树下，有一块村前广场。黎族儿女在广场上用竹竿舞欢迎我们到来，海峡两岸和港、澳的作家、画家、书法家云集于此，在轻快的黎家竹竿舞曲召唤下，有人便情不自禁，手牵手融入舞蹈的行列中，踩着竹竿的节奏翩翩起舞，构成一道别致风景。

　　旁边就是一棵棵的椰子树，而在另一旁，村里人在为我们砍开一颗颗的椰子，让我们品尝。我手捧一颗硕大的椰子品饮椰汁，椰子沉甸甸的，足足有三斤重。同行的一位北方人士不无好奇地自言自语了一句："这椰子长得这么沉，会不会从树上掉下来砸着人呀？"这句话不经意间被海南本土作家崽崽听到了，他便开始欣然解释。

　　崽崽是客家人，他的父亲 20 世纪 30 年代从广东湛江来到海口谋生，他就出生在海口。他的长篇小说《我们的三六巷》曾刊发于《中国作家·文学》2012 年第 6 期，并获得当年海南一个百万小说大奖。他对海南风土人文可谓了如指掌。

　　他用那种典型的客家风格的普通话急急地说："我在海南生活这么多年，从未听说椰子砸着人的事情。"他家在乡下的院子长着十几棵椰子树，从未砸过人。那院子曾经被镇子里用来开幼儿园，他问过那个管事的："这十多年来，我们家的椰子树有没有椰子掉下来砸着小孩的？"那管事的回答："没有，从没有砸着小孩。"崽崽说："你要说椰子砸着人了，海南人会不高兴的。海口一家媒体曾经报道椰子砸着一个小男孩，海南人都不高兴，结果第二天该媒体又更正了，说那是椰子掉在地上，吓着那个小男孩了。海南人这才作罢。"

　　"椰壳打开都有三只眼，"他说，"所以它砸不着人。狗

随人，猫随家，椰子树也随人。椰子树只在村子里长，没人
的地方它不会长。你到荒郊野外，没人的山上找到一棵椰子
树给我看看。"他的话还真提醒了我，这些年来我多次来到
海南纵横穿行，环岛不止一周，甚至去过西沙群岛、东岛（鸟
岛），在我的记忆中真没看到离村生长的椰子树。椰子树居
然是如此随人。"如果说，在哪块地里看到椰子树，说明那
里曾经是村落，有人居住过。"他补充道。我竟然景仰起一
棵树来，如果此行我在海南有独特收获，那就是对椰子树的
全新认识。

我忽然随口问了他一句当年获百万大奖之事，他说："您
别提了，老师，当初海口一家报纸发了新闻，却只字未提我
和我的作品，我就找到那位报社社长论理，那社长说，'你
的小说不是新闻，你的小说得了 100 万元大奖才是新闻，所
以我们没提你的小说。'"

这时，同行的一位书法家突然插了一句，对了："有媒
体报道前不久菲律宾的椰子砸着一个人，还理赔了呢。"崀
崀立时就说："那一定是那个人有恶行在身，不然椰子是不
砸人的。"

2017 年 2 月

蓝天白云

　　那一天，列席全国人大开幕式，政协委员都得从人民大会堂北门入场。早上似乎天还阴些，有一点小北风，不算太冷。记得上届政协会议期间，也是这个季节列席人大开幕式，同样从北门进入人民大会堂，那天奇冷，刮着的小北风有如小刀子，不断地割着脸。尤其走上高高的北门台阶，鱼贯入门那一刹那，风已经从长安街旁的树梢上越过，无遮无拦地扑向我们。我看见那仓活佛一只胳膊露在外，他个头又高，我心里很为他感到冷。那门只开了一扇，大家要通过安检才能进入。于是，进门的速度便缓下来。在进门的那会儿，我和他被前后的委员裹着，挨着身子往里缓行。我顺便问了一句："您冷不冷？"他笑了笑，说："不冷。今天的风比起那次，要温柔得多了。"委员们都在说："今年天气回暖得早，是个暖春。"

　　赶巧的是，我在大会堂一层后排少数民族语言助听区看到了那仓活佛，我和他并排坐在了一起。在我们前排的另一头，小班禅大师坐在那里。不断地有委员走来拜见他。中国民族语文翻译中心哈文室主任哈孜曼先生，也来坐在我旁边。他要现场监听哈萨克语同期声翻译。李克强总理的工作报告令人振奋，不断地被掌声打断。在听到总理提出"坚决打好蓝天保卫战""蓝天必定会一年比一年多起来"时，全场响起热烈的掌声。

李克强总理的政府工作报告结束，当我们走出人民大会堂北门时，一片蓝天白云的景色吸引了委员们，纷纷举起手机和相机，拍摄蓝天白云，以天安门为背景留影。的确，这种朵朵白云飘浮在天安门城楼上空的自然美景，已经久违。大家的心情与挂在脸上的笑容一样灿烂，堪与蓝天白云媲美。于是，我的手机相册中，增添了这样一幅定格美景。

每次政协会议，大会发言是个重要环节。那天，参加第一次大会发言，是个下午。车队依次停在广场上（委员们要从人民大会堂东门入场），委员们一下车，纷纷在广场合影留念。真是难得的好天气，春风浩荡，蓝天如洗。生长在北京的几位委员就说："这才是我们小时候记忆中的北京呢。每当春天，我们就会跑到广场来放风筝。那时候的天，就像今天一样蓝，今儿个这天儿，让我们想起了童年时的北京，回到了童年时代。"

人的记忆有时候其实并不复杂，就是关于一片蓝天、一朵白云的记忆，而儿时的记忆尤为清澈，唯愿这种记忆延续下去。当我调出那天的手机图像时，那天安门的红墙显得格外柔和，人民大会堂高悬的国徽格外清晰，那顶上插着的红旗，一溜儿被风吹展，顺着一个方向飘动，自成一景。民族界别的少数民族女委员，个个身着本民族鲜艳服装，花枝招展，在晴朗的天空下手挽着手走向人民大会堂，却被举着摄像机和长短摄影炮筒的记者不断堵截，咔嚓咔嚓的快门声不绝于耳，成为各路媒体最抢眼的一幕。一片祥和之风就在眼前展现。于是，在涌流的委员群落中，这里那里的，形成了一个个采访的小岛。一部部的摄像机和一副副的指向话筒，对准一个个委员的面庞，抓紧进行采访。络绎不绝的委员的人流绕过这些小岛，向人民大会堂东门高耸的台阶拾级而去。一会儿，大会发言即将开始。

2017 年 4 月

措手不及

　　那天早上，当红灯变绿，车迅疾提速驶过安华桥下马蹄形半岛的当儿，无意间我的视线被突如其来的一片红色吸引。天哪！那是一树树的鲜花，在早春迎风摇曳。我立即拿出手机，想拍下这幅一年一遇的美景，但是，车速太快，我还没来得及解开密码，美景倏然留在了我的身后，真是措手不及。有时候事情就是这样，当你回味过来，或许那就是你人生路上恒定的一幅美景，只可惜永远留在了你的身后、你的记忆深处。今年再度春来，正当花期盛开，我却阴错阳差没有时间和机遇，再次经过那个马蹄形半岛。或许，在明年春季我会走过那里，那一树树的鲜花火焰般怒放，姿态已然与昨日不同。这就是岁月。不知不觉间，小树长大了，花蕊绽开了，鲜花结果了，而你却兀自忙忙碌碌，身处其境而浑然不知。

　　北京有时也会遇上这样的蓝天白云，晴朗的天空令人心境明朗。那天，从人民大会堂参加"两会"出来，乘着大巴从长安街回返驻地，新华门红墙前的玉兰花，夹在那些树行中正在绽放。我举起手机抢拍，只可惜车队快速通过，拍下的镜头都有点发虚，看不清红墙绿树映衬的那一片片白，就是一树树的玉兰花。"两会"结束，回到家，俯瞰院子里的玉兰花也在开放，我从容拍下了那一株玉兰树盛开的平面图。每天早晚，我都会对那株玉兰树投去一瞥，只觉得花期正旺，春光无限。忽有一日早上醒来，推开阳台，发现那株玉兰树花瓣已经开始落地。没过几天，绿叶更替花瓣，遍地落英，春光不再。原来节令的转换也会让人措手不及，悄无声息，交错更替。而这些忠实于土地的植物，随着地气变化，分秒必争，花开花落，吐叶结果，叶落归根，循环往复，展示着生命的无限生机、无穷魅力。

那是第一场春雨后的一个下午，我驾车从二环路上的高架桥折向三环而去。眼前就是苍老的德胜门，双肩挑起两侧后起之秀——高架桥，深深地蜷缩在桥墩丛中，默默地追忆昔日的辉煌。白云朵朵，夕阳正好，温柔地抚慰着德胜门楼脊琉璃瓦，点点反光映入眼帘。右手就是后海，那个隆起的小山包上坐落着郭守敬纪念馆。桥下便是车辆川流不息的二环，此刻不堵，各色车辆正在双向疾驶而过，哗哗的车浪声犹如海涛拍岸，扬上桥来，直袭耳蜗。我无意中用眼尾向正在孕育抽绿的树丛秒梢扫去，一幕意想不到的奇景突然映现，令我猝不及防。在遥远的城市上空，矗立着一座直插天际的楼宇（其实它正对着我办公室窗口，抬眼就可以望见，也没觉得如此之高）。楼宇顶上的几部吊车，就像蟋蟀的触须在那里移动，而楼宇的腰际之下，已被蓝绿色的玻璃墙幕装点，宛若一个穿了筒裙的女人；腰际之上，一片赤裸，颇像一个光着膀子劳作的男人。在此刻的夕阳下，玻璃墙幕折射着七彩阳光，无限绚丽。原来，京城无霾之日，人的视野竟也会如此透彻伸延。双手在方向盘上，无法拍照。只那么几秒钟，我与奇景交错而过。然而，那一幕迄今深深印在我记忆深处。即便将来，这一高楼成长到位，浑身披满摇曳的玻璃墙幕，此时的一幕和此刻北京清洁的上空，无疑将会成为我恒久的记忆。

　　就在昨日清晨，我们从乌鲁木齐地窝堡国际机场乘机飞往新建的阿拉山口机场，跑道两旁的草地还没有从冬的记忆中复苏。其实，在头一天上午，雨中降落在地窝堡机场时，我就发现这里的树木还光秃秃的，没有开花吐芽，草地也是湿漉漉的一片枯黄。我暗自思忖，这里的节令的确要晚，别说十里不同天，连经纬度都不同，千里万里的，当然就有差异。昨天上午，我们下了飞机就进入文化考察，直奔尚处在冰天雪地中的赛里木湖，在湖西草原上，看到了乌孙古墓葬群落在那里默守着千年的谜底。阳光很好，虽说赛里木湖冰盖未开，四周的雪山白雪皑皑，但朝阳一侧湖畔的草地已经褪去雪被，依稀尚能嗅到去年秋上陈留的艾草芳香。我俯身搓下一绺艾草叶子，发现已经变得柔软，显然在阳光下地气正在上升，那一绺艾草却带着新春的气息。而今天，我们走到阿拉山口国门，从那里又一路奔袭至机场，阳光正好，在这方土地，虽然春的步伐姗姗来迟，但是十分坚定。当下午我们飞回乌鲁木齐，降落在地窝堡机场，在跑道滑行减速的当儿，跑道两旁草地一片片的绿色再次令我措手不及。只隔了一夜，也就两个白天，这小草就泛绿了。这就是生命的奇迹，就连一棵小草破土而出，点绿世界，也要让你措手不及。

　　是的，切勿漠视小草，对大地回暖，它最敏感，远在大树之上。这不，在这大树尚未吐绿的一方，是这些小草报来春的讯息。无疑，在这个春天，我再度认识了小草的生机。

　　　　　　　　　　　　　　　　　　　　2017 年 4 月

智慧与天真

　　一位哈萨克诗人说过："你的智慧像你 60 岁的父亲，你的天真像你 15 岁的母亲。"从某种意义上说，这正是对我们哈萨克人的精神素描。歌和马是哈萨克人的两只翅膀，牵了马来骑马认镫，跃上马背千里驰骋，一路引吭高歌；翻身下马，品饮马奶，弹起冬不拉放声歌唱，草原四季为之转换，生生不息，一派生机盎然。

　　好客是哈萨克人的天性。千百年来，过往商旅陌客，都是经由哈萨克草原通往他方，于是，丝绸之路便这样成为草原的历史文化记忆，镌刻于茫茫草原和雪山白云之间。古往今来，在哈萨克草原经常会有望门投止的旅客，他们可能是一国使者，或许是迎亲队伍，抑或是草原游侠，也有那些闻名遐迩的阿肯（游吟诗人），等等。面对他们，任何一家哈萨克人都会倾其所有，盛情款待。在太阳落山前，留不住客人的哈萨克人家，是无颜生活在这方草原的。这就是无形的族规，在草原上被世代恪守。即便现今早已步入城市，但是这种草原记忆自然而然也一同带入，被同胞们墨守。记得有一次回到家乡，在城里见到了几位朋友，他们执意邀请我到家里做客。他们说，虽然现在一切都很方便，可以在酒店餐厅相邀相聚，但是毕竟到家里一坐，吃一顿家常便饭，那是古老族规，可不能破。于是，那种其乐融融的家庭氛围，胜过在外的盛宴，十分温暖。而过往客人，享受到的则是一种文化。

哈萨克人传统的生产方式是游牧经济。尤其是在冬天，白雪覆盖大地，把所有的草都压在雪底，家畜无法觅食。只有马和羊天生会用前蹄刨开雪被吃草，而牛不能。即便如此，为了让马群度过寒冬，牧人会独身前往荒漠草原牧放马群。他只会在那里搭上一个临时的马倌窝棚，隔三岔五地去看一看马群。在窝棚里会搁置一些简单厨具，比如，一把铜壶、一口铁锅、一两只碗、一个三脚铁灶，再放一些熏肉、马肠和面粉、小米、茶叶。自己来时就此搭伙，平常设若有谁经过，可以随意进去设灶做饭果腹。倘若来者自带干粮，他会适量留下，如果未带那也无妨，可以扬长而去，下次经过他会刻意带上，在无人看守的窝棚留下带来的食粮。这就是一种互助友爱精神。面对严冬，荒漠雪原上马倌的窝棚无疑是最温暖的去处。

记得小时候在爷爷奶奶家里，每当拆卸了毡房驮好役畜准备转场前，大人要做的第一件事，就是把毡房前地灶周边的灰渣全部填埋，再把垃圾也一同收来填埋，打理得平平整整、干干净净，才会上马离去。所以，在哈萨克人驻牧过的营盘，是看不到随意丢弃的垃圾杂物的。那也是牧人的尊严所在，是他们的一种自觉行为，也是草原文化的内涵之一，千百年来被默默传承，已嵌入一个民族的血液之中。哈萨克人环保意识极强，从小教育孩子不能采摘一棵青草，不能随意折断树枝，要保护自己生存的环境。对水源的敬畏更显神圣，妇女不会到泉头溪边濯洗，水是生命之源，任何人都无权亵渎，这一点每一个哈萨克人已铭刻在心。

对于那些荒凉之地，哈萨克人有一句话形容为"连狗都拴不住的地方"，但是，即便在过去荒凉无比的阿拉山口，眼下却建成了一座名闻天下的现代化城市。在这里，我见到了一位哈萨克族边防连副连长海沙尔（Khaisar）和一位市委常委、统战部部长兼市政协主席康吉哈力（Kenjie khali）。时代发展的车轮，已然将哈萨克人送到国门，守护着新丝绸之路。这里每年严寒酷暑，风期无限，常常飞沙走石。只有在无风的日子，远眺雪山依依，近看铁轨延去，驮负着历史重任。近在眼前的赤裸山脉，无语地诉说着这里的一切，还有铁路切过艾丁湖畔，向那山洼延去。那是一汪盐湖，看似一望无际，令人迷茫，怎么在对面的黑山头、精河、大河沿（其实，当地人称之为"Takheya jing"）看过来，也就是一条水线，眼下却显得汪洋恣肆？那些岸边弥漫的白渍，却是芒硝和积盐的结果，却坚决阻隔在铁路路基内侧。源源不断的输油管道和铁路油罐车辆，正是从这里通往内陆腹地。

当然，哈萨克人也率性天真。每当喜庆佳节，无论男女老幼，都会纵情歌唱，翩然起舞，充满欢乐。他们常常会相互祝福——让我们在喜庆的日子相见吧。其实，面对生活中的每一天，他们都会觉得是充满喜庆的日子。这就是充满智慧与天真的哈萨克人。

2017 年 4 月

草籽千年

那是一个上午，比起几天来的晴空丽日，略显阴霾。不远处的楼，看上去覆了一层浮尘罩子，朦朦胧胧，若隐若现，不是那么亮丽、鲜艳。未承想，怎么一夜之间，便会有如此变化？我们站在 16 层楼顶，望着东三环车水马龙，似乎只能从镜头推拉近景，拍些延时摄影。时间是最宝贵的，也罢也罢，今天只能如此。我们留下摄制组，准备下楼去时，意外发现就在一个很不起眼的水泥缝间，竟然生着一棵青草。我驻足欣赏起这棵青草来。我说："瞧这楼顶上居然还生着一棵青草。"陪同我的同事不经意间说了一句："是呀，所以叫'草籽千年'，就是说隔上 1000 年，草籽照样会生根发芽。"我霎时被震撼了，原来智者就在眼前，我们却往往忽略了他们的存在。我不禁望了望三环路旁葱茏的花草树木，它们都赶不上这棵青草的高度。

那一天，我在飞往阿拉木图途中，从飞越乌鲁木齐上空时开始，天山山脊没有一丝云彩，一片白雪皑皑，分不清哪里是冰舌，哪里是雪原。只有飞到巩乃斯河谷上空时，才呈现出一片绿色大地和有规则耕种的农田。那一片片墨色的云

杉林，极力探向苍穹。在云杉林之下的绿色山脉，时不时地
呈现出浅浅的一抹紫色红晕。我想，那一定是千朵万朵的郁
金香在那里摇曳盛开。5月初，正是郁金香绽放的时节。于
是，放眼望去，在蔚蓝色的天际线下，天山的几路雪峰错落
有致，绵延起伏，伸向远方。我看清了巩留大地，特克斯河
谷，从葛罗禄山（Kharlekh Tao）北向流下的库克苏河与自
西向东蜿蜒而来的特克斯河汇流处十分清晰，那座八卦城就
在两河汇流处上方不远的北岸。在从伊犁河谷逾向特克斯河
谷的隘口已然变绿，此刻俯瞰，全然没有了驱车翻越时的那
点险峻，貌似一张铺开的大沙盘，只是在默默诠释着古老的
丝绸之路曾经从这里经过。而现在，我们正从空中飞越新丝
绸之路。不一会儿，白雪覆盖的乌孙山脉（Uysun Tao）就
在左下方呈现。而在乌孙山南，辽远的昭苏高地已经褪去雪
被，阿腾套山（Ateng Tao）山顶只剩一点白雪，似乎看不
出就在五一那天被大雪侵袭的痕迹。看来春天的太阳就是这
样，只要不被浮云遮挡，就能够融化雪原，让千年草籽重新
发芽。

　　在遥远的南侧，汗腾格里峰的胴体跃然腾起，直插天际。
接着，阿拉套山的雪峰隆起。在阿拉套山南边那平展展的绿
色背后，环形的雪峰相衔接。在雪峰之间的天然洼地，我想，
那个古称热海的伊塞克湖应当就在那里碧波荡漾。我们终于
降落在绿草如茵的阿拉木图机场。洁白的阿拉套山就在眼
前，千百年来，在陆路交通为主的时代，丝绸之路就是沿着

雪山山麓伸向中亚细亚，乃至欧洲大陆。这正如诗人艾青所言，蚕在吐丝的时候，没有想到会吐出一条丝绸之路。

在另一个上午，同样是阳光灿灿，天际湛蓝，没有一丝云彩。我们驱车行进在从里海边上铺展开来的阿特劳草原，也就是尽人皆知的钦察草原。被东西方文献无数次记载过的这片茫茫草原，此时正从冬的记忆中恢复过来，开始换上春的绿装。而这里的绿又别有一番色彩，那就是艾草铺就的一望无际的银绿色。一只骆驼负着披毡在道旁食草，孤零零地在那里安享。却像忆起遥远的丝绸之路，偶或抬起头来回望我们。就在公路的南侧，有一条铁路向东伸延，一列油罐列车向东驶去，从北边吹来的草原之风携着艾草的芳香，将其铿锵的车轮声吹得消失殆尽，只能看到那一列车像一组无声动漫，静静地驶向远方。我在半个多月前，曾经去过阿拉山口，铺自里海边上的输油管道，从这里每年都要输送1300万吨原油入境。在国门口静卧的铁轨，也要输送来自这方的油罐原油。他们说，距此向南40公里，便是那条输送原油的动脉——输油管道。而在我的家乡霍城，输送天然气的管道便是从那里经过，在果子沟尽头的松树头子，由一座加压站加压之后，送向遥远的内陆城市，直抵海岸。如今的丝绸之路已经变得立体起来，空中、地上、地下、海上条条道路畅通，衔接着大地的尽头。

我是为了2017年阿斯塔那世博会中国馆事宜与团队一起来到这座成长中的都城。振兴新丝绸之路，建设"丝绸之路经济带"这一宏观战略理念，正是在这座年轻城市提出。而我们即将带来的是中国文化——中国餐饮、中国电影、中国文学、中国艺术……在加强政策沟通、道路联通、贸易畅通、货币流通、民心相通中，最重要的是民心相通。而民心相通中文化相通是关键，文化相通中文学和艺术相通才是核心。只有民心通了，一切才自然畅通。我们穿过云层落在湖畔的阿斯塔那机场，到处绿色如茵，千年草籽也正在这里生根发芽。出得机场，一股凉意直袭背脊，迎接我们的人穿着还挺保暖。他们说："我们这里几乎没有春天，直接进入夏天。"但是，挡不住的绿铺满全城，一派生机盎然。机场门前的广场还在紧急施工，世博园工程也还在收尾阶段。我们的时间也很紧迫，要在这里高效沟通，然后赶回北京。"一带一路"高峰论坛，将在那里如期举行。

2017 年 5 月

雪花飘舞

　　我自打离开爷爷奶奶家进城上学以后，每当寒假暑假，都会回到他们那里去。这应当是 1962 年的寒假，我刚上一年级上半学期，父亲母亲要带我回霍城县（那会儿叫绥定县）芦草沟公社乌拉斯台牧场去。

　　那一天早上，天气晴朗，我们离开伊宁市，汽车摇摇晃晃的，好不容易开到界梁子。这个地名当时哈萨克人叫恰依郎兹（Qaylangzi），我试图去理解这个地名，恰依当茶讲，那可能就是喝茶歇脚的地方。那么，郎兹当什么讲呢？是巴郎兹（当地汉语称呼维吾尔男孩为巴郎兹）的郎兹？以我当时 7 岁的学养和能力，再也得不出什么结论来。事实上，很久以后，当我学会了汉语，我才知晓，那个有点绕口的恰依郎兹地名，是由汉语"界梁子"之音衍生而来的。

　　界梁子过去是一片荒滩，是每年春秋时节牧人把羊群赶过来季节性放牧之地。现在这里有一个兵团农四师五〇农场（如今已成为可克达拉市），也由此在公路边上形成了一个店铺聚集的小市场，开始繁华起来。所有开出伊宁市的班车货车，都到这里来进早餐。左边是一溜儿商店，右边是一排餐馆（那些餐馆还分汉餐、民餐——清真餐馆），中间是一个门洞，一条沙石路从那里延伸向伊犁河畔，团场场部据说就在那条沙石路尽头，但从这里瞧不见。于是，那个门洞透着一种诱人的隐秘。

我们是早上从家里吃足了早餐才出门的，所以并不想吃饭。父亲带着我和他的一个伙伴就到左边那一溜儿商店去逛。这里的商店商品还蛮多的，父亲他们赞叹，瞧这些主食、点心什么的还挺丰富，噢，还有一样美味呢，父亲和他的伙伴相互会意地眨眨眼笑了起来。他们把我送回车上母亲身边，拎着一个小包下去了。不一会儿，他们两人美滋滋地回来了，好像有了新的发现似的。当汽车一路继续摇晃着赶到清水河（这里被哈萨克人称为 Qinqiakhozi）时，已近晌午。班车就开到这里，在这里午餐后，继续载上旅客在天黑前返回伊宁市。

我们一家和父亲的那位伙伴一起下车了。

此时正值隆冬季节，世界到处是一片晶莹的白色，大地在厚厚的雪被下安眠，为开春积蓄着力量。遥远的伊陵塔尔奇山、阿赫拜塔勒山、婆罗科努山一片洁白。天气十分晴朗，唯有蓝天反衬着白色雪原。那一颗颗雪粒映射着阳光，在它微小而奇妙的花瓣里，甚至可以看到反射着紫色和蓝色的光芒。这一切真是令人赏心悦目，十分惬意。

从这里望去，乌拉斯台山口在那里静静地敞开来，默默地注视着我们一家即将投向它怀抱。不过，从这里要走去还真有点距离呢。父亲说："截一辆卡车让你母亲搭个便车先到芦草沟等着，我们几个只好从这里走到芦草沟与你母亲会合，再从那里走到乌拉斯台去。"

那时候，车辆不像今天这么多，即便是货车也是偶尔过来一辆。父亲的汉语半通不通，还处在和我一同学习的起步阶段，所以他跟那些司机说不清楚，也因此错过了几辆车。等了许久，终于遇到一位回族司机，父亲用维吾尔语和他搭话，不想他是在塔城长大的回族人，说得一口流利的哈萨克语。正好他的驾驶室还能挤下一个人（他还拉着一个学徒），就把我母亲捎上了。母亲带走了装得满满的两个褡裢，那里边全是给爷爷奶奶带去的冰糖、方糖、红茶、砖茶、清油、肉什么的。当时，饥荒年代还没有过去，至少要度过那个冬天，到这一年的秋季才会告别饥馑。不管怎么着，城里能够凭票供应这些东西，因此也还能买得着，而在乡下，想买这些东西应当说差不多比登天要难。所以，父母亲省吃俭用，从一家人的牙缝里抠出这点东西送到爷爷奶奶那里去。要知道，我的妹妹和弟弟正在爷爷奶奶那里呢。虽说其他物资匮乏，但是，奶奶的那头奶牛还能挤奶，这一点足够妹妹和弟弟饮用成长。无论多么艰难的岁月，老百姓自有其应对的办法。

父亲说："走吧，我们得赶路了。"

于是，我们三人辞别清水河一路向芦草沟走来。偶或会有一辆货车从背面驶来，父亲会招招手，示意他们停下，以便让我们搭车。但是，那些卡车没有一辆停下的，留给我们的只是从后轮底下扬起的一团雪尘，还有一股车轮携起的冷飕飕的旋风。其实从这里一直到果子沟口，是一个不断攀升的缓坡，往北开去的重车显得有些吃力，而从迎面开来的车顺坡而下，风驰电掣般从我们身旁驶过，许久以后，还能听到从轮下发出的遥远的、轻快的嗡嗡声，让人打心底泛出欢快。或许，我对速度的崇拜就是从这个冬日开始的。

　　我们走了很久很久，终于来到一个叫喀喇苏的地方。翻译过来就是黑水河的意思，哈萨克人把发源于平原湿地的河流一概称为喀喇苏。在他们眼里，这样河流里的水，要比源于山泉的高山溪流低贱，从不饮用。也许是从早到现在，在冰天雪地里终于看到了流动的水，我忽然焦渴起来。我说："我想喝水。"父亲说："没有水，忍一忍吧艾柯达依（对我的昵称）。"认真想来，其实一上午了，我还滴水未进。这么一想，我的焦渴感更加强烈了。我说："那不是水么？"父亲看看那条河，眼神有些鄙夷地注视着水面，说："那是喀喇苏，不能喝的。没瞧见吗，那水连冬天都不结冰，水质不洁，明白吗，艾柯达依。"也许是千百年来的游牧经验积淀，哈萨克人是从不饮用喀喇苏河水的。如果在平原饮用，也一定要找到泉眼汲水。但是，不知怎的，我的焦渴感有增无减，我甚至感觉得到喉咙里有一簇火苗在升腾，就像馕坑口上升腾的热焰一般在舔舐着嗓子眼。我觉得我已经忍无可忍了。我说："那我就吃雪。"父亲说："那雪多脏啊，怎么可以吃呢？"这种时候，我觉得父亲作为医生的职业敏感在起作用。

我说："我真的要渴死了。"父亲眼神忽然一亮，说："瞧我怎么就忘了呢，我这里正好藏着一瓶蒸馏水呢，刚才在恰依郎兹盛的。来，艾柯达依，喝一口，马上就解渴。"

父亲一边说着，一边从皮大衣兜里摸出一个瓶子来，是那种侧壁有容量刻度的透明玻璃瓶，我在家里见过，里面或盛酒精或盛葡萄糖液体，封口是个可以翻卷边缘的白色橡胶软塞。父亲拔开软塞，对我说："喝吧，艾柯达依，不要喘气，一口喝下去，不要喝多，别呛着了。"

我接过瓶子，刚要对着嘴，父亲就将瓶底一撅又收住了，一团火焰便顺着我的喉咙燃烧而下。我忽然觉得一汪泪水从眼眶呛出。我咽下那团火，剧烈的咳嗽袭向咽喉，这才终于喘过气来。

父亲和他伙伴在一旁看着我的模样哈哈大笑起来。"嗨，咱们早上买这酒还真有点远见！"他们对自己的这点远见很是得意。这是我此生第一次喝到酒是什么滋味。父亲后来多次提到那天的情景。他说："艾柯达依，那口酒激了你，之后你再没说口渴、要喝水、要吃雪，一路小跑，跟着我们小大人似的，不久就来到了芦草沟。"

而芦草沟在哈萨克语中读作"Lao sue gen"，就像果子沟连接赛里木湖的那个山口，哈萨克人叫它 Kezeng（柯赞，意为山口），但是，稍微走下去有一个古老的驿站，哈萨克人执意将他称为 Smptuzi，我怎么也理解不了这个地名的含义。在新疆，有一个奇俗，无论是汉族人或是哈萨克人中，只要有一个地名无论用汉语还是用现代哈萨克语都解释不清，便会很轻松地说那是蒙古语地名。乾隆皇帝钦定《西域图志》所对音记载的新疆地名清晰可鉴。但是，关于 Smptuzi 没有一个哈萨克人或汉族人说它是蒙古语。这一点令我百思不得其解。直到后来在大学里读到《林则徐日记》，我才知道在汉语中将此地名记载为松树头子。但这依然还原不回哈萨克人称呼的 Smptuzi。也是在很久很久以后，我忽然明白了，用陕西方言读松树头子，"树"的读音会被转换为"负"发音，所以松树头子被念成了松负头子，最终又音译成了 Smptuzi，真是有趣幻化。

在霍城县，但凡过去有过驿站的地方抑或是老镇子所在，有许多地名是汉语称谓，比如三宫、清水河子、芦草沟、大西沟等等。但在当地的少数民族语言中，这些汉语地名又被他们称呼得走了样，如果你看不到那些汉文记载，往往很难还原回去。当然，也有更多的地名依然是当地少数民族语言称谓，被用汉字记载下来时，那音素文字与象形字音对位的奇特障碍，也往往被读得发音南辕北辙，需要你细心甄别才是。

母亲正好在芦草沟的唯一一家公共清真食堂等着我们。大堂里生着一个镔铁皮火炉，炉壁一侧虽然烧得赤红，但大堂依然显得冷。我们的到来，使这个冷清的食堂顿时显得热闹起来。父亲点了几份仅有的白菜汤和馒头，大家吃得津津有味。也正应了哈萨克人的那句老话：在饥荒年代吃过的羊头肉味道从记忆中挥之不去。

当我们吃过这顿简单的饭菜出来时，天色不觉已近黄昏，冬日就是这样昼短夜长。父亲的伙伴在这里与我们分手了，他要继续一路北上去往喀喇布拉克——黑泉沟。我们一家开始西行。中午的那些山峰已经看不见了，全部被云雾锁住，天空也是灰蒙蒙的，冬日的天气变化很快。

起初，我们走在马车道上，车辙深印，还有雪爬犁滑过的宽辙，这里那里地散落着马蹄防滑掌三点式的蹄痕，深嵌雪凹的三根锐钉，构成一个个十分美丽均匀的蹄圆，让人索着蹄迹便充满幻想：那是一匹什么样的马呢？枣红？黄骠？栗色？雪青？花马？黑马？白马？是快马、走马还是挽马？是种马、骟马还是骒马？我的双脚追着父母的步伐，视线却追寻着那一串串的蹄痕。父亲偶尔会说一句："瞧，艾柯达依，看这串蹄印，这匹马可是好马，他的后蹄总是超过前蹄着地，它的步伐一定轻捷，步频一定神速。"我开始欣赏那一串蹄印，试图从重叠散落的蹄迹中把它识辨出来。只是很久很久以后想起这一次的雪野步行，我会哑然失笑：一个马背民族的后代，一家人，在冬天的雪地里迤逦而行，胯下竟然哪怕是拖着一根折下的枝条——木马都没有。四野里开始寂然，雪地由于没有了阳光，不再反射七彩的光芒。铅色的寒冷冬云越发低垂，似乎就连我一伸手都能够得着似的。果然，不一会儿，飘舞的雪花终于将冬云与我们彻底融为一体了。

　　没过多久，那些车辙、滑痕、蹄印一概不见了。绵乎乎的雪开始试图阻滞我们前行。父亲把母亲背着的褡裢也背了过来，于是，他的双肩挎着两个褡裢。走着走着，倦意开始向我袭来，眼皮不自觉地要黏合在一起。

　　父亲似乎发现了什么，他说："艾柯达依，你已经很了不起，从清水河一直和我们步行到这里，来，你跨上来，我背着你走一会儿。"我说："我能走的。"父亲说："没关系，来吧，我背你，咱们走快点，得早点找一户哈萨克人家住下，爷爷奶奶家咱们今晚是走不到了。"

　　于是，母亲把我扶上父亲的脖子。雪夜里，父亲肩上挎着两个褡裢，我骑在他脖子上坐在马褡子上面，在雪地里前行。那巴掌大的雪片纷纷扬扬、密密匝匝地向我们袭来，大地一片迷茫。即使在黑夜里，雪野依然映衬出它的洁白来。雪片砸在脸上，麻丝丝的，有一种要钻入肉里的冰冷。但是，我高高地坐在马褡子上，双手抱着父亲的头，从父亲的头顶上看过去，世界变得渺小起来。

2018 年 7 月

边疆牧场：一座城市

　　他们说，坐落在嫩江边上的齐齐哈尔，真正的建城者是达斡尔人。这句话让我十分感动。他们面对历史很诚实。面对这样的一群人，心底的信赖感油然而生。而那几位达斡尔族朋友不约而同地告诉我，他们就是契丹人的后裔。历史与现实瞬间就衔接在一起。

　　齐齐哈尔在达斡尔语中意为边疆牧场。这一方辽阔的黑土地在契丹人治下的辽代属上京路、东京路。金灭辽后，齐齐哈尔归属上京路所辖蒲裕路，管辖嫩江流域、黑龙江中上游及外兴安岭以北的广袤地区。蒲裕路是金朝北部军事重镇和政治、经济、文化中心，也是齐齐哈尔建城的开始，距今已有800多年历史。

　　就在辽金王朝更替之际，发生过一起迄今匪夷所思却又真实的历史。辽被金亡，耶律大石自立为王，率领二百铁骑宵遁漠北，跋涉三万里经过乃蛮部西行，在伊犁河流域和中亚地区建立西辽王朝，被称为喀喇契丹（"喀喇"在阿尔泰语系中意为"黑"，在此意即"亚种"，即"亚裔契丹"）。1124年（宋宣和六年，甲辰）2月5日耶律大石即位，号葛儿罕，时年 38 岁，后建都于虎思斡耳朵城（在今吉尔吉斯斯坦境内）。1211 年（西辽天禧三十四年，辛未）秋，西辽襄宗直鲁古出猎时，被流亡的乃蛮王子屈出律率八千伏兵擒获，并趁机夺位。直至 1218 年西辽被蒙古所灭。1222 年，契丹将领八剌黑·哈只卜（或巴拉克·哈吉布），率一部分西辽臣民逃亡至伊朗起儿漫（今伊朗克尔曼省）地区，建立了完全伊斯兰化的"库图鲁厄汗"政权，即称"起儿漫王朝"（有学者称之为"后西辽"）。而此时的喀喇契丹人也逐渐融入当地穆斯林居民中。起儿漫王朝历经 86 年，最终被蒙古伊儿汗国所灭。应当说，喀喇契丹人的西辽王朝对中亚、波斯乃至世界史产生过深远的影响。俄语中对中国的称谓 КЙТАИ，正是从西辽喀喇契丹人留下的。这是喀喇契丹人亦即索伦达斡尔人对人类文明的贡献。1763 年 5 月，布特哈旗的达斡尔人，奉清廷之命自嫩江流域西迁新疆伊犁、塔城等地戍边，于 1764 年 7 月抵达，建起索伦营。现今在塔城市还有阿西尔达斡尔族自治乡，而这一支达斡尔人至今保留着他们的传统生活风俗。

1691 年（康熙三十年，辛未），清廷准奏在卜奎站建齐齐哈尔城，并授索伦总管玛布岱副都统衔，掌管建城事宜。由此齐齐哈尔的许多地名是达斡尔语。富拉尔基是齐齐哈尔的一个区，旧称"湖拉尔吉""富勒尔济"，达斡尔语意为"红岸"，是负有盛名的重工业基地。梅里斯达斡尔族区，在达斡尔语中意为"有冰的地方"。意想不到的是，当年的北大荒就在梅里斯，现在成为青年林场。1957 年刘白羽曾经到这里深入生活采访，写出一组传诵一时的散文随笔。所谓"棒打狍子瓢舀鱼，野鸡飞到饭锅里"的故事，就发生在这里。嫩江在梅里斯达斡尔族区流经 98 公里，每一道河湾和河汊岛屿都蕴涵故事。

在青年林场，建有一个小长廊，水泥地面上留有知青们的足迹。不亚于星光大道上的明星们的足迹。那些当年来自天南地北的知青们，如今已步入耄耋之年，从挂在纪念墙上的合影中，可以看到他们慈祥的笑脸。7 万多亩平原森林，正是当年知青们开垦莽原植下的青春岁月。在一处红松林间，有几排简陋的平房，场长向我们介绍，这是前些年根据梁晓声的作品改编的一个电视连续剧在这里拍摄时留下的外景地，他们舍不得拆除，原样保留在那里。从窗口望去，大排炕依旧摆在那里，似乎在诉说陈年往事。

梅里斯达斡尔族区雅尔塞镇哈拉新村名副其实，是一座全新的村落。1998 年嫩江流域发大水，洪水肆虐，将旧哈拉村淹没。洪水退去以后，在国家帮助下，这里建起了一座全新村落，并赋予哈拉新村村名。现在，家家户户住在新居，村子一片整洁。村里还有一座小型民俗博物馆，展示着达斡尔族历史文化。那些精心布置的展品，无不讲述着达斡尔族丰富的生产生活和民俗文化传统。旁边就是手工制作间，民间艺人在这里制作达斡尔民族工艺品，向前来观光的旅游者出售。

　　2018 年 6 月 2 日，笔者应邀参加梅里斯达斡尔族区第三十一届"库木勒"节。"库木勒"意为"柳蒿芽"，是一种草本植物。历史上在春夏之交，每当青黄不接之际，达斡尔人便以"库木勒"果腹度过饥馑。于是，在一个民族血脉中留下了深深的记忆，正是"库木勒"使这一方达斡尔人生生不息，繁衍至今。由此达斡尔人对"库木勒"充满感恩与敬意。一个历史上驰骋疆场的强悍民族，对于这样一株渺小的植物所充满的感恩与敬意，令人肃然起敬。一个内心充满感恩与敬意的民族，才是强大的。

　　那天，在嫩江边的草原上，彩旗飘飘，人山人海，达斡尔族同胞与来自全国各地的客人欢声笑语，共度佳节。在以海东青（雄鹰）腾飞雄姿为背景构筑的舞台上，正在展示一台富于民族特色的欢乐歌舞。达斡尔族民歌十分丰富，几乎涉及达斡尔族人民生活的方方面面，社会生活、生产劳动、精神文化、风俗习惯等，分"扎恩达勒"（山歌）、"哈库麦勒"（舞蹈歌）、"乌钦"（叙事歌曲）、"雅德根·伊若"（萨满歌曲）等不同曲式传颂至今。此刻，阳光灿灿，白云低垂，从舞台上升起的欢快音符，满载达斡尔族人民的心声，与蓝天白云交织在一起，在辽阔的黑土地和嫩江上空久久回荡。

2018 年 7 月

雪压黄花

那天早上，我和商泽军从北京飞到临汾，与先期抵达的舒婷等人会合，便马不停蹄地奔向安泽县。三晋大地虽说我也熟悉，但安泽倒是第一次抵达。一路上，当地的几位朋友不断解释，要按往常年份，这个季节正是欣赏安泽黄花的最好时节，但是非常遗憾，前两天来了一场倒春寒，太行山下了一场大雪，把漫山遍野的黄花全都冻着了。真是雪压黄花，鲜见昔日倩影。

安泽县地处太行山麓，沁水流过县境 109 公里，是山西本土流淌的 3 条大河之一，抑或可以说是山西唯一一条没有污染、全流域流淌的河流。在晋中大地，有水便有生命的活力。在马壁乡南端那座水库，跨安泽和古县两县，是山西最大的水库。而和川引水工程枢纽水库，却规划着要给附近的几个县输水，甚至要给汾河补水。这些愿景有待时间去印证。随着工业文明兴起的给河流改道的做法，或许只有由后人来评说了。

安泽因位于霍山、太岳山之阳，也曾有过岳阳之名（历史上曾多次改名）。中国历史上很多地名都有过改动，县治也在不断变换，于是就衍生出今天的人文、历史、名人之争，安泽自然也在其中。荀子塑像高高地立于安泽县城东侧的山脊，为这一方土地带来深厚的人文文化积淀和底蕴。但是对于这位中国古代大思想家的故里，根据司马迁《史记》记载的寥寥数语"荀卿，赵人"之说，临猗、安泽、新绛、河北邯郸等地皆有说法，也符合旅游时风。安泽又是古代名相蔺相如的栖身之地，但是，当地一位朋友悄悄告诉我，20世纪70年代重新划分县界时，蔺相如所处之地被划到邻县古县去了。这便是县治划界无意间常常带来新的缺憾的根由，也是始料不及的客观历史。

当然，安泽还有遍布全县的老一辈革命家生活战斗过的纪念遗迹，这是一份宝贵财富和红色记忆。我们那天参观了位于安泽县杜村乡桑曲村的太岳军区司令部旧址，这是一座坐北朝南的小四合院。这里还有一个小型抗战纪念馆，展品和介绍却十分翔实。1942年年初，太岳军区陈赓司令员和薄一波政委率部由沁源到安泽桑曲村，驻扎2年8个月。在此期间，刘少奇、邓小平等曾来桑曲指导工作。直到1944年8月移驻沁水。紧邻的安泽县杜村乡小李村碱土院内便是太岳行署旧址，1942年9月，太岳行署由沁源迁来安泽小李村。在杜村乡陈家沟村还有新华印刷厂旧址，1942年新华印刷厂随太岳军区政治部迁来这里，主要印刷《新华日报》和抗日宣传品。1944年也迁往沁水县。这是一段难以忘怀的革命历史，与共和国的今天血脉相连。

安泽也是国家级生态示范区、省级森林公园、全国连翘生产第一县，占全国连翘产量的 80%。那每年春天漫山遍野绽放的一片金黄花海，便是连翘花期盛开。遗憾的是我第一次踏上安泽的土地，却因雪压黄花没有看上金色花海，或许这是一种伏笔，这一缺憾留待他日再补。据说安泽也是尚无大面积开发的煤炭资源大县，我为她的这种绿色精神感动。

郎寨塔和麻衣寺砖塔在静观安泽的古往今昔。我在和川镇问一位当地领导，农民收入怎么样？你们的精准脱贫推进得如何？这位领导不无骄傲地说，我们全镇已经实现精准脱贫，只有老弱病残智障 32 户 76 人已经政策兜底，在 2020 年，我们全镇可以同步进入小康社会。

我们在和川水利枢纽工程下方参观了一个库区移民新村。村里的砖瓦房盖得十分有序，房前屋后的绿化也搞得不错。县里一位陪同我们参观介绍的负责同志说："您看，按我们本地人的话来说，这叫'前槐后柳，越过越有'。"我看到的实景也的确如此，祝愿他们越过越富有。

我和商泽军辞别安泽直奔黄河壶口瀑布。那一天，天气晴好，黄河河滩上由下游吹向上游的风，卷起一股股黄沙扑面而来，细细的沙粒吹进嘴唇生硌牙齿。但是，我们顾不得这些，直接走向壶口瀑布。到了壶口近前才发现，原来黄河河床是多么宽广，现在被上游的无数座水库大坝拦腰截断，否则我们脚下的石板河床应当是满溢的黄河水，哪还扬得起黄沙？尽管如此，走近壶口，那轰然的水声和被风卷起的水汽像云朵飞扬，黄河两岸的游人纷纷举起手机在拍摄这惊心动魄的一刻。我想，秦晋之好其实是由这条黄河修炼而成的。黄河两岸的群山和人民同样保护了当年的八路军，人民子弟兵越过黄河毅然东进，也在安泽留下了他们鲜活的足迹。

在离开壶口瀑布回来的路上，商泽军不无感慨地对我说："黄河瀑布我以前来过几次，但是从来没有像今天这样走近，过去我只能远远地看一眼就离开，不敢靠前。一是那会儿没有防护栏，二是我的腿脚行动也不便，行走不像术后今天这样自如。今天我终于走到壶口瀑布面前，目睹了它的雄姿，我真高兴。"

在我的心里忽然漾起一股暖流，我为商泽军感到由衷的高兴，面对大地、面对黄河，诗人体悟了生命、体悟了自然，有了一种全新的自我升华。我想，来年的春天，一定要来看安泽的金色花海。新的诗行或许会在那里诞生。

2018 年 9 月

姑苏城外

上有天堂，下有苏杭，这是一句老话。

现在苏州人自己说，人间天堂，自在苏州。

当然，苏州有近 2500 年历史，是吴文化的重要发祥地，现在又是首批国家历史文化名城之一，全球首个"世界遗产典范城市"。而且，苏州经济总量在突破 2 万亿元的同时，城乡建设、生态环境、民生福祉和社会治理等方面都取得了令人瞩目的成绩。苏州的空气质量优良天数比例提高 17.5 个百分点，$PM_{2.5}$ 浓度下降 43%；新增森林抚育 31.9 万亩，建成生态美丽河湖 885 条，建成首批国家生态文明建设示范市和首批美丽山水城市，建成全国首个国家生态园林城市群……

这一切的一切，令人目不暇接。

那一天，随着 2021 "诗 e 行"美丽江苏生态环境采风团一行，来到苏州时，展现在眼前的确是另一幅全新景象。

这座曾经以"小桥流水人家"闻名于世的南国水乡，如今迎来了城市水环境系统开发治理服务商机，翻开了一个新篇章。

　　苏州的水系以太湖为中心，支流主要有胥江、越来溪、横塘、山塘、蒋溪。起到蓄水作用的较大湖泊有石湖、金鸡湖、阳澄湖、淀山湖、独墅湖等，可谓水系交织，河道纵横。

　　足下的吴中区毗邻姑苏区，全区总面积 2231 平方公里，其中陆地面积 745 平方公里，太湖水域面积 1486 平方公里，约占太湖总面积的 3/5。可以想见，吴中区对太湖水治理所担负的责任和义务多么繁重。

　　我们在太湖岸边，参观了消夏湾湿地生态安全缓冲区项目（一期）EPC 工程。

　　他们根据这里的地形地貌水源水系情况，因地制宜，将山林、湿地、草、水系、农田等，综合建设智慧生态。实施感知要素监测——即控制设备、水质自动检测，建立控制站，并分为中央控制站、雨水截流控制站、南段强化型垂直流湿地控制站、北段强化型垂直流湿地控制站，进行严密的科学自动检测控制，形成智能工况调节系统（包括暴雨模式等）。

　　这个项目位于金庭镇石公村消夏湾区域，采用"控源+生态净化→多功能利用"的总体思路，通过建设强化型垂直流湿地 2.6 公顷、雨污水截留湿地 0.4 公顷、浅滩湿地 12.5 公顷、清水回用廊道 1 公里等，形成面源污染的三道拦截体系。

　　同时治理黄家堡至南湾约 4 平方公里区域内各类农村

面源污染，改善区域生态环境，形成"消夏湾生态净化湿地"花园。

项目建设期为 2020 年 11 月至 2021 年 9 月，项目建成后对太湖周边面源污染治理、生态安全缓冲区建设具有示范意义，是"山水林田湖草"一体化系统性治理的体现。

他们将农村面源、强化型垂直流湿地、生态缓冲塘、雨污水截留湿地形成一个内循环体系。通过"由多到少，由少到集中"进行面源污染的截与导，并通过强化型垂直流湿地强化处理后，经浅滩湿地进入消夏江，最终汇入太湖。一期工程削减入太湖总氮 8.7 吨/年，总磷 0.87 吨/年。

其实，这是太湖生态岛重点项目包含的消夏湾湿地生态安全缓冲区项目。为治理太湖流域农村面源污染，该项目作为江苏省生态环境厅示范项目，金庭镇在南部消夏湾区域打造湿地生态安全缓冲区项目。项目规划实施面积 18 平方公里，建设期为三年，分为三期：一期南湾村落区、二期万亩良田区、三期缥缈汊湾区。各区将因地制宜建设强化型垂直流湿地、浅滩湿地等各类净化型功能湿地 210 公顷。

三期全部完成后，将削减入太湖总氮 67.4 吨/年，总磷 7.29 吨/年，消夏江河道水体水质主要指标优于地表Ⅲ类水标准。

2021 年 4 月，该项目被全国水污染防治部际协调小组列为农业面源污染防治典型案例。终极目标是建设低碳、美丽、富裕、文明、和谐的太湖生态岛。这是苏州水治理的一个缩影。

　　而历史上使苏州水系四通八达的是大运河。自隋唐以降，苏州护城河一直是大运河的主干航道。或者说，苏州城内水系是大运河水系的重要组成部分。大运河水经阊门、胥门进入苏州城内，与城内河水融汇。所以才有"夜半钟声到客船"的诗句传诵千年。（《枫桥夜泊》是诗人张继，在唐朝安史之乱后途经寒山寺时，写下的一首羁旅诗：月落乌啼霜满天，江枫渔火对愁眠。姑苏城外寒山寺，夜半钟声到客船。）细忖一下，这句诗，又与诗圣杜甫流寓成都时的另一句诗"门泊东吴万里船"所印证。（这首《绝句》写于广德二年，即公元764年，两个黄鹂鸣翠柳，一行白鹭上青天。窗含西岭千秋雪，门泊东吴万里船。）显然，他们二位，都是在饱经"安史之乱"之苦，几经颠沛流离，重获平安生活时的一种心曲通幽。两个诗人一东一西，穿越历史，千年百年，遥相呼应，回响于今，渴求的是一统天下太平。

　　苏州水网密布、水资源虽然丰富，但消耗也惊人。据统计苏州生产生活年用水量在85亿立方米左右。水乡虽美，也需要每个人积极参与保护水质水源，保护水环境是每个人的责任。这是今天苏州人的共识。

　　面向"十四五"，苏州提出建设高质量经济、造就高品质生活、打磨高颜值城市、实现高效能治理，率先建设充分展现"强富美高"新图景的社会主义现代化强市。未来5年，苏州将全力建设更高水平的创新之城、开放之城、人文之城、生态之城、宜居之城、善治之城，全面打造向世界展示中国特色社会主义现代化的"最美窗口"。

姑苏城外的这一幕幕景致，的确令人振奋，人间天堂，就在眼前。

2021 年 9 月

龙舟精神

　　那一天，正值伏天酷暑。在金华，你站在任何角落，都会大汗淋漓。只有躲进有空调的室内或车内，方可获得一丝喘息。这倒也好，在三伏天下的江南把汗出透，或许会应了中医所说的除寒祛湿，有益健康。

　　在酷暑中来到金华，也是因了朋友的一片盛情。这里是我所敬仰的著名前辈诗人艾青的故乡。他们希望我们到这方土地走一走，看一看。我欣然应允，便与曾凡华、木汀同行。艾青曾经在新疆生活多年，甚至住过地窝子。他平反昭雪回到中国作协，住在北纬饭店，我就去拜望过他。他的诗性睿智、他的达观、他的友善，给我留下了难以忘怀的印象。人们都记住了他的著名诗篇《大堰河——我的保姆》，我却多记了一句他的名言"蚕在吐丝的时候，吐出了一条丝绸之路。"那胸襟气势如虹。

　　当活动组织者告诉我，下午的活动是金华作家协会与金华游泳协会座谈时，我觉得有点蹊跷。不过，客随主便，我和他们一起来到深藏于一片居民楼一层的金华游泳协会。金华游泳协会会长居然是《金华日报》著名记者金建民，金华体育局局长邵国龙介绍，金华体育界有 36 个协会，为推动金华全民健身和体育运动事业发挥了不可替代的作用。

3 年前，由时任金华市政协委员、现任文联主席李英提出应恢复金华赛龙舟活动的提案得到市委、市政府的高度重视，并责成市体育局牵头，金华游泳协会具体落实，成为金华市民广泛参与的一项赛事。3 年来前来观看的观众日渐增多，已达 10 万之众。今年的赛事将在 10 月举办，对此他们从现在就开始投入筹备工作。

其实，赛龙舟是一项群众性传统体育活动，尤其在农村，以村为单位组织龙舟队进行竞赛，对村民移风易俗，提升精神文化风貌，具有巨大潜力。在"文革""破四旧"运动中，这方土地的龙舟被作为"四旧"破除，龙舟被砸毁烧尽，几乎荡然无存。他们南下广东取经，坦陈那边的人比他们精明，即使是在"文革"期间，广东乡村也没有真正砸毁龙舟，而是悄悄沉到河水塘底，保护下来。随着改革开放春风浩荡，他们喜气洋洋地把沉在水底的龙舟起出来，重现赛龙舟这样的中华民族传统体育赛事，丰富了人们的精神文化生活。赛龙舟本身就是众人齐心协力，随着鼓点，节奏一致奋力划桨，奔向胜利终点的团队精神所在。可以说，这就是龙舟精神。

在金华市金东区孝顺镇东上叶村发现了 400 多年前的龙舟桨，还有一个 200 多年前清朝的龙舟桨。这些发现充分证明金华赛龙舟的历史文化源远流长。在江南，赛龙舟应当是群众性参与度最高的活动之一。赛龙舟已经成为全运会赛事项目，并已纳入亚运会赛事项目。

邵国龙告诉我，他们尤其重视游泳协会推进的赛龙舟活动。在习近平总书记提出的"绿水青山就是金山银山"环保理念下，浙江省委提出了治理江河水源。金华有三江六源，经过治理，河水清了，赛龙舟就是为了提升老百姓的获得感。

座谈会后，我们移步来到位于市中心的婺江岸边。令人感动的是，金华作协组织了一支龙舟队。作家龙舟队总教练（也是市游泳协会副主席）翁时文告诉我，过去，江水都是臭的，别说比赛了，站都难站，现在好了。婺江也称双溪，源自李清照的词："闻说双溪春尚好，也拟泛轻舟。"他们在总教练的统一指挥下，手持木桨在岸上练习划桨动作。天气晴朗，但闷热难耐，我站在那里都浑身冒汗。金华市作家协会的这支会员龙舟队，个个精神抖擞，齐力划桨，由动作生疏到逐渐整齐划一。于是，由我敲响第一声鼓，宣告金华作协作家龙舟队试水。队员们头戴红色运动帽，鱼贯走向码头。不一会儿，在船首鼓点指挥下，队员们奋力划桨，那叶龙舟似一首诗在江面舒展流淌，桨点着水虽不统一，却是抒情前进，信心满满，应当说自成一景。

当作家龙舟队歇桨上岸时，个个显得兴奋。他们说，要将龙舟赛从金华带向"一带一路",带向奥运会。金华人的雄心壮志可见一斑。

2019 年 11 月

思经河畔

　　雅安是著名雨城，这里年降水量在2100多毫米，比成都年降雨量1100毫米几乎高出一倍，一年365天，200多天都在下雨。今年10月中旬，我应邀在雨中再度来到雅安。翌日，雨停了，他们高兴地说："今天是个晴天。"我抬眼望去，云层密布毫无缝隙可言，按北方人的眼光，这应当是典型的阴天。但是，在他们看来，这就是晴天。中国之大，连阴晴都要用不同的尺度来衡量。

　　好吧，只要没雨就是晴天。当天的日程安排是要去天全县喇叭河镇紫石关村和仁义镇红军村参观采风。之后，到思经乡竹海渔乡参观。

　　这里属二郎山脉，山多高，水多高，每一条沟都有山溪流出，汇聚成思经河在那里兀自喧哗流淌。山路弯弯，可能是之前的丰沛雨水，引起山体有多处滑坡，还有几处公路路基塌方，挖掘机、铲车在那泥泞中作业，有一些硕大的石块被从泥堆中挖出，浑体是泥横陈在一旁，煞是扎眼。还有一段路程，在道路下方一侧索性用竹编做墙立在那里，挡住了路人的视线。然而，由此路面变得狭窄，看似只能由一辆车单向通过，否则无法错车。路面尽是泥汤，无言地诉说着这里的雨柱曾经多么的气势如虹。开道车就在这泥泞促狭的道路上决然开去，我们所乘坐的丰田中巴，也像一只小船在浑汤之上飘摇而去。如果在京城，这样的路况足以让司机有所畏惧，但是你看，我们的车队一路前行，这就让人充满力量。

在弯进一条沟口时，一条清澈的山溪由此流出，桥的两侧形成了一个自然村落，那些墙面上书写着不同时期的标语口号，向你讲述着它们的历史。一组水泥巨柱就在小溪两旁村舍之上拔地而起，擎天而立，支撑着高速公路从它顶端平稳通过，连接着远方。我忽然想起那句名诗"而今迈步从头越。"一个全新时代在改变着人们的命运，改变着一切。

开出这个沟口，地势略显平缓，思经河在不远处与我的视线迎面相撞。在河边滩地上，一组组圆形水泥池映入眼帘，我颇有些纳闷，在深山河边修起这样的水泥池作何用场？不一会儿，我们就开进了标有润兆渔业的一个小院，这里就是我们今天的又一个参观点。

走下车来眼前就是另一个一组组圆形水泥池。讲解员向我们热情讲解，润兆渔业自 2012 年在天全县思经乡团结村占地 120 亩开始建设冷水鱼养殖基地，新鲜河水循环注入 161 口圆形的鲟鱼养殖池中，已成为川西南最大的冷水鱼养殖基地。通过 8 年的生态养殖，这里引进养殖的史氏鲟、达氏鳇、西伯利亚鲟、白鲟、杂交鲟安然无恙，日积月累，有的已经长得重达 150 公斤、长约 2 米。

在一个圆形池子内，两个壮汉正在巡抚鱼群。同行的人无不欢呼起来，他们看到了就在眼前缓缓游动的大鱼。那些鲟鱼一只只硕大无比，片片鱼鳞清晰可辨，鱼脊在水中触手可及，它们透着一种自信，兀自游来游去，似在欢迎远道而来的客人。

那两个壮汉也十分给力，两人合力从水中抱起了一条大鱼，大家急忙把这画面定格在各自的手机里。我甚至来得及抓拍了一组视频，立即发布到我的抖音、彩视、微信里，旋即就有粉丝、微友前来分享点赞。信息时代就是这样迅捷，随时随地你都可以和天下朋友们分享你的发现和你的快乐。

随后我们在左近的鱼池间走动，才发现每一个圆池中都有一群群的大鱼在舒缓地游动。这真是一个创造奇迹的时代，说起来这些鱼与这方土地并没有渊源，可是你瞧，它们就在你的眼前鲜活游动，似乎已经淡忘了西伯利亚远方的记忆，而与思经河的河水交融在一起。

站在池沿满眼望去，周边青山如黛，云霭散淡，竹海森森，耳边袭来思经河的阵阵涛声，展示着天全县优越的生态环境。的确，这里水质优良、空气清新、气温适中，正适合养殖鲟鱼和建设鲟鱼子酱生产基地。

据介绍，全世界年产鱼子酱近 400 吨，而这里的鱼子酱产量就有 30 多吨，几乎占 1/10。鱼子酱作为餐桌上的美味，价值像黄金一样昂贵，出口欧洲国家，同时带活了当地的特色经济。如今在龙头企业的带动下，思经乡冷水鱼产业规模不断扩大，全乡已发展冷水鱼养殖专业合作社 2 个，家庭渔场 2 个，渔家乐 2 家，提供了一批就业岗位。除了鱼子酱生产，一鱼多吃、全鱼宴等特色餐饮也日渐兴盛起来，吃鱼、观鱼成为一道旅游风景，带动了冷水鱼产业链的形成和发展。

显然，天全县依托得天独厚的水域资源优势，把发展高效生态渔业作为"竹海渔乡"生态农旅融合发展环线建设的主要途径，围绕"绿色发展、特色发展、转型发展"思路，通过"渔业+"模式，把打造"美丽渔村"，建设"竹海渔乡"生态农旅融合，发展乡村休闲度假区作为乡村振兴载体，促进传统农业向现代化农业转变。真是一幅令人陶醉的愿景画面，十分迷人。

盛情的主人邀请我们参观了他们封闭的鱼子酱生产流水线，只见一组组生产工人身着白色防护服，隔窗在无菌操作台上人工作业。讲解员在向我们不无骄傲地讲解着，他们生产的鱼子酱全是由人工作业完成，然后根据订单销往国内外客户。一条无形的链条，已经把世界与这条僻静的山沟衔接起来，这就是发生在思经河畔的奇迹。

2020 年 11 月

大雪山上的古茶树

　　那天从上海虹桥机场辗转抵达云南省临沧市双江县，他们告诉我，此次要去勐库大雪山，那里有一棵 3000 年树龄的茶树王，且有万亩野生古茶树林。我对此很是期待。中国是茶叶的故乡，双江县则是世界茶源地，也是云南普洱茶重要的核心产区。

　　双江县是北回归线上的绿色明珠，那条地图上的虚线——北回归线正好横穿双江县城，很是奇特。想想在这个低纬度地区，怎么会有大雪山呢。但是，他们就是这样称呼的。

　　我们先是参观了勐库戎氏集团种植的茶园（藤条茶园是联合国粮农组织唯一的普洱茶生态园基地），那都是一棵棵的茶树，而不是那种一丛丛、一列列的台地茶。此时已是 2019 年的 11 月中旬，在北方早已树叶落尽，而在这里依然是一片郁郁葱葱，鲜花绽放。解说员带着我们攀上一处高坡，给我们演示如何采茶。然而，真正的采茶季应当在来年春季（想来在今年春季新冠疫情期间，他们是照样采摘新茶的）。昨夜的雨虽然把山路小道浇注得略显泥泞，但是我们依然兴致勃勃地攀上攀下，领略着深秋的茶园风光。而就在山下亥工户外茶会，我们被盛情的主人安排品尝拉祜族民俗烤茶，头顶一朵大红花的拉祜族姑娘在悠扬的音乐声中，身着民族服饰为我们烤制一杯杯浓郁喷香的拉祜族茶，展示着我们56个民族不同的用茶风俗和茶艺，主人的用心可谓细致。

11月15日，我们终于要前往期待中的勐库大雪山，徒步穿越勐库产区的万亩古茶树林，去朝拜3000年树龄的茶树老祖宗。中巴车沿着新修通的简易公路攀援而上，将我们送到了勐库大雪山下原始森林边缘，在最后一个游客集散点，给我们每人分发了一个藤杖，便于我们攀山和下山之用。由此我们开始徒步走进原始森林，走向万亩古茶树林。

一条不事修饰的自然小道将我们引向原始森林。在越过一道小梁以后，那边便是黑森森的原始森林，显得幽深而宁静，人的喧哗旋即被每一枚叶片吸去，无声地宣告这是千百年来它们的领地。人和飞禽走兽都要依附于它们的无私庇护才能生存，才能繁衍生息。

一棵棵合抱粗甚至是几人才能合围的巨树就在小道两侧林立。有的巨树根部有着同时可让几人钻进钻出的树洞，真是匪夷所思。好奇的人们已经按捺不住，跳进树洞钻来钻去，虽然看去一个个白发苍苍，但是满脸一副孩童般的喜悦。一老一少或许是人类最快乐的时光，这些人已经被原始森林深深打动，瞬间忘情地还原到童年的快乐时光。

一条条清澈的山泉喧哗着从一道道山的褶皱间欢快淌下，带着山和原始森林的润泽流向谷底，想来在那里会汇集成山溪而汇入河流。在一条山泉旁，我停了下来，用手掬捧山泉水饮用几口，是那样的泠冽甘甜，咽下去滋润着心田却又回味无穷。天气晴好，蓝天白云就在眼前。远处传来山鸡的咯咯鸣叫声，近处有一些小鸟在枝头啁啾，一派祥和景象。

行进在原始森林间，在那些巨树旁一根根长藤落地，有的树藤缠绕着树干，说不清是树缠藤还是藤缠树，树藤和树干长满青苔。在一些树洞中白花花地长满了树菇，随手可以采摘。林中的世界就是这样充满玄机和奥秘。

不知不觉到了中午，在一块林间平地上，设了一个临时休息点，我们散坐在左近开始用餐——每人自带的便餐。人们享受着原始森林的清新空气，忆想着城市的繁华和拥挤。人是应该有一些这样的松弛时间，来领略大自然的美景和魅力。

就在我的近处，有一棵硕大无比的巨树，恐怕需要三五人合围才抱得过来。我用完餐，两手平伸站在树干下，请同行的人为我拍了几张照片，我伸出的双手居然没有超出树干两侧，在大自然面前作为人的渺小刹那间明了。我即刻选择了几张照片，准备下山时有了信号就发到微信圈去，让微友们也分享我的发现和我的快乐。

用过午餐人们开始商议下一步的行程。有一些人继续向前攀爬，要去拜一拜3000年树龄的茶树老祖。但是，我却忽然觉得，我们不应该去惊扰这位3000年的长者，让它继续安守它的这片山林，庇护这方土地上的茶树年年长得旺盛，给一方百姓带来福祉。于是，我决定举意向那棵茶树老祖遥致敬意，便向山下走去，但愿我的脚步声没有惊扰这位树龄 3000 年的茶树王长者的安宁。

2020 年 11 月

库尔德宁河的释说

　　那一天中午，我应邀参加一个伊犁采风创作活动，与老温、老顾等一行二十来人，在库尔德宁镇相逢。他们是从尼勒克唐布拉蜜蜂小镇赶过来的。

　　巩留县县长亲自陪同，由此出发，向着新开辟的小库尔德宁沟的砾石路进山。县长说，山路弯道多，大车不好走。于是把大巴车留在镇上，约来五辆私家小车，加上我们乘坐的车，一起逶迤行进在天山西部最大的原始云杉林间。县长向我介绍，这条路是新近才打通的，既有利于森林防火救急，也便于旅游观光。我为他们这种一举多得的眼光和气魄感动。

　　天气很凉爽，虽然有高空的云层，但是没有雨雾，阳光也不强烈，最关键的是，雪峰就在眼前，能见度很好，适于取景摄影。

　　小库尔德宁河就在谷底欢快流淌，两边的山翠绿欲滴，植物逐渐由阔叶林变为针叶林。针叶林的出现意味着已达海拔 1500 米，在海拔 1500 米到 3000 米之间，皆为针叶林的世界。而在针叶林的世界里，隐藏着天山无数的秘密。

砾石路将我们引上了一个山垭，在这里有一台挖掘机正在等待运土的卡车。

显然，这里将来会是一个小型停车场，我们的车停在这里。我们的右前方是新修建的木质观光台，周边都是郁郁葱葱、密密匝匝的云杉林。

当我们登上观光台时，一道道长满云杉林的山脊尽收眼底。在山脊之上，横卧着一座座雪岭。同行的学者专家为眼前胜景所吸引，迫不及待地用相机、手机抓拍所见的一切。我们甚至在此美景前来了个大合影，享受着大自然恩赐的一切。

徐徐山风过处，云杉林间响起柔柔的松涛声，更加令人陶醉。近前倒伏着一棵巨大的枯松，与周边的密林形成鲜明的对比，恰似隐喻着生命的息息相通与重生不绝。

辞别山垭观景台，砾石路一路攀升，在一个山脊开始下行。两边是高山草甸，有一群羊散落在那里，像一盘玉珠。还有三三两两的牛群和马群。

我望着右边密林问县长："实施环境保护政策后，这山林里的野生动物是不是多了。"他说："对，现在禁猎了，人们的环保意识也强了，不会去伤害动物。所以，各种野生动物繁殖很快，这个森林里现在有熊，也有狼。到了四五点钟，如果主人不过来把羊群赶下山坡，山脊上的狼群会下来叼走羊羔。不过，现在的狼也学精明了，不会像过去那样进了羊群就咬伤一片，那样会惊动牧羊人。如今它们总是静悄悄潜进羊群，一次只叼走一只羊。不过，这也够牧羊人受的了。"

我听了他的讲述，惊异于时代的变迁居然让动物们也跟着变换习性。但想一想又很释然，天地万物都在变化着，这很正常。

下了山坡就进入到大库尔德宁河谷。这条河水量充沛湍急，远远地就可以听到不绝于耳的涛声。两岸尽是交织的阔叶林和针叶林，森林里到处是倒伏的枯木，提示着没有人在此采薪生火。

我是多年前来过库尔德宁草原，那时候大库尔德宁河畔有着一幢幢别墅式客栈，里边服务设施一应俱全。客栈旁停满了大小车辆，抬眼望去就能看到卡班拜巴特尔雪峰，人们在这里举办阿肯弹唱会，一切都是那么繁华。

此刻，当我们走出森林来到开阔地时，眼前的一切让我感到陌生——那些熙熙攘攘的别墅群已经不见踪影，边上的一座座毡房也不见了。

我问县长实情委由。他说："这两年我们积极配合中央生态环境保护督察工作，督察组对我们县提出严格的整改意见，所以我们把过去的那些建筑全拆了，只留下一个旅客服务中心、一个安检值班站和一个公共厕所，甚至夏季都不让牧民上来放牧。为了防火，秋季让畜群上来一个月，把枯草吃尽，不然枯草会成为火灾隐患。"我为他们这样明智的做法感到欣慰。

　　沿着小径越过索道来到河对岸，只有当年修筑的卡班拜巴特尔骑马雕塑依然矗立在那里，静静地守候着卡班拜巴特尔雪峰。曾经的烟火缭绕已然烟消云散，一去不返，唯有蔚蓝色的库尔德宁河兀自在那里喧哗，似乎在向人们释说两岸新的变化。

2021 年 7 月

和这片土地亲近无间

那一年三月间，来到孙中山故居参观，让我感触很深。那是一个朴素而又简陋的居所。但是，正是从这里走出了策动辛亥革命，击落了亚洲第一顶皇冠，提出了治国宏篇谋略的伟人孙中山。他创造了一个新的历史起点。而这个历史的起点就与这座屋子相连。

走进故居，那古朴的木床，陈年的灶具，小小的阁楼，都在无言地诉说着它们记忆中的那位少年的故事。一个从小立志，胸怀远大抱负的青年孙中山从这里走出。正是他手持手术刀，解剖了一个腐朽没落的王朝，推翻清廷，建立民国，提出"天下为公"。

当然，历史发展的步伐不会一帆风顺。伟人孙中山面临的是纷繁复杂的世界，各种暗流与矛盾，包括短暂的复辟与倒退。他以博大的胸怀吐纳一切，直至生命的最后一刻。"革命尚未成功，同志仍需努力。"这是他的遗愿。而今辛亥革命已经110年了。

革命的历史重任被一批年轻的共产党人肩负起来，他们由小变大，由弱变强，农村包围城市，武装夺取政权，历经漫漫长征路，北上抗日，打击侵略者，接受无条件投降。最终跨过长江，以排山倒海之势，打碎了一个旧世界，创立了一个新世界，历经百年，屹立于世界的东方。

我曾经去过连云港，连云港在孙中山《建国方略》中就曾提及。现在已经建成现代化大港，连接着自连云港至鹿特丹的陆海大通道，为"一带一路"倡议的实现，发挥着重要作用。

眼前，一群群身着不同颜色校服的中小学生，绵延不断地前来孙中山纪念馆参观。他们从伟人和革命先辈身上汲取力量，不忘初心，牢记使命，展望未来，立志报效祖国，做出一己贡献。

我在孙中山故居前与一群来自新疆乡村的维吾尔族妇女参观团不期而遇。我和她们在故居前合了影。我为她们这种自觉和追寻感动。她们在一位导游女生的引领下，走进故居，聆听那位导游女生用维吾尔语讲解伟人的生平和辉煌历史。她们看上去个个神情严肃，全神贯注。她们已经为人母亲，有的甚至抱有孙子孙女，在这里推开了一扇历史的大门。门壁上嵌有宋庆龄先生所题"孙中山故居"匾额很是醒目，给人以一种温暖，融入心田。

翠亨村很是静谧，虽然前来孙中山纪念馆参观的人群络绎不绝，但是，走到故居背后不远，便是一片水田。水田里有一群毛茸茸的小鸭子在列阵觅食，这让我心动，便拍下了几组照片。并附言"孙中山故居旁的水田里，一群家鸭在觅食。孙中山曾在这里劳作过。"发布在媒体上，也让我内心释然。伟人和这片土地就是这样亲近无间。

　　百年历史，历历在目，记忆犹新，催人奋进。又一个百年，就在眼前。

2021 年 11 月

盐城行

那一天，随着 2021 "诗 e 行" 美丽江苏生态环境采风团一行，辞别南通驱车前往盐城。午间时分，我们下榻大纵湖国家湿地公园，在小广场便目睹了一幕苏中渔家水上婚礼表演。在那边拱桥下水中小船上和这边岸上身着鲜红旗袍舞姿翩翩的姑娘们，像一组彩旗猎猎飘动，煞是绚丽，为大纵湖的自然风光平添了一分人文色彩。

大纵湖位于里下河腹部，是里下河流域最大、最深的湖泊，素有"水乡泽国"之称，距今 800 多年前由古潟湖演进而来。大纵湖总面积 36.78 平方公里，为过水型湖泊，汇集郭正湖、得胜湖、蜈蚣湖等周围湖荡来水，南部和西部的鲤鱼河、中引河和大溪河等为主要进水河道，调蓄后由东北部的蟒蛇河和东部的兴盐运河为主要出水河道。

大纵湖也是盐城市区生活饮水源头。湖水清冽甘甜，湖区水草丰茂，各色水鸟翔集，120 余种植物、50 余种野生动物分布于此，使这湖泊呈现出生物多样性，而大纵湖清水大闸蟹更是闻名遐迩。

昔日围海造田、围湖造田，是曾经一度盛行的风潮。经过历史和实践积淀证明这一做法的悖律和弊端。近年来，为了改善大纵湖水源水质，恢复行洪蓄洪能力，提升湖荡生态服务功能，优化湖泊资源保护和开发模式，盐城人适时提出了退圩还湖的理念，实施"退圩还湖"工程和"引江入湖"工程。盐城为此累计投入 5.54 亿元，相继实施引江入湖、退渔还湖、湿地修复、污水处理四大生态保护工程，令人瞩目。

大纵湖退圩还湖工程是通过疏浚南周河（进水河道），新辟湖区行水道、滞洪圩、平堤、切滩等措施，将长江水源通过下官河引入大纵湖，直达蟒蛇河出口，为有源头活水来，由此使大纵湖保持常态活水。

显然，曾经的无序发展需要有序治理。长期以来，由于"重开发、轻保护"，湖泊被围垦、过度养殖等带来的负面问题日益凸显。2.64 万亩湖面被 266 个养殖户"瓜分"，鱼蟹饲料令湖水富营养化，引发水质退化，湖泊功能和生态环境质量严重下降。照此发展下去，大纵湖可能变成一潭死水，浅水区域甚至已经淤塞，连船只都开不进去。

敏锐的盐城人对 13.6 平方公里的围网、围垦养殖，果断实施退渔还湖，全面完成湖区内拆网、清障、平埂等整治工作，妥善安置养殖户，还大纵湖一望无际、碧波浩淼的自然风光。同时，发展挺水、沉水、浮水植物，营造绿色岛屿，加强水系整治，恢复大纵湖的生态环境，进一步丰富湖区生态多样性，增强湖区生态服务功能。通过一系列生态文明保障措施，大纵湖水生态文明得到明显提升。

那天下午，我们乘船进入精心呵护的大纵湖 14 万平方米芦苇迷宫。这里拥有 33 个岔口和 66 条水道，行舟其间如诗如画，如歌如诉，如痴如醉，美不胜收。在一处湖湾，一群翅膀还没长硬的小麻鸭，扑棱棱地从附近人工设置的木架巢房急匆匆抢出，钻入那边的芦苇荡，忽而就给这片静谧的芦苇迷宫注入活力，令人充满遐思，流连忘返。

我们上岸后，又在掩映于密林间水车旁的一条民俗小巷里，品尝村民自制的豆腐和陈酿，别有一番情趣。

晚上，我们又在大纵湖畔饱览水秀表演和光影塔。水秀节目精心编制，从南宋漕运到渔民渔猎，历史文化尽收眼底。从新四军在芦苇荡"沙家浜"打击鬼子，到电影《柳堡的故事》主题歌唱响，活生生给我们讲述了"柳堡学院""红色基地""生态湿地"等生动故事。无疑展示了组织者将景区变校区、景点变教材、讲解变互动、环境变课堂的精心设计。让我们看到大纵湖国家湿地公园围绕生态文明建设，把发展绿色生态旅游作为践行"绿水青山就是金山银山"理念的具体举措。

时下，大纵湖旅游度假区先后被评为国家湿地公园、国家水利风景区、国家 AAAA 级旅游景区、江苏省生态文明教育实践基地、江苏省环境教育基地、江苏省科普教育基地、盐城市爱国主义教育基地。2021 年，大纵湖旅游度假区作为盐都区主要载体成功通过"国家生态文明建设示范区"和

"'绿水青山就是金山银山'实践创新基地"创建验收。

　　盐城之行虽然短暂，却让我们领略了这里的崭新风采。盐城曾经是一座化工城，而如今工业升级换代告别污染，已成为一座宜居生态文明城，正在创建全国绿化模范城市，令人欣慰。而大纵湖正是盐城市的一个缩影。

2022 年 4 月

这片美丽的土地

　　也是在 9 月，哈萨克斯坦北方草原最美的日子，通常被称为金色草原。那天，正是 2019 年 9 月 4 日，上午，我和刘亮程、徐可应邀参加"亚洲作家论坛"，哈萨克斯坦总统托卡耶夫出席开幕式并致辞，提出设立亚洲文学奖、亚洲文学图书馆的倡议，受到与会各国作家、诗人、专家、学者的认同。但是，谁也未曾预料，突如其来的新冠疫情，会将一切推延。

　　就在这个会场，我与哈萨克斯坦著名诗人沃勒嘉斯·苏莱曼诺夫相见。他是用俄语创作的哈萨克诗人，他的诗作很有影响。我和他用哈萨克语寒暄了几句，他为人随和，十分儒雅。其实，诗人读他的诗作，就能深入他的灵魂世界，无需更多的言语交流。我和刘亮程、徐可在会场又和穆赫塔尔·夏哈诺夫等合了影，他的诗歌、他与艾特马托夫的文学对话，在中国翻译出版，国内读者熟悉他。我和他在国内和哈萨克斯坦的几次文学和学术会议上相遇，彼此熟悉，再次在"亚洲作家论坛"相见，格外亲切。

　　阿斯塔纳这座城市是美丽的。曾经称作阿克莫拉——白色陵墓，是草原上的一座孤独小城，在小城西边 30 余公里，有昔日古拉格群岛女子监狱，可见这里曾经的偏远。但是，今日这里一片繁华，高楼大厦鳞次栉比，一派欣欣向荣的景象。

那天上午，我们参观了哈萨克斯坦国家图书馆。作为一个作家、诗人，你的作品最终归宿应当就在这里。图书馆为哈萨克斯坦 7 位享有盛誉的作家、学者设有专馆。

中午，与俄罗斯朝鲜族作家阿纳托利•金在午餐时见面。我说："我在 20 世纪 90 年代初读过你的中译本小说。"他很惊讶，他不知道他的作品译成过中文，他说："我那些中国朋友从未向我提起过这件事。"我开了句玩笑，我说："你交的都是些不读书的朋友，所以他们不知道你的作品已经译成中文。"他一听哈哈大笑起来，愉快地和我合影。我承诺回国后找到他作品的中译本转给他。旁边有人开玩笑说，把稿费也一并发给他。我说："我只给他找到他的中译本作品，稿费让他那些不读书的朋友发他。"他笑得更开心了。当我把百度搜索页搜到的中国学者对他作品的评论给他看时，他更是惊讶。

我知道他用俄语翻译了很多哈萨克斯坦文学作品。我便问他："您出生在哈萨克斯坦，您会哈萨克语么？"他摇摇头说："不会。"我说："那您是怎样把哈萨克文学作品译成俄文的呢？"他又一次哈哈大笑起来。他说，是别人翻译过来，他再把人家提供的译文润色出来。不过，对他的译文，无论是俄罗斯人还是哈萨克人都很赞赏。我听了也笑起来，的确，这也是文学翻译的第三条途径，而且很成功——成功的案例就在眼前。

在这座城市西面 140 多公里处，阿克莫林州库尔尕里金村，是玛丽娅·伊万都达尔的故乡，也是传唱世界的《可爱的一朵玫瑰花》歌曲诞生之地。我和刘亮程、徐可从阿斯塔纳市出发，一路向西而去。那是一望无际的萨尔阿尔卡大草原，翻译过来便是"金色草原"，也是 20 世纪 50 年代"被开垦的处女地"。这里的土地耕种时拖拉机从这一头开到那一头要走半天，从那一头开回来也得走半天。此时，小麦已经收割完毕，田野一望无际。大朵大朵的积云低垂，周边没有一丁点隆起的土丘。草原更是与天际相衔，那种气势摄人心魄。

我们禁不住在一处路旁让车停下来，3 个人一起走到田野里，呼吸着这里清新湿润的空气。刚刚下过一场阵雨，在不远处，可以看见低垂的雨帘。这就是哈萨克北方草原，阵雨会时不时下来，随后说去就去，颇是随心所欲。刘亮程望着四野不无感慨道："天方地阔在这里才能看到。你看，天就像锅盖一样，把大地罩住了。"

的确，地平线一眼望不到边，天际线在遥远的地方与地平线融为一体，是那样令人惬意。我们继续前行，不一会儿，便迎面进入雨阵，大颗大颗的雨珠密集地砸在车顶上砰砰作响，雨刷器开到极致，挡风玻璃上还是雨水如织。司机是位律师，在律所没事可做，出来开定时车。但是他定力好，面对大雨如注，依然毫不减速迎着风雨而上，有一种骑士纵马疾驰的感觉。不一会儿驶出雨阵，又是一片白云朵朵、风和日丽的景象。

过了一道河湾散落着牛羊的河道，不一会儿就来到了库尔尕里金村。这是一个小村庄，村口有一个蓝色加油站，在加油站东侧有一个小岗，岗上建有"都达尔"纪念碑——应该说，这是一个小小的公园，公园周边用铁栅栏围了起来，有一入口大门，大门是合上的，无人看守。我们三人进去拾级而上，来到纪念碑下，《可爱的一朵玫瑰花》熟悉的旋律不觉在耳旁萦绕。是的，那是一位俄罗斯姑娘，在十六七岁芳龄，爱上了一个名叫都达尔的哈萨克小伙子，于是，爱情的烈焰让她唱出了这首脍炙人口的歌，一经出口，便不胫而走，没想到会唱响世界，绵延不绝。

不过，你要是对照这首歌的哈萨克文原词，你会发现这位俄罗斯姑娘玛丽亚不仅痴情，而且性情刚烈。但是，转译到中文世界的《可爱的一朵玫瑰花》，却是缠绵悱恻，遐思甜蜜。歌词翻译或许就是这样，一旦以译者的遐想先入为主，就会在彼岸的另一个语言世界成型，而且扎下了根，你想改变都不可能。然而，不变的只有旋律，正因为有了独特的旋律，这首歌才能插上翅膀，在不同语言的听众中翱翔流传。是啊，在哈萨克语歌词里，唱响的是玛丽亚姑娘手持锋利剪刀，如果都达尔不到，她宁肯需要一个墓穴，也不肯委身那些追求者的果敢。那是一种荡气回肠的英雄气概，令人肃然起敬。我们不虚此行，至少我又有了新的收获。

　　这时候，在东边的天际云幕上出现了完整的彩虹。或许，那就是由玛丽亚·伊万都达尔的歌声挽成，连天地都为之动容，何况人呢。回程也是一路时断时续穿过雨阵而来，这片美丽的土地依然是一望无际。在快要接近阿斯塔纳市时，局部的天已放晴，我们停下来，在一片秋黄的茂草丛中留影。从这里，已经望得见从地平线上隆起的城市楼群轮廓……

　　　　　　　　　　　　　　　　　　2022 年 9 月

难忘苏勒阿勒玛塔

在新疆伊宁市，大家耳熟能详的是六星街、喀赞其、伊犁河大桥等民俗风景旅游点。很少有人知道，还有一个叫苏勒阿勒玛塔的地方，意为"有水的苹果谷"，这是伊宁市唯一的山区，且有风景秀丽的夏牧场，隶属巴彦岱镇管辖。

一

在这条山谷深处，住着我家一个远房亲戚额冉一家。那时候，他每年都会到市里来看望我们。父亲对他很敬重，每次都会和他拉拉家常。母亲会亲自下厨，为他献上香喷喷的奶茶和茶点，然后奉上手抓肉或是抓饭，就像过节一样。这些记忆恍若昨日。不过，我一直没有去过苏勒阿勒玛塔，只知道从铁厂沟进去就是，但想象不出那里的景致会是怎样。

那年，父亲去世，我们把父亲安葬在铁厂沟口新辟的公墓里。母亲对我说："在你父亲墓旁给我留块地，我的年岁也大了，迟早都会去那里的。"我当时听了心里咯噔一下，这是一个我还未曾预想的问题，心里甚至有一点小小的不悦。但是，母亲既然说了，作为孩子就应该去办。我和弟弟妹妹们在父亲的墓碑周边用铁栅栏围护时，多围进了两米地，也是了却母亲的一个心愿。后来，母亲和我们一起来扫墓，望着那块多围进的空地，脸上露出一种欣慰的笑容。

安葬父亲那一天，额冉带着他的几个儿子来了，并和众人一道动锹添土，嘴里念叨着："一个好人走了，愿他的灵魂永驻天园，福荫庇护后人……"

有一次，他从苏勒阿勒玛塔进城来看望我家，特意到铁厂沟公墓父亲的墓地。我突然感动，心里意识到一个问题，便问他："您是怎样进城的？"他略略笑了笑说："我是从苏勒阿勒玛塔骑马下山的，到铁厂沟口往墓地拐了一下，后来把马寄放在巴彦岱的一个朋友那里。马不让进城，我乘坐公交车过来，很方便，马也饿不着，朋友会照料它……"我为我曾经的粗疏心里感到惭愧，过去我怎么从来没有关心过他是怎样进城的呢？这才是真亲戚，总会不慌不忙地进城来看望我们一家。

时光就是这样在不知不觉间过去了。有一年夏天，我从北京回到伊犁，母亲告诉我，咱家在苏勒阿勒玛塔的那个亲戚额冉前不久去世了，应该去他家看看。我愣怔一下，生命怎么会如此脆弱，无以挽回。然而，事实的确如此，让你不得不面对。或许人生就是这样，你生命中的另一个好人也毫无预兆地走了。这将成为一种缺憾，再也不会有这个亲戚又是骑马，又要换乘公交车，不辞辛苦前来看一眼你家。

那天，五弟开来一辆墨绿色的三菱越野车，他说轿车上不了山顶。我在心里纳闷，苏勒阿勒玛塔不是从铁厂沟进去么，何来山顶？但是，事实证明我错了。那时候，苏勒阿勒玛塔没有现在的柏油公路，铁厂沟里是行不了车的。弟弟开进铁厂沟口，在一处山坡开上了山顶。那山坡顶上视野十分开阔，是一望无际的草原，直抵北面辽远的天山山麓。路是双车辙的土路，是那种马车、牛车、拖拉机、汽车辗压出来的旷野路，两个车辙中间还长满了劲草，不时地刷着越野车底盘，发出沙沙响声。三菱越野车一路狂奔，车后卷起一股飞扬的尘土，随即被风吹去。车很颠簸，有一种在马背上奔驰的感觉，但很惬意。

　　开到一处平坦地，我让弟弟停下车，走到草地上观看四周。那是个难得的晴天，伊犁河谷两面的山麓都能看得清清楚楚，山顶上没有一丝云彩。过了中午，就会堆积起大朵大朵的积云，山峰就看不见了。伊宁市就像一个微缩沙盘，摆在眼前。伊犁河的有些河湾，在阳光下闪闪发亮，树木葱茏，阡陌纵横，尽在眼底。我们迎着山脊的风，呼吸着满含艾草和苦艾特殊芬芳的空气，应当说，这是离开久居钢筋水泥森林城市后的一种享受。我们继续驱车前行，就这样走了大约半个时辰，双辙土路把我们引向一个小山沟。

　　起初，山沟里的路还好走，两面山坡上是绿绸缎般的牧草，十分养眼。走着走着，路难走起来。是春天冰雪融化时雪水冲出的沟壑，还是雨水纵横划出的壕堑，那路面有一道道的深痕。弟弟有时不得不把一侧车轮开到草坡上行驶，草坡太陡时被迫回到双辙土路。我们在艰难前行。这时我才觉得弟弟的确有先见之明，在这种路上轿车肯定不行。突然，三菱越野车的底盘被托住了。我和弟弟不得不下车，一看，原来路中的土墩顶起了越野车的底盘。

我在一旁观看车势，弟弟上车试图开出这个困境。他先是倒了倒车，然后加足马力冲上去，但是枉然，车的前轮上去了，底盘还是被土墩顶起，后轮够不着地，只能在那里空转。这很无奈。车后备箱也没有什么可用工具。这里还没有手机信号，无法求救。天无绝人之路，正在困守中，从前方迎面来了一位骑马牧人，在他胯下还夹着一把铁锹，真是幸运至极。弟弟把车倒回来，向那位牧人借用铁锹，哪知那位牧人二话没说，跳下马来三下两下把那个土墩铲平了，还说："真不好意思，到我们苏勒阿勒玛塔路这么难走，还把你们困在这里了，再往前走就没什么障碍了，可以放心开过去。"我们向他表示感谢，他和我们握了握手，以示告别，便忙他的活计去了。

不一会儿，车就开出这个小山沟，进入苏勒阿勒玛塔。这是一条开阔山谷，流着一条山溪，溪水声哗哗作响，我想大概就是因为这条山溪，才被称作苏勒阿勒玛塔。山溪两边长着茂密树丛，那树丛中就有野苹果树。阿勒玛塔"苹果谷"的由来或许如此。额冉的家就在近旁。那是一个依山傍水，坐落于高台上的牧人小院。进得院来，左手是一溜马厩，之后是一排向阳的房屋，矗立于高台之上，充满阳光；右手是一块开阔地，既可以堆放储草，也可以拴马或圈牛羊，可以说是得心应手，很是舒惬。只是主人已经离去，温暖的阳光照在墙体，似乎还留有他的余温……那是一种刻骨铭心的记忆。

按照哈萨克人的传统习俗，老人走后，家产将由幺子继承。现在，这个院子就由他小儿子努尔达吾列提继承。我们看望了他们，表示凭吊。返回还是那条颠簸的双辙土路，我们一路扬尘而返，迄今不能忘怀。

二

多少年后的 2022 年，我两进苏勒阿勒玛塔。

今年 2 月 28 日深夜，大妹妹古丽巴哈尔打来电话，说妈妈病重今晚住院，住进重症监护室，已经昏迷。大妹是心血管医生，曾经是这家医院的老干病房主任，不到万不得已，她不会轻易这样说的。

我立即买了机票连夜飞往伊犁。下了飞机就赶到医院重症监护室。已经是子夜时分，母亲处于深度昏迷状态，嘴和鼻子插着各种管子。医生说母亲已经不能自主呼吸，也不能吞咽，现在完全靠着仪器和药物在维持生命。

大妹妹说，妈妈住进来时还清醒，但到了病房突然昏迷，肌酐指数居然超过 900 微摩尔单位，这些数据和医学术语我不太懂，但事实就是母亲深度昏迷。我对妹妹和医生们说，我们不能轻言放弃，我对母亲能够康复充满信心，妈妈是个意志坚强的人，生命力也很顽强。

过几天，母亲的病情由最初的突发抽搐、出现快速房颤、血压不稳、人工呼吸，渐渐地恢复为窦性心律，血压药物维持稳定，白天可以关闭人工呼吸机，实现自主呼吸，时间最长 8 个小时。超过这个极限，血液中的二氧化碳难以排放，那会带来新的病变，所以会适时启动人工呼吸。体温可控，一旦出现高烧，就会昏迷不醒。起初，由于母亲对人工呼吸等有抗拒心理，总想下意识动手拔掉那些插管，护士便把母亲的手拴在病床两侧的护栏上，并使用了镇静剂安定，让她处于平稳昏睡状态。

我从北京带来了安宫牛黄丸，但医生不让用。我与北京的中医教授朋友电话沟通，他得知我母亲血压不稳，建议先不要用安宫牛黄丸，他说安宫牛黄丸会使血压下降，有风险。于是，我听从了他的建议。

但是，意想不到的是，母亲出现胃壁瘫痪，胃蠕动减缓，不能向肠道自然输送。这是我闻所未闻的新情况。

"血小板又出现问题。"妹妹说。血小板降低，一旦内脏或颅内出血，就很难控制，医生建议输血浆。这时我才得知，母亲是 B 型熊猫血，这种血型奇少。医院说，州血液中心目前没有这种血型血浆，让我们也在社会上找一找。大妹妹把这种血型信息发给两个小妹妹，让他们发布到微信圈找一找，结果还真有回应者。后来，医生给大妹妹发信息，说这种血型血浆已经找到，不用在网上寻找了。医生说，输入的血浆，正常情况下在患者体内只会停留 7 天，如果自身造血功能不正常，7 天以后输入的血浆会排出去，还得需要新的血浆。人体真是奇妙，是一个神秘的微循环系统。

三

那几天，我有空就到周边山川走一走，在春天来临，地气上升之际，以吸纳天地精华，接地气提阳气，回来到病房握住母亲的手，让她通过我接天地阳气，补补身体，恢复阳气。3 月 21 日，正值春分纳吾热孜节，伊犁这边由于疫情原因限制集体聚会。我与四弟和小侄子一起驱车来到苏勒阿勒玛塔。

这里的路况已经完全变了样，"村村通"工程的实施，打通了这里的路并铺设成柏油公路，路中划有分道线，完全是一派现代景象。我不时地望望东面的山梁，当年五弟驾着墨绿色三菱越野车，在山脊土路上我们一路颠簸的景象复入眼帘，扬起的那股长长的尘烟似乎还历历在目。此刻，山脊的雪还没融尽，我们顺着河谷的柏油公路一路疾驶，匆匆穿过公路两边坐落的村庄，色彩斑斓的屋顶和墙壁像幕布一般闪过。

在一处峡谷，两边的岩石峭壁紧锁河流。我忽然明白，原来这里才是苏勒阿勒玛塔河谷昔日的障碍，现在被柏油公路轻松穿过。忽然看到前方有两口子骑着两匹马，各自驮着硕大的两个马达子，骑在马背上随着马儿的花步而行。在两匹马后有一只大白狗，吐着舌头一路小跑紧跟，却是十分自信，真是一幅奇妙景象。我用手机拍下了这幅画面，发在我当天的微信群里，也算是我这一天的日记。

我们超越了这两口子、马和狗的队伍，继续前行。忽然，在一道河湾开阔地上，有一只山雉信步而行，在阳光下向我们展示着它华丽的羽毛。这在过去是不可想象的，看来野生动物保护法规的确深入人心，人们都知道要保护野生动物。记得有一次从父亲墓地回来时，一只山雉突然从公路左侧飞起来，在我们车前划过一道美丽的弧线，落到右边的田野里去了。我甚至来不及给它拍照。但是，那道美丽的彩色律动弧线，迄今仍在我眼前时常出现，真是一种动人的记忆。这种美丽瞬间，在人生中只是可遇而不可求，它能让你内心宁静饱满。

我们一路前行，初春的景象就在眼前。在河湾处，在山坡上，可以看到残雪退去后萌生的绿色牧草。树枝还没有发芽，但是随风摆动的枝条，已经显现春的柔姿，让人爽心悦目。

我们一路驱车而上，越过了额冉亲戚的老屋，我想能走到哪里就先走到哪里，回来时再造访老屋现在的年轻主人。

开过这里，山谷缓缓向东弯去，我们顺势而去。河水在山涧哗哗流淌，河道两侧公路两旁尽是茂密树林，巨大的山杨正在被阳光和春风唤醒，山风穿过枝杈只有嗖嗖的响声。而山岗上的羊群，却与白云交织在一起。我们忽然遇到一片冰桥，越野车强行越过了冰桥，但前方的涵管桥梁被山水冲毁，路到此处就断了，我们只能就此折返。就在近处的阳坡上，散落着牧人的房屋，那屋顶一律是彩钢罩着，门前有几头牛早早地卧地反刍，拴马桩上拴着备好马鞍的马，在那里悠闲地甩动头颅，很是惬意。

在返程途中，遇到了方才的那对夫妇，骑着他们的马，带着他们的大白狗迎面而来。看来他们的家还在山谷深处。偶然看到一只鹰在空中翱翔，有时又会俯冲到山脊，真是随心所欲，我把这一动态图景拍了下来。

我们回到了额冉的老屋。院前河滩辟出一块开阔地，应当是旅游季节的停车场。在河对面山洼里支着一溜赋闲的毡房，那是夏季旅游点。额冉的小儿子努尔达吾列提出门迎接了我们。在他家老堂屋正墙上挂着他老父亲额冉和他母亲的遗像，额冉从照片里用慈祥的眼神看着我们，我的内心感受到一种别样的温暖。

我和努尔达吾列提聊了起来，问他的生计如何？羊群在哪里过冬？他说有一些马，有一些牛，还有300只羊。到了冬天，要去阔克江巴斯山的冬牧场过冬。不像过去，要赶着羊群跋涉，几天几夜才能赶到冬牧场，过了冬再赶着羊群几天几夜回到这里。现在方便得很，300只羊一个大卡车分上下三层隔板就可以拉回来了，一天就能到冬牧场，一天就能返回春牧场。只付卡车司机3000元运费就可以了。他还告诉我这条路在山谷那边已经修好，今年如果把这一段路连上，从这里就可以驱车前往赛里木湖，距离阔克江巴斯山的路程也就近了……

这也是一种新气象。不过我听说，羊群还是长途跋涉好，这样一来可以避免羊群患病，二来羊的肉瓷实好吃。但是，现在的新一代牧人有自己的想法，只能由他们去了。

四

我们辞别他家回到伊宁市。

母亲的病情稳中向好。按照医生的说法，住进重症监护室的病人，呼吸机的管子最多插两个星期，然后就是切开气管。

医生和我面谈，让我们做最坏的打算。我和大妹商量不要做创伤性救治，即不要切开气管。母亲有糖尿病，又有诸多综合症状，恐怕切开气管会进一步引发难以预料的感染或其他症状，还有难以愈合的危险。不要再出现心脏骤停状态下实施按压心脏急救。母亲86岁了，年迈体弱，胸部骨骼经不起突施重力，会出现骨折。这些道理也给其他几个弟弟妹妹做了解释。另外，还有一些亲友提出，在重症监护室救治时间长了，母亲太受罪了。我反问他们："你们的意思是不是让医生把管子一拔，把呼吸机停了，眼睁睁看着母亲血液循环无法排除二氧化碳，没有自主呼吸无力咳痰，导致窒息而亡？"他们无言以对。

当母亲从十多天的昏迷状态睁开眼睛看着你时，不仅仅是感动，更是一种生命的顽强与力量。要对生命充满尊重和敬意，不能轻言放弃。更何况这是母亲。那时，母亲住院36天了，已经创造了一个生命的奇迹。我相信奇迹还会出现。

期间，母亲出现过感染，也被克服……

然而，4月15日，母亲病情突然加重。17日上午，我去了医院，妹妹说了妈妈的病情，建议出院回到家里。我同意了妹妹的建议。于是，我们将母亲接回家里。小妹妹对躺在自家床上的母亲说："妈妈，你看，我们回到家里了，你现在躺在自己床上。"母亲居然大大地睁开了眼睛，先看着自家的天花板，然后看看左右两侧熟悉的环境，于是慢慢地闭上了眼睛，就像睡了过去，走得很安详。

我的眼泪顿时涌出眼眶，我极力克制住自己。母亲68年前生下了我，昨天她让我过了68岁生日，今天安然离我而去。

我们把母亲安葬在父亲墓旁，了却了老人家的夙愿，那天来了很多人，额冉的儿子努尔丹兄弟也在。

后来，努尔丹请我到他家吃饭，这是哈萨克人的习俗：家里有人亡故，亲戚朋友要邀请出来吃一顿饭，以示安慰。于是，我又一次进了苏勒阿勒玛塔谷地。

努尔丹家就在我们曾经疾驶而过的村庄里。村子下方有一小学，正好赶上学生中午放学，身着统一天蓝色校服的学生三三两两地走在公路边，映衬出另一番景象。

努尔丹的家院很舒适，大门北侧是一排向阳的两间大屋，南侧是一溜三间新房，院西是一排羊圈，院中还码着越冬没有用完的干草垛子。他给我介绍说，北边的屋是他过去自建的，东边的屋是后来国家助资统建的。个人出资 3 万元，可以助资盖 80 平方米的房，个人出资 5 万元，可以助资盖100 平方米的房，如果个人出资 7 万元，可以助资盖 160 平方米两层的房。全村的人都是这样。

他说到，镇上的领导挺好，村民盖房时，几乎家家户户都去，帮他们解决实际困难。现在，他家孩子已经进城工作，在城里买了房也买了车，忙于他们自己的工作。而他们两口子住在这个院子已经很好了。显然，这是一个知足的人，一个知足的家庭。

上一辈人走了，下一辈人还得继续生活，接续亲情友情，人生大概就是这样一个规律。

望着门口的公路，我在心想，穿过村子的这条公路，还要越过草原，从这里就可以驱车前往赛里木湖，或许今后这里将成为驴友、自驾、房车、摩托、自行车、背包客旅游的新热线……

2022 年 11 月